UND IMMER WIEDER BLUT

ISBN 978-3-982-59861-1

Lektorat: Simona Turini | lektorat-turini.de
Umschlaggestaltung, Satz & Layout:
Agentur ANSICHTSSACHE | ansichtssache.net
Druck: WIRmachenDRUCK GmbH

Erschienen bei Thomsen Books
www.thomsen-books.com

1. Auflage 2023

Heiko Flemming

UND IMMER WIEDER BLUT

POLIT-THRILLER

1
GUATEMALA 1992

Die aufgehende Sonne schickte ihre Strahlen auf die Erde des Hochlands Guatemalas. Sie durchdrangen den morgendlichen Dunst über den Baumriesen des Regenwaldes, verfingen sich in den Blättern der Wipfel und prallten auf Äste, Stämme und Lianen. Einer fand auf einer Lichtung den Weg in die fensterlose Hütte, die Josés Familie bewohnte. Er kitzelte ihn an der Nase, sodass José erwachte.

Der Junge öffnete die Augen und streckte sich. Dann schaute er auf seine Hände und zählte die Finger der linken Hand, spreizte dabei jeden einzeln ab und hielt noch den Zeigefinger der rechten Hand dazu. Sechs! Heute war sein sechster Geburtstag.

José sprang aus der Hängematte, in der er schlief, und schaute sich um. Da lag er: ein Ball, leuchtend rot mit weißen Punkten, prall aufgepumpt. Papá hatte ihn aus der Stadt mitgebracht, als er dort die Kaffee-Ernte verkauft hatte.

„Mamá!" José hatte den Ball bereits in seinen kleinen Händen. „Mamá, kann ich zu meinen Freunden? Ich will ihnen meinen Ball zeigen."

„Ja sicher", sagte Mamá, „aber", und sie hob die Stimme, weil José schon auf dem Weg nach draußen war, „zuerst isst du wenigstens noch ein Stück Maisbrot!"

Etwas unwillig setzte sich José an den Tisch und begann zu essen. Sicher hatte Mamá recht, es war wichtig, sich zu stärken, bevor er zu seinen Freunden lief. Trotzdem hatte er das Gefühl, etwas zu verpassen. So schlang er das Brot in großen Stücken hinunter, verschluckte sich fast und trank

einen Becher Wasser dazu. Dann hielt ihn nichts mehr. Den Ball fest an seinen Körper gedrückt, stürmte er aus der Hütte. Nach ein paar Metern blieb er stehen. Er drehte sich um und empfand mit einem Mal ein Gefühl von Geborgenheit. Die Hütte war eine einfache Wohnung aus Holz, Lehm und Maisstroh für ihre Familie. Gleichzeitig war sie ihnen Schutz, Treffpunkt und Lebensmittelpunkt. Vor allem abends, wenn Papá vom Feld daheim war und alle beim Essen saßen, fühlte sich José sicher in ihrer Hütte.
Und wenn nachts die Geräusche des Regenwaldes laut wurden, dieses Rascheln und Knacken, das Zischen und Scharren, ab und an übertönt von den Rufen der Brüllaffen, dann war José dankbar, dass die Hütte Mamá, Papá und ihn beschützte.

Auf der unbefestigten Straße des Dorfes hatten die Kinder ein Fußballfeld improvisiert. Alle waren begeistert, aber niemand wollte als Torwart spielen. So wurde beschlossen, dass sie alle Stürmer sein durften.
Das Spiel begann, begleitet von einem fröhlichen Durcheinander aus Rufen und Anfeuerungen. Die Stimmen der Kinder vermischten sich zu einem lebhaften Chor: „Gib ab!“, „Schieß!“, „Foul!“ Sie waren ganz in ihrem Element, als plötzlich der Klang dröhnender Flugzeugmotoren ihre Aufmerksamkeit erregte. Eine graugrüne Maschine näherte sich bedrohlich wie ein Geier über den Horizont.
Die Kinder blieben stehen und zeigten mit zitternden Fingern in den Himmel. Vergessen war das Spiel. Dann geschah das Unfassbare: Bomben regneten auf das Dorf herab, und die Welt um sie herum explodierte in einem Inferno

der Gewalt. Chaos brach aus und José stand wie erstarrt, unfähig zu begreifen, was geschah. Inmitten des Schreckens verlor er seinen geliebten Ball aus den Augen.
Er lief zur Hütte, zu seiner Mutter.
Die Hölle dauerte nur wenige Minuten, hinterließ jedoch eine Spur der Zerstörung. Als wäre das nicht genug, tauchten plötzlich Fremde mit einem Lkw und Jeeps auf. Sie durchkämmten die Hütten des Dorfes, trieben die Bewohner brutal heraus und zündeten die Hütten an.
José stand mit weit aufgerissenen Augen da und sah zu, wie ihr Heim von den Flammen gefressen wurde. Die Hitze brannte auf seinem Gesicht, Tränen liefen über seine Wangen. Die Männer in Tarnkleidung zwangen die verzweifelten Bewohner auf den Dorfplatz, wo an Feiertagen fröhliche Feste gefeiert wurden. Dort standen sie alle ängstlich beisammen, umgeben von den bedrohlichen Mündungen der Gewehre, viele weinten. Ein untersetzter Mann mit tiefschwarzen Haaren trat hervor und verlangte nach dem Dorfvorsteher.
Der alte Mann, der schon lange dieses Amt innehatte, erhob sich mutig und stellte sich dem Anführer entgegen.
„Ich bin der Dorfvorsteher. Was wollt ihr hier?“
„Wir wissen, dass einige von euch mit den Rebellen, diesem Kommunistenpack, zusammenarbeiten. Liefert sie uns aus, dann wird den Übrigen nichts geschehen.“
„Hier ist niemand, der mit den Rebellen zusammenarbeitet.“
„Pass auf, Dorfvorsteher, ich habe nicht endlos Geduld.“
Jemand aus der Menge rief: „Aber so glaubt uns doch, bitte.“
Der Anführer gab den Soldaten ein Zeichen. Zwei drängten in die Menge, ergriffen den Mann, der gerufen hatte und

zerrten ihn nach vorn. Sie zwangen ihn, niederzuknien. Der Anführer trat von hinten an ihn heran, zog eine Pistole und schoss dem Mann in den Kopf.
José sah das alles mit an. Er klammerte sich an die Hand seiner Mutter und fing an zu weinen. Die Menge jammerte laut und viele beteten.
Der Dorfvorsteher hob die Hände. „Leute, beruhigt euch. Es wird sich gleich alles aufklären."
Eine Gewehrsalve traf ihn mitten im Wort und er fiel zu Boden. Der Anführer bellte einen Befehl und die Männer in den Tarnanzügen begannen, in die Menge zu schießen. Sie schossen wie im Rausch. Um José herum fielen die Dorfbewohner nieder und starben. Auch José wurde getroffen. Ein harter Schlag traf seinen Bauch, ein riesiger brennender Schmerz durchzuckte seinen kleinen Körper. Er fasste sich an den Bauch, fühlte, wie Blut aus einer Wunde hervorquoll und fiel zu Boden. Und während er am Boden lag, spürte er noch, wie seine Mutter auf ihn fiel. Dann war es dunkel.

2
DEUTSCHLAND 2012

Anfang Mai blühen in Dresden Tausende Bäume. Für manche ist die Stadt in dieser Zeit am schönsten. Zaghaft wagen sich erste grüne Blattspitzen hervor, schnuppern die seidige Luft und erstarren in den oft noch kühlen Nächten. Wenn dann tagsüber die Sonne scheint, schwirren ungezählte Schwärme von Insekten und suchen Nahrung in den vielfältigen Blüten.

David Thomsen stand im ersten Stock des Kulturpalastes und schaute hinaus auf die Lichter der nächtlichen Stadt und den Altmarkt. Den kalten Wind, der gerade durch die Straßen der Stadt blies, spürte er nicht. Er sah nur, wie letzte Passanten sich fröstelnd enger in ihre Mäntel hüllten und eilig über den Altmarkt zu ihren Autos oder Straßenbahnen liefen. Die Besucher der heutigen Veranstaltung im „Kulti", wie der Kulturpalast von den Dresdnern liebevoll genannt wurde, waren längst gegangen und David hatte seinen Rundgang abgeschlossen. Er arbeitete für eine Sicherheitsfirma und Aufgabe des Wachteams heute Nacht war die Sicherheit des Gebäudes.

Dresden ging zeitig schlafen. Außer vielleicht in der Neustadt, dem Szeneviertel auf der anderen Elbseite. Da waren die jungen Leute jetzt sicher dabei, die Nacht zu beginnen.

Das Klingeln seines privaten Handys riss ihn aus den Gedanken. Er war stolz auf diesen Klingelton, denn er hatte lange gebastelt, um ihn auf das Telefon zu bekommen. Und so schrillte jetzt die Titelmusik vom „A-Team" durch das leere Gebäude. Ein Blick auf das Display: Schweizer

Vorwahl. Das konnte nur das Büro des Generals sein!
Und richtig:
„David Thomsen?“, fragte eine Männerstimme.
„Ja?“
„Der General möchte morgen um elfhundert mit Ihnen telefonieren.“ Die Stimme kannte er nicht, aber es war klar, dass es sich hier nicht um eine Bitte handelte. Der Mann hinter der Stimme hatte Davids Vornamen englisch ausgesprochen, was ganz seinem Selbstverständnis entsprach. Das deutsche David klang immer fremd in seinen Ohren und mit dem biblischen König wollte er auch nichts zu tun haben.
Es ging sicher um einen neuen Einsatz. Eigentlich hatte David sich nach einem der letzten Einsätze mit Absicht diesen Sicherheitsjob gesucht. Frank hatte ihm dabei geholfen, der Personalchef der Firma „Die Nachtwache“. Als solcher war er immer auf der Suche nach neuem, möglichst zuverlässigem Personal. Außerdem war Frank ein guter Freund. Ihre Frauen kannten sich schon seit über zwanzig Jahren und so hatten sich auch die Männer bei gemeinsamen Unternehmungen schätzen gelernt.
Frank hatte ihn eingestellt, obwohl er wusste, dass David manchmal mehrere Wochen nicht im Land war. Wenn er einen Einsatz hatte, war er nicht erreichbar und konnte auch hinterher nichts erzählen. Es lag in der Natur der Jobs, dass diese streng geheim waren. Nicht einmal Davids Frau wusste, wo er sich rumtrieb und was er zu tun hatte.
David hatte sich entsprechend eingerichtet: Er konnte kommen oder wegbleiben, wie es ihm passte, er hatte ein schmales, aber regelmäßiges Einkommen, war versichert und hatte

oft Zugriff auf einen Firmenwagen. Und was unbezahlbar war: Seine Frau Delilah war beruhigt, wenn er für „Nachtwache“ unterwegs war. Denn sie hasste seinen Zweitjob. Immer wenn er von diesem wieder nach Hause kam, hoffte sie, dass es der letzte Einsatz gewesen war. Und genauso oft wurde sie enttäuscht.

Ihm selbst gefiel das Arrangement. Oft war der Wachdienst zwar langweilig, denn er bestand nur aus Routine, aber es gab auch Höhepunkte. So zum Beispiel der Dienst auf dem Dresdner Striezelmarkt. Gerade nachts war zwischen den Buden immer was los. Einbrecher waren auf der Suche nach Schnaps, Brandstifter versuchten, ihre Konkurrenz aus dem Weg zu räumen, und einmal hatten sie einen Flitzer zu Besuch, einen jungen Mann, barfuß von den Füßen bis zum Kopf.

Das gab ein lautes Gelächter, als David diese Story im Freundeskreis erzählte. Sonst konnte und durfte er ja nicht viel von seinen Einsätzen berichten.

„Was war das für ein Typ, habt ihr ihn gekriegt?“, hatte Gerold gefragt, der manchmal auf sympathische Art leicht stotterte.

„Nein“, sagte David, „er ist uns davongeflitzt. Deswegen heißt das ja auch Flitzer.“

„Warst du zu langsam?“, hakte Timo nach, der gern ein bisschen stichelte.

„Na, hör mal!“, sagte David gespielt empört. „Ich hatte schließlich die schweren Stiefel an und der Junge war barfuß, also eher leichtfüßig unterwegs.“ Anschließend hatte David jedoch sein regelmäßiges Lauftraining wieder aufgenommen.

Nun wieder ein Anruf. Das hieß also, es würde wieder losgehen.

Nach dem Nachtdienst hatte David knapp zwei Stunden geschlafen, als ihn das Telefon mit penetrantem Klingelton weckte. Wer war bloß auf diese blöde Idee mit dem „A-Team“ gekommen?
Auf sein verschlafenes „Ja“ meldete sich Frank. „Kannst du in einer Stunde in die Zentrale kommen? Ich muss etwas mit dir besprechen.“
„Das ist gut, dass du anrufst. Ich wollte heute sowieso mit dir reden.“
„Na, dann passt es ja.“ Frank war heute ungewohnt knapp am Telefon. Vielleicht lag es an der frühen Morgenstunde oder er hatte noch keinen Kaffee gehabt.
David jedenfalls trank erst einmal in aller Ruhe zwei Tassen, dann machte er sich auf den Weg.
Er blieb mit dem Auto auf der Südseite der Elbe und fuhr von der Innenstadt kommend direkt am Fluss entlang in Richtung Schillerplatz. Moderne Wohnhäuser mit Blick auf die Elbe und historische Villen wechselten sich ab, auf der anderen Straßenseite befanden sich die Elbwiesen mit dem Elberadweg. Für ihn war das eine der schönsten Straßen der Stadt.
Auf der anderen Seite des Flusses ging es steil in die Höhe, Platz für Weinhänge und historische Schlösser. Er fuhr gern abends hier entlang, dann waren die Schlösser angeleuchtet. Wenn dann noch die richtige Musik aus dem Autoradio erklang, wollte er am liebsten Schlangenlinien fahren, um den Augenblick und das Gefühl der Vollkommenheit zu verlängern. Die richtige Musik lief auch in diesem Augenblick: „Born to Run“ von Bruce Springsteen. Aber es war Tag und er musste zur Firma. Also nur der halbe Spaß!

David fand einen Parkplatz direkt vor der Zentrale der „Nachtwache“. Die repräsentative Villa war ein typisches Beispiel Dresdner Gründerzeit, mit Fassadenverzierungen im Jugendstil. Er war selten hier, aber er genoss es immer, die Treppe an der Hausseite hinaufzugehen und die Klingel zu betätigen. Er stellte sich dann vor, nach Hause zu kommen. Nicht dass er neidisch war, er mochte einfach die schönen Dinge – und Dresden bot viele davon.

Eine junge, langbeinige Schönheit öffnete ihm. Er folgte ihr eine gewundene Treppe hinauf zu einem Besprechungsraum, lehnte den angebotenen Kaffee ab und nahm sich ein Wasser. Er war etwas zu früh gekommen, was ihm die Möglichkeit gab, sich umzuschauen und zu sammeln.

Was mochte Frank von ihm wollen? Die Firma hatte ihm vor einiger Zeit einen Lehrgang zum Sicherheitsberater bezahlt, was ihm ermöglichte, aus der täglichen Wachroutine rauszukommen. Er fuhr dann mit dem Dienstwagen zu gut situierten Kunden und verkaufte ihnen letztendlich überteuerte Alarmanlagen und Überwachungssysteme. Ob das Gespräch mit diesem Teil seiner Arbeit zusammenhing?

Schließlich kam Frank herein. Er hatte eine Mappe mit Papieren in der Hand und setzte sich, ohne David die Hand zu geben. David fiel auf, dass sein Freund ihm nicht in die Augen schauen konnte.

„Ich möchte betonen, dass ich im Auftrag der Firma hier bin“, begann Frank. „Wir sind hier und jetzt zusammengekommen, um uns hier und jetzt voneinander zu trennen.“

David hörte den Spruch und fand ihn bescheuert, dann erst ging ihm der Sinn auf. „Ihr schmeißt mich raus?“ Das hatte er jetzt nicht erwartet. „Habe ich nicht gut genug gearbeitet?

Waren meine Verkäufe nicht ausreichend?“ Er verstummte. Erstens wusste er genau, dass ihm die Firma sowieso nicht die wahren Gründe nennen würde, und zweitens klang er gerade richtig verzweifelt. Er hasste das, wenn er so nach Bittsteller klang und in der Defensive war.

Bei dem, was ihm Frank jetzt noch erzählte, hörte er nicht mal mehr richtig hin: sofortige Freistellung, eine winzige Abfindung, Nutzung des Dienstwagens bis Ende des Monats und so weiter.

Wie er aus dem Büro gekommen war, konnte er hinterher nicht mehr genau sagen, allerdings fragte auch niemand. Als er im Auto saß, klingelte erneut sein Handy: Der General! Den hatte er fast vergessen. Als er die vertraute Stimme hörte, ging es ihm etwas besser. Das war das Gute beim Militär: Es gab klare Befehle und nur wenig Interpretationsspielraum bei der Erfüllung eines Auftrages. Und da man mit einem Vorgesetzten selten befreundet war, konnte man nicht enttäuscht werden.

„Capitano Thomsen?“ Da war es wieder, dieses vertraute „Capitano“, das er so mochte. General Moro sprach David immer so an, denn David war Hauptmann a. D. und der General kannte ihn noch aus seiner aktiven Zeit.

„Ja, Herr General!“

„Ich brauche Sie für einen vertraulichen Auftrag. Es ist ein Ein-Mann-Job, der etwa eine Woche Zeit erfordert. Ich gehe davon aus, dass Sie zur Verfügung stehen.“

„Jawohl, Herr General!“

„Dann erwarte ich Sie morgen zum Briefing in der Zentrale in Genf, die Papiere sind unterwegs. Bis morgen.“

So liebte David das: Kurz und knapp, kein langes Geschwafel, alles bestens organisiert. Da konnte man sich auf die Truppe des Generals verlassen. Er hatte kaum die Verbindung getrennt, da piepte sein Handy mehrfach: Flugpapiere, Reisehinweise, Wegbeschreibungen. Das sollte also laufen. Der Flug ging morgen sehr früh.

Davids Gedanken schweiften ab zu dem Tag, als er den General das erste Mal getroffen hatte.

3
ANGOLA 1989

Es würde ein gewöhnlicher Tag werden, glaubte David. Obwohl, was hieß hier schon gewöhnlich?

David war erst wenige Tage in Luanda, der Hauptstadt Angolas, trotzdem stellte sich langsam so etwas wie Routine ein. Er stand um sechs Uhr auf, so wie er es jahrelang von der Militärakademie gewohnt war. Dann schlüpfte er in das winzige Bad der Wohnung, die ihm von der Botschaft zur Verfügung gestellt worden war, und versuchte, der Dusche etwas Wasser zu entlocken. Wie gewöhnlich misslang das, denn die Wasserversorgung in Luanda brach auch infolge des Bürgerkrieges immer wieder zusammen. Er würde also wieder einmal in der Botschaft duschen müssen. Dort konnte er dann auch endlich einen Kaffee trinken.

Überhaupt, der Kaffee. David trank gern und viel davon und der angolanische Kaffee war für seinen Geschmack besser als alles, was er bisher in der Heimat getrunken hatte.

Anschließend machte er sich auf den Weg zur Botschaft. Wie fast immer ging er zu Fuß, denn der öffentliche Personenverkehr war kaum noch existent. In seinem Büro sah er die Berichte durch, die von den verschiedenen Entwicklungshelfern geschickt worden waren und versuchte, Probleme vor Ort zu erkennen und die jeweilige Bedrohungslage einzuschätzen.

Ab neun fand das tägliche Meeting mit seinem Vorgesetzten, dem Militärattaché statt und ab zehn bekam er spanischen Sprachunterricht. Das war nötig, da er als Vorbereitung auf seine Arbeit in der Kürze der Zeit nur Portugiesisch und

etwas Englisch gelernt hatte. Aber mit den Kubanern sollte er sich auf Spanisch unterhalten.
Dann kam an diesem Vormittag aber doch alles anders. Er hatte gerade geduscht und sich wieder angezogen, als sein Chef in der Tür stand. Fregattenkapitän Norbert Reinhardt war ein umgänglicher Typ und, wie David erfahren hatte, seit einem Jahr Militärattaché der Botschaft in Luanda.
So hatte er ihn allerdings noch nicht gesehen. Der Fregattenkapitän schien erregt, sein Gesicht war hochrot. Am Uniformkragen, sonst selbst in der größten Hitze hochgeschlossen, war ein Knopf geöffnet und der Schlips etwas heruntergezogen.
„Oberleutnant Thomsen, in mein Büro." Kommandoton war zwar üblich, aber das hier klang schon ziemlich barsch. David stand hinter seinem Schreibtisch auf, richtete die Uniform und folgte dem Fregattenkapitän.
In dessen Zimmer wartete zu seiner Überraschung ein weiterer Mann. Botschaftssekretär Dr. Belzau war die graue Eminenz der Botschaft. Er war zuständig für alle operativen Belange und David hatte zwar schon von ihm gehört, aber noch nichts mit ihm zu tun gehabt. In der Botschaft hielt sich hartnäckig das Gerücht, er würde für das MfS, die Stasi, spitzeln. Daher umgab ihn immer so etwas wie eine Aura der Macht, die auf der Angst vor dem Geheimdienst beruhte.

Belzau saß hinter dem Schreibtisch des Militärattachés. Triumphierend blickten seine kleinen Augen aus dem pastösen Gesicht. „Setzen Sie sich!", sagte er.
David war unsicher, ob er dieser Aufforderung nachkommen sollte. Sein Chef saß nicht, sondern stand am Fenster,

blickte angestrengt in den Innenhof und hatte buchstäblich die Fäuste geballt. Man sah ihm die Mühe an, die er brauchte, um sich zu beherrschen.
David blieb stehen.
„Na gut“, sagte Belzau, warf einen Seitenblick auf Fregattenkapitän Reinhardt und sprach weiter. „Wir haben einen Spezialauftrag für Sie. Sie fliegen noch heute nach Lubango, übernehmen dort von den örtlichen Kräften ein Fahrzeug und einen Fahrer und fahren nach Namibe. Im dortigen Hafen kontrollieren Sie die ankommenden Hilfsgüter für unsere Entwicklungshelfer und quittieren deren Vollständigkeit. Danach kehren Sie in die Botschaft zurück.“ Dann nach einer kurzen Pause: „Haben Sie das verstanden, Genosse Oberleutnant?“
David nickte. Dann fiel ihm etwas ein: „Warum fliege ich nicht direkt nach Namibe? Dort gibt es doch auch einen Flughafen.“
„Juri Gagarin ist abgestürzt!“, sagte Belzau und lachte meckernd.
David schaute verständnislos. Der Unfalltod des ersten Menschen im Weltall war nun schon ein paar Jahre her. Was hatte das also heute mit Angola zu tun?
Belzau sah Davids verwirrte Miene. „Der Flughafen von Namibe heißt Juri Gagarin. Wegen eines großflächigen Stromausfalls ist er im Moment nicht in Betrieb. Ergo: Juri Gagarin ist abgestürzt.“ Wieder lachte er unangenehm und selbstgefällig über seinen Witz, den David geschmacklos fand. Aber er bemühte sich, ein neutrales Gesicht zu machen.

Nach einigen Minuten, in denen das Schweigen der drei Männer immer lauter und unangenehmer geworden war, erhob sich Belzau und sagte im Hinausgehen: „Die Einzelheiten klären Sie mit Ihrem Chef." Dann war er verschwunden.
Reinhardt öffnete das Fenster. „Ich muss erst mal den Schwefelgestank hinauslassen." Er setzte sich in seinen Sessel und forderte mit einer Handbewegung David auf, ebenfalls Platz zu nehmen. „Ich wollte das nicht", knurrte er und schien sich langsam zu beruhigen. Sein Gesicht nahm wieder die normale Farbe an. „Wenn die Genossen Spione der HVA das wollen, sollen sie es doch selbst tun."
HVA war der Auslandsgeheimdienst der DDR und gehörte zum Ministerium für Staatssicherheit, wie David wusste.
„Was ist so wichtig an den Hilfsgütern, dass wir aus der Botschaft dahin müssen?", fragte er.
„Mein Gott, Oberleutnant." Der Chef schaute ihn halb belustigt, halb entsetzt an. „Sind Sie wirklich so naiv? Das sind keine Hilfsgüter, das sind Waffen für die Regierungsarmee, die FAPLA. Durch den von der UNO überwachten Abzug der kubanischen Truppen entsteht ein militärisches Machtvakuum. Deshalb rüstet die angolanische Regierung auch mithilfe der DDR die Armee auf und wir müssen aufpassen, dass diese Waffen nicht durch dunkle Kanäle zur UNITA gelangen. Dieser Rebellenhaufen wartet doch nur auf die Gelegenheit, in Luanda einzurücken und die Macht zu ergreifen. Aber das ist nicht unsere Aufgabe. Wir halten Verbindung zu unseren Leuten im Land und zu den Kubanern. Punkt!"
David war überrascht. So offen hatte noch niemand mit ihm über die Lage im Land gesprochen. Ihn beschlich das

dumpfe Gefühl, dass das hier nicht mehr lange gut gehen würde.

Lubango empfing ihn mit Sonnenschein und einer ungewöhnlichen Hitze. Der Ort war mit über 1700 Metern Höhe einer der am höchsten gelegenen Angolas. Jetzt war die kleine Stadt völlig überfüllt von Regierungstruppen, kubanischen Soldaten und Kämpfern der SWAPO, der namibischen Befreiungsorganisation. Dutzende Militärfahrzeuge stauten sich an den Kontrollposten, ihre Dieselabgase standen wie eine Glocke über dem Treiben. Kolonnen mit frisch eingetroffenen Soldaten marschierten durch die schmalen Straßen und dazwischen versuchten Händler, Prostituierte und Garküchen ihren Geschäften nachzugehen. Es herrschte ein unbeschreibliches Chaos.
David hatte nicht erwartet, dass er vom Flughafen abgeholt wurde. Er sprach den Fahrer eines Lkw an und ließ sich bis zum Hauptquartier der Regierungstruppen bringen, wo ebenfalls ein reges Kommen und Gehen herrschte. Ein Major Alves sollte ihm weiterhelfen und bis er zu ihm vorgedrungen war, hatte er ein halbes Dutzend Mal seine Papiere vorzeigen müssen und war weitergeschickt worden. Als Weißer wurde er von allen Seiten misstrauisch beäugt.
Mit Major Alves verlief dann alles rasch und nach Plan. Sein Fahrer hieß Paulo und das Fahrzeug war ein UAS aus russischer Produktion. David kannte solche Wagen bereits aus der Heimat. Sie verfügten über wenig Komfort für die Insassen, wenn man vom Platz absah, waren aber in aller Regel und bei etwas Pflege zuverlässig. Die Russen bauten nichts ein, was nicht unbedingt gebraucht

wurde, denn so konnte es auch nicht kaputtgehen.
Mittag war lange vorbei und David wollte unbedingt vor Einbruch der Dunkelheit Namibe erreichen. Die Fahrt dorthin dauerte unter normalen Bedingungen etwa drei Stunden. Aber was war schon normal in diesem Land und an diesem Tag? Hektisch wollte er starten, aber Paulo schlug vor, das Auto vor der Fahrt noch vollzutanken.
„Na gut, Paulo, dann wollen wir mal!"
An der einzigen Zapfsäule hatte sich eine riesige Schlange gebildet, bei deren Anblick David gereizt reagierte. Den ganzen Tag hatte er seinen Frust über die Aktion in sich hineingefressen, jetzt sagte er zu Paulo: „Wir müssen was tun, das hier kann ja noch Stunden dauern."
Paulo antwortete mit einem ruhigen Seitenblick zu seinem Beifahrer. „Wozu die Eile? Eile taugt nur zum Fliegen fangen."
David kannte das portugiesische Sprichwort, aber es beruhigte ihn keineswegs. Wutschnaubend sprang er aus dem UAS und lief an der Warteschlange vorbei zur Zapfsäule. Dort standen mehrere Männer und palaverten in einem fremden Dialekt. Angola wurde schon immer von verschiedenen Ethnien bevölkert, deren Sprachen sich deutlich vom Portugiesischen unterschieden. David verstand kein Wort, aber es war ihm auch egal. Für ihn sah es so aus, als würden sich die Männer eine überlange Pause gönnen.
Er begann zu schimpfen und wollte sie antreiben, was gar nicht gut ankam. Das stolze angolanische Volk hatte genug leidvolle Erfahrungen mit weißen Antreibern, den portugiesischen Kolonialherren gemacht. Plötzlich schaute er in die Mündungen von einem Dutzend Maschinenpistolen.
„Was soll das?", brüllte er unerschrocken, fingerte seinen

Diplomatenpass hervor und hielt ihn wie einen Schild vor sich. Ein vierschrötiger Afrikaner kam auf ihn zu. David glaubte, er wolle den Pass prüfen und während er noch darüber nachdachte, ob der Schwarze wohl lesen könne, schließlich gab es in dem Bürgerkriegsland viele Analphabeten, spürte er einen harten Schlag ins Gesicht und ging zu Boden. Der Lkw-Fahrer hatte den Kolben seines Gewehrs benutzt, um David niederzuschlagen.

Einen Moment schwieg David benommen. Dass nicht mehr passierte, hatte er Paulo zu verdanken, denn der war plötzlich aufgetaucht und redete beruhigend auf die Männer ein. Irgendetwas sagte er über den Deutschen, die Männer lachten und ließen von David ab. Paulo half ihm hoch, hob auch noch den Diplomatenpass auf und drückte ihn David in die Hand. Dann gingen sie zusammen zurück zum UAS. David war etwas wacklig auf den Beinen und ließ sich auf seinen Sitz fallen.

„Was hast du zu den Männern gesagt?“, fragte er.

„Es kämpft kein Elefant mit einem Grashalm.“

„Ist das auch so ein portugiesisches Sprichwort?“

„Nein, das ist eines aus meiner Heimat.“

David schwieg und überlegte, wie es weitergehen sollte. Der Schlag tat immer noch weh, aber vor allem war sein Stolz verletzt. Das hier hatte er nicht verdient. Er war stinksauer. Irgendetwas musste jetzt passieren. Dann kam ihm eine Idee. „Wie viel Sprit haben wir noch im Tank?“

Paulo sah ihn zweifelnd an, als ahnte er, was David vorhatte. „Vielleicht etwas weniger als halb voll.“

„Na bitte, was stehen wir noch rum? Das wird schon reichen bis Namibe.“

Paulo schüttelte den Kopf. „Das ist keine gute Idee, das könnte verdammt knapp werden."
Doch David ließ keinen Einwand gelten, also fuhren sie los und ließen Lubango bald hinter sich.
Als sie auf der Landstraße Richtung Namibe unterwegs waren, fielen die gefühlten Temperaturen. Erst jetzt bemerkte David, dass er vollkommen durchgeschwitzt war. Langsam setzte auch das klare Denken wieder ein. Den ganzen Tag hatte er unter Druck gestanden, weil er diesen sinnlosen Auftrag erfüllen musste. Er hatte sich zu Taten hinreißen lassen, die er jetzt schon bereute. Hoffentlich ging es mit dem Sprit gut.
Aber schon bald wurde er abgelenkt, denn die Fahrt durch die Bergkette Seda da Leba war ein gigantisches Erlebnis. Die Straße wand sich in engen Serpentinen den Berg hinauf und an der anderen Seite vom Pass in fast 2000 Metern Höhe wieder hinab. Rechts und links wuchsen niedrige Büsche, dazwischen lagen Felsbrocken von beeindruckender Größe. Der Blick fiel in der Ferne auf eine mehrere Hundert Meter hohe Steilwand. David schaute und staunte. Die Straße war eine ingenieurtechnische Meisterleistung und ließ unvergessliche Eindrücke in ihm zurück.
Paulo fuhr den Weg nicht zum ersten Mal. Routiniert nahm er die engen Kurven der Serpentinen und wich gekonnt den wenigen Fahrzeugen aus, die ihnen entgegenkamen. Dabei unterhielt er sich die ganze Zeit mit David, der viel über seinen Fahrer und das Land, aus dem er kam, erfuhr.
Paulo stammte aus der Gegend um Huambo. Jetzt war das eine Hochburg der UNITA, aber früher war es dort ruhig

gewesen. Er arbeitete als Lkw-Fahrer für einen portugiesischen Unternehmer. Während seiner Fahrten durch Angola sah und spürte er überall die schreiende Ungerechtigkeit, die rücksichtslose Ausbeutung durch die portugiesischen Kolonialherren.

„Es war noch vor der Nelkenrevolution in Portugal, da schloss ich mich der Befreiungsbewegung UNITA an und nahm auch an Kämpfen teil."

David kannte diese Befreiungsbewegung nur als brutale Rebellentruppe. Deswegen wählte er seine nächsten Worte vorsichtig. „Was ist geschehen, dass du nicht mehr bei denen bist?"

„Nach der Nelkenrevolution wurden wir unabhängig von Portugal. Kurz danach brach der Bürgerkrieg aus. Mir hat es nicht geschmeckt, dass wir dann auf die Leute der MPLA schießen sollten. Jahrelang hatten MPLA und UNITA gemeinsam gekämpft, jetzt sollten sie plötzlich Feinde sein. Das war nicht richtig. Und alles nur, weil die Oberen das so wollten, sich nicht einig wurden."

„Du meinst Savimbi von der UNITA?"

„Ja. Allerdings war Neto von der MPLA auch nicht viel besser."

David dachte nach. Die Instrukteure, die ihn auf die Aufgabe in Angola vorbereitet hatten, hatten das alles deutlich anders dargestellt. Da war sehr klar gewesen, wer gut und wer böse war. Hier erzählte ein Mann, der in diesem Land lebte, eine gänzlich andere Geschichte.

„Warum hast du dann die Seiten gewechselt?", fragte David weiter.

„Das war so: Zuerst kamen die Kubaner ins Land und halfen mit, die UNITA militärisch zu besiegen. Savimbi überlebte nicht nur mehrere Attentatsversuche, er konnte auch die Reste seiner Armee sammeln und reorganisieren. Dann kamen Amerikaner und Südafrikaner und sollten uns helfen. Das war schon sehr befremdlich. Die Amerikaner traten arrogant auf, für die waren wir wahrscheinlich nur irgendwelche Wilden aus dem Busch. Am schlimmsten war es allerdings mit den Südafrikanern. Das musst du dir mal vorstellen: zu Hause massakrierten sie in ihrem Apartheid-Staat unsere schwarzen Brüder und hier sollten sie unsere Befreier sein? Das war zu viel für mich. Also ging ich zur MPLA und meldete mich als Fahrer. Und deshalb bin ich jetzt hier."

Rechts und links des Weges wuchsen niedrige Büsche, selten mal ein Baum. Trotzdem wirkte das umliegende Land nicht ausgetrocknet, sondern grün. Das Farbspiel zwischen dem Grün und dem Schwarz der Berge faszinierte David. Die Schatten wurden inzwischen länger, in etwa einer Stunde würden sie, falls alles so gut lief wie bisher, Namibe erreichen. Dort würden sie sich ein Quartier suchen und morgen die Inspektion der Schiffsladung im Hafen durchführen.

Fast unmerklich nahm die Vegetation immer weiter ab. Die letzten Büsche verschwanden und machten kleinen Sanddünen Platz. Sie passierten die Ausläufer der Wüste Namib. Ihr Wagen fuhr in einen kleinen Ort, der sich an die wenig befahrene Straße schmiegte. Einige Häuser machten einen verlassenen Eindruck, Spuren an den Fassaden wiesen auf vorangegangene Kämpfe: Einschusslöcher, ein paar Ruinen, mehrere ausgebrannte Fahrzeuge. Von hier aus zweigte eine Straße Richtung Norden ab.

David sah sich aufmerksam um. Die UNITA hatte sich zwar aus dem Küstenstreifen und den meisten größeren Städten zurückgezogen, aber auf dem Land dominierten ihre Einheiten.
„Wir sollten versuchen, zu tanken", riss ihn Paulo aus seinen Gedanken.
„In Ordnung", sagte David. „Und wo?"
„Da vorn müsste eine Tankstelle sein, ich hoffe, die haben Sprit für uns."
Die Tankstelle war ein flaches, zweistöckiges Gebäude mit einer größeren Garage als Anbau. In vergilbten Lettern stand „Shell" an der Fassade. Obwohl sie ihre besten Zeiten schon hinter sich hatte, wirkte sie doch im Vergleich zum Umfeld modern, fast wie ein Fremdkörper.
Der Fremdkörper war geschlossen und an der Tür hing ein Schild, das besagte, dass es keinen Sprit gab. Es war keine Menschenseele zu sehen, auch auf ihr Klopfen geschah nichts.
„Gut", sagte David. „Dann fahren wir eben weiter."
Aber der UAS ließ sich nicht mehr starten. Sie waren buchstäblich mit dem letzten Tropfen Diesel an die Tankstelle gerollt und nun hier gestrandet.
Einen Moment lang war David ratlos. Sie saßen fest, weil er es nicht hatte abwarten können, nach Namibe zu kommen. Die Aussicht auf eine Nacht in dem Ort begeisterte ihn wenig, aber vor allem war auch morgen ihr Problem nicht gelöst. Sie mussten dringend jemanden anhalten und ihm etwas Diesel abkaufen. Er besprach die Situation mit Paulo. Der stimmte ihm zu, hatte allerdings seine Zweifel, ob so spät noch jemand hier durchkommen und dann auch noch anhalten würde.

David hatte sich wieder in den UAS gesetzt und lauschte aufmerksam in die abendliche Stille. Nach einer Weile hörte er ein vertrautes Motorengeräusch. Es klang wie ein Lkw-Motor aus der Heimat. Und richtig: Am Ende der Straße tauchte ein W50 auf, ein Modell, das in der DDR hergestellt wurde. Er wusste, dass die DDR W50 nach Angola exportierte, hatte hier aber noch keinen gesehen. Kein Wunder, war das Land doch zehnmal größer als die DDR und hatte etwa halb so viele Einwohner.

Jetzt also fuhr einer direkt auf ihn zu. David hatte sich auf die Straße gestellt und winkte verzweifelt mit den Armen. Der Lkw machte einen Bogen um ihn und fuhr weiter.

„Ihr Arschlöcher", brüllte David den Insassen auf Deutsch hinterher und wollte schon resigniert zu seinem Wagen und Paulo gehen, als der Lkw plötzlich doch hielt und langsam rückwärts auf ihn zu fuhr. David erinnerte sich an den Kolbenschlag vom Mittag und war auf alles gefasst. Heftig winkte er Paulo heran, damit der übersetzen konnte. Hoffentlich verstand er die Sprache der Leute aus dem Laster.

Der Lkw hielt direkt vor David, die Scheibe wurde heruntergekurbelt und eine Stimme fragte: „Hey Landsmann, was ist los?"

David hörte den Worten hinterher. Der Mann hatte Deutsch gesprochen! Er antwortete erleichtert: „Wir brauchen Hilfe. Unser Diesel ist alle und hier gibt es auch keinen mehr."

Der Kopf verschwand und aus dem Inneren des Führerhauses hörte man Stimmen. Stritten sie? David konnte nichts verstehen. Nach einer gefühlten Ewigkeit öffneten sich beide Türen und heraus stiegen zwei junge Männer. Einer blond, mit blondem kurzem Vollbart, ein Hüne von einem Mann, genauso groß wie David, aber bestimmt hundert Kilo

schwer. Das war alles Muskelmasse, man konnte die enormen Oberkörpermuskeln sehen, die das grau-grüne T-Shirt spannten. Der andere war dagegen eher schmächtig, dunkle Haare und einen Kopf kleiner als David. Dafür hatte er bereits einen kleinen Bauchansatz.
Neugierig schauten sie David und Paulo an.
„Das muss man erst mal hinkriegen", sagte dann der Blonde. „Den Tank leerfahren, irgendwelche Fahrzeuge anhalten und nach Diesel betteln. Reife Leistung."
Der Kleinere ergänzte: „Das hier ist nachts UNITA-Gebiet und ihr beiden seht nicht so aus, als wolltet ihr denen in die Hände fallen."
David kannte die Gefahr, in der sie schwebten. „Könnt ihr uns helfen? Ich kann auch bezahlen."
Die beiden schauten sich an. Dann sagte der Blonde: „Klar können wir helfen. Aber wir helfen nicht jedem. Wer seid ihr denn?"
„Oberleutnant David Thomsen. Ich arbeite für den Militärattaché der Botschaft und das ist mein Fahrer. Wir wollen, nein müssen nach Namibe."
„Hast du gehört, Sunny, ein Genosse Oberleutnant braucht unsere Hilfe." Der Blonde lachte, allerdings klang das Lachen nicht so unfreundlich, wie die Worte es vermuten ließen. Sunnys Gesichtsausdruck war nicht zu deuten und David vernahm ein undeutliches Murmeln.
Der Blonde sprach spöttisch weiter: „Das hier ist der Gefreite a. D. Michael Sonntag und ich bin Unterfeldwebel a. D. Andreas Holzer."
David wusste nicht so recht einzuordnen, ob der Blonde ihn veralberte oder auslachte. Egal, er brauchte die Hilfe

der Männer, also ging er auf sie zu und drückte ihnen die Hand. Sunnys Händedruck war wie sein Bauchansatz – weich und nachgiebig. Holzer dagegen erwiderte seinen Händedruck so, dass David sich zusammenreißen musste, um nicht zu stöhnen. Es fühlte sich an wie ein Schraubstock. Er bemerkte, dass Holzer ihn dabei genau beobachtete. Als der lächelte, wusste David, er hatte einen Punkt gesammelt.

Sunny ging zur Ladefläche des Lkw und brachte einen Kanister. Währenddessen hatte sich Holzer mit Paulo unterhalten. Als der ihm erzählte, dass sie den Tank vollständig leergefahren hatten, schaute Holzer zu David und schüttelte nur wortlos den Kopf. Dann schickte er Sunny wieder los und der brachte einen langen Schlauch, dessen Ende er in den Kanister steckte. Jetzt ließ er Paulo die Motorhaube des UAS öffnen und verschwand mit dem Oberkörper im Motorraum des Fahrzeuges. Sunny hatte inzwischen aus einem weiteren Kanister den Tank von Davids Auto teilweise aufgefüllt.

David war neugierig und steckte ebenfalls seinen Kopf unter die Motorhaube. Er verstand nichts von dieser Technik, seine Eltern hatten nur einen Trabant gehabt. Damit kannte er sich notdürftig aus, aber hier schaute er sprichwörtlich wie ein Schwein ins Uhrwerk.

„Oberleutnant, steh nicht im Weg“, knurrte Holzer.

„Was macht ihr?“, fragte David.

„Wir entlüften das System. Wenn man den Dieselmotor komplett leer fährt, muss man ihn entlüften, sonst springt er nicht an.“ Dann gab er ein paar Anweisungen an Paulo und der startete den Motor. Der Auspuff spuckte dicke Ab-

gaswolken, aber der UAS sprang an.
„Na also“, sagte Holzer, klappte die Motorhaube zu und streichelte kurz das Fahrzeug. „Braver Junge!“
Holzer und Sunny trugen die Kanister zurück zu ihrem Lkw. „Was bekommt ihr?“, fragte David.
Die beiden schauten sich an. Dann sagte Sunny: „Weißt du was, gib uns ein Bier aus, dann sind wir quitt.“
David war erleichtert. Er wusste, dass Paulo ein paar Flaschen Cuca-Bier im Kofferraum hatte. Der hatte den Teil des Gespräches mitgehört und kam mit vier Flaschen zu der kleinen Gruppe. Sie setzten sich auf die Ladefläche und ließen die Beine über die runtergeklappte Heckklappe baumeln. Ungeachtet der drohenden Gefahr durch die Rebellen, waren die Männer in gelöster Stimmung.
Den ersten Schluck tranken alle schweigend. Dann sagte Sunny: „Na ja, es ist kein Radeberger Pilsner, aber gegen den Durst sollte es helfen.“
„Wann hast du denn das letzte Mal ein ‚Radi‘ getrunken. Die gibt es nicht mal in Dresden!“ David lachte.
„Du wirst dich wundern“, meinte Holzer. „Wusstest du, dass man hier ab und an ein echtes Radeberger Export ergattern kann?“
Dann schwiegen wieder alle.
David hatte auf der Ladefläche des W50-Lkw mehrere längliche dunkelgrüne Kisten bemerkt. „Was transportiert ihr?“, fragte er neugierig.
Holzer sah Sunny kurz an und sagte: „Wir haben in Namibe Ersatzteile für Lkw besorgt. Wir bilden junge Angolaner darin aus, die W50 zu warten und zu reparieren. Und wir brauchten mal wieder ein paar Kleinigkeiten für die Werk-

statt."
David fand den Begriff „Kleinigkeiten" angesichts der Menge und Größe der Kisten maßlos untertrieben. Aber er sagte nichts, denn aus der Heimat kannte er das ewige Problem mit Ersatzteilen aller Art.
Holzer musterte Davids Gesicht, das auf der einen Seite angeschwollen war und sich langsam verfärbte. „Sag mal, Oberleutnant, wer hat dich denn so zerbeult?"
David wurde rot. Er schämte sich inzwischen für seinen Auftritt an der Tankstelle, trotzdem erzählte er den Vorfall fast wahrheitsgetreu. Auch den Auftrag von Dr. Belzau erwähnte er und wie sehr ihn das gestresst hatte.
Holzer hörte aufmerksam zu. „Und dieser Dr. Belzau hat solch eine Macht?", fragte er dann.
David hob die Schultern. „Zumindest haben alle Angst vor ihm, möglicherweise ist er ja ein Zuträger der Stasi."
„Wir haben alle schon viel zu lange dem Hut auf der Stange Respekt gezollt", meinte Sunny böse.
Holzer warf ihm einen warnenden Blick zu. David fühlte sich ausgeschlossen. Seiner Meinung nach sagte der Blick: „Vorsicht Sunny, du weißt nichts über diese Leute." Dieses Misstrauen verstimmte ihn, doch ihm blieb keine Zeit zum Grübeln.
Paulo wurde plötzlich ganz aufgeregt. „Da, das sind sie!", sagte er und deutete auf die Straße, auf der gerade ein Jeep oder etwas Ähnliches langsam vorbeifuhr. Drinnen saßen zwei Männer, die angestrengt in ihre Richtung schauten.
„Wer ist das?", fragte David, während Sunny und Holzer ihre Bierflaschen wegwarfen und von der Ladefläche

sprangen.
„Wahrscheinlich UNITA-Kämpfer. Die haben es sicher auf unseren Lkw abgesehen.“ Sunny war erregt. Zusammen mit Holzer schlossen sie die Ladefläche des Lkw und wollten zur Fahrerkabine laufen.
„Was habt ihr vor?“, fragte David.
„Die kommen mit Sicherheit wieder. Bestimmt mit Verstärkung. Wir werden verschwinden. Vielleicht schaffen wir es bis Lubango. Dann sind wir in Sicherheit“, antwortete Sunny.
„Stopp!“ Unwillkürlich war David laut geworden. „Was soll der Unsinn? Ihr habt doch auf den Serpentinen keine Chance mit eurem Lkw gegen einen Jeep. Die holen euch ein und dann war es das.“
„Und was sollten wir deiner Meinung nach tun?“ Holzer hielt inne.
David antwortete nicht sofort. Er schaute sich um, musterte die Tankstelle, schätzte die Entfernung zur Straße. Dann stand sein Plan. Zumindest fast.
„Seid ihr bewaffnet?“ Er sah zu Holzer und Sunny.
„Ich habe eine Pistole und Paulo eine Maschinenpistole AK-47. Was habt ihr?“ David ging davon aus, dass die beiden Männer nicht unbewaffnet durch das Land fahren würden. Er lag richtig.
„Wir haben auch Kalaschnikows.“ Sunny hatte als Erster geantwortet.
„Also zwei AK-47. Das ist nicht viel, aber es muss reichen.“
„Du verstehst nicht“, sagte Sunny mit ernstem Blick.
„Wir haben zwei Dutzend Kalaschnikow mit ausreichend Munition. Und noch ein bisschen Knallzeug dazu.“

„Gut, sehr gut.“ David hörte nur halb hin. „Wir machen Folgendes: Flucht ist keine Option. Also verschanzen wir uns hier. Entweder bis zum Morgen, wenn sie wieder verschwinden, oder bis Hilfe kommt.“
„Wir vier gegen wie viele? Was denkst du, Paulo, wie viele werden kommen?“ Holzer schien zu zweifeln.
Der Angolaner zuckte mit den Schultern. „Zehn vielleicht, vielleicht auch mehr. Je nachdem, was sie ursprünglich vorhatten.“
David ging dazwischen. „Wenn es zehn sind, sollte es lösbar sein. Wir verschanzen uns hier und wehren uns. Dann brauchen sie schon die drei- bis vierfache Übermacht.“
„Ah“, sagte Holzer. „Das Handbuch des Offiziers. In der Theorie klingt das gut, aber wer von uns hat schon mal auf echte Menschen geschossen?“
Der Einzige, der die Hand hob, war Paulo.
David gab Holzer insgeheim recht. Ihre Lage war verzweifelt bis aussichtslos. Aber welche Alternative hatten sie denn? Darum wischte er die Bedenken beiseite und teilte den anderen seinen Plan mit.
Sie brachen die Tür zur Tankstelle auf, fanden den Schlüssel zur Garage und stellten den Lkw und den UAS hinein. Holzer und Sunny entluden mehrere Kisten und schleppten sie auf das Flachdach der Tankstelle. Oben angekommen inspizierten alle den Inhalt. In den Kisten befanden sich Maschinenpistolen, Munition und Handgranaten, ausreichend für eine kleine Armee.

David schaute belustigt erst auf den Inhalt der Kisten, dann auf die beiden Deutschen. „So, so, Ersatzteile.“

Holzer wurde tatsächlich verlegen. „Na ja, nicht nur, wie du siehst. Aber mit dem Abzug der Kubaner werden unter unseren Leuten die Befürchtungen immer lauter, dass wir uns selbst schützen müssen. Da waren wir eben mal einkaufen. Sunny hat seine Verbindungen …"
Sunny grinste breit. „Sag einfach, was du brauchst, und ich besorge es dir. Also wenn du mal 'ne Kiste Radeberger haben willst, kein Problem."
„Gut zu wissen. Aber jetzt lass uns erst mal aus dieser Situation rauskommen."
David gab weitere Anweisungen. Er hatte wie selbstverständlich die Rolle des Anführers übernommen und die anderen Männer folgten ihm nur zu gern.
Sie schichteten zwei große Holzhaufen rechts und links neben der Tankstelle auf, vernagelten die Garagentür und verbarrikadierten den Zugang zur Tankstelle. Aus der Wohnung des Tankwarts über dem Verkaufsraum holten sie ein paar Glasflaschen, füllten sie mit Benzin und Motoröl und banden Lappen an die Flaschen, die sie mit Benzin getränkt hatten. Diese Molotowcocktails stellten sie bereit, dann legten sie sich auf dem Dach mit den Waffen im Anschlag auf die Lauer.
Im ganzen Ort war es ruhig, auch die Landstraße war leer. Kein Fahrzeug, das sich näherte. Es war inzwischen stockdunkel, nur eine große Anzahl Sterne funkelte in der Nacht. Unter anderen Umständen hätte David sich auf den Rücken gelegt und ausgiebig den Sternenhimmel bewundert, so lag er auf dem Bauch und lauschte in die kühler werdende Nacht. Seine Gedanken kreisten um die Frage, ob er an alles gedacht hatte. Die Spannung in ihm stieg ständig an. Wür-

de er heute zum ersten Mal auf Menschen schießen müssen? Würden sie alle diese Nacht unverletzt überstehen? Konnte er sich auf die anderen verlassen?
Sein Blick wanderte zu Sunny und Holzer. In der Dunkelheit waren nur ihre Umrisse zu erkennen. Sie hatten beide in der Armee gedient, kannten die Waffen, die sie in die Dunkelheit gerichtet hielten. Aber würden sie den Schritt schaffen und auf Menschen schießen? Das hier war nicht der Schießplatz in irgendeiner brandenburgischen Heide.
Und Paulo? Sollten das Kämpfer der UNITA sein, die dort in der Dunkelheit auf sie zielten, würde er dann auf seine ehemaligen Waffengefährten schießen?
Er spürte, dass er selbst aufgeregt war. Konnte er auf sich selbst vertrauen? Wie würde er unter Beschuss reagieren? Angst hatte er keine, aber die Spannung wurde langsam unerträglich.
Sunny kam zu ihm herangekrochen. Er war blass und zitterte, nicht nur wegen der zunehmenden Kälte in der Nacht.
„Und was, wenn keiner kommt?“, flüsterte er hoffnungsvoll.
David wollte gerade antworten, da hörte er es. Motorenlärm! Mehrere Fahrzeuge näherten sich auf der Landstraße.
„Geh wieder auf deine Position.“ David wurde plötzlich ganz ruhig. Jetzt ging es los. Die Fahrzeuge kamen näher und hielten direkt vor der Tankstelle auf der Landstraße. Ganz offensichtlich fühlten sich die Insassen sehr sicher. Einige Männer stiegen aus und fingen an, laut miteinander zu reden. In der stockfinsteren Nacht waren sie kaum wahrzunehmen. David konnte sie nur hören, verstand allerdings kein Wort. Er sah zu Paulo. Der machte ihm ein Zeichen, dass er auch nichts verstehen konnte.

Einer der Männer zeigte auf die Landstraße in Richtung Lubango. Vielleicht versuchte er, die anderen zu überzeugen, dass der Lkw bereits abgefahren war und sie ihm folgen sollten. Ein anderer deutete auf die Garage, als würde er dort den Lkw vermuten. David begann bereits zu hoffen, dass sie auf den Ersten hören und dem Laster auf seiner vermeintlichen Flucht folgen würden. Da geschah es.
Ein einzelner Schuss knallte durch die Nacht und dann passierten mehrere Dinge gleichzeitig: Die UNITA-Kämpfer gingen blitzschnell in Deckung und begannen, in alle Richtungen zu schießen. Offensichtlich hatten sie nicht mitbekommen, woher der Schuss gekommen war.
„Entschuldigung, bin nur an den Abzug gekommen", rief Sunny laut.
David entzündete die Molotowcocktails und warf sie auf die Holzhaufen, die augenblicklich zu brennen anfingen und die Nacht erleuchteten. Ihr Schein riss die fremden Fahrzeuge aus der Dunkelheit, ließ aber das Dach der Tankstelle im Dunkeln. So hatte David es geplant, um ein beleuchtetes Schussfeld zu haben.
Auch Holzer und Paulo schossen jetzt, aber David fragte sich, worauf. Die Fahrzeuge der UNITA waren in der Dunkelheit verschwunden, keiner der Kämpfer war zu sehen. So brüllte er: „Feuer halt! Hört auf zu schießen!"
Es herrschte wieder Ruhe.
Eine Zeit lang blieb es still, dann, nach quälend langen Minuten, rief eine Stimme laut zu ihnen herüber: „Verhandlung. Verhandlung." Einer der Angreifer kam mit einem Stock, an dem ein weißer Lappen festgebunden war, aus der Dunkelheit und stellte sich gut sichtbar vor der

Tankstelle auf. Wieder rief er: „Verhandlung. Verhandlung."
„Was machen wir?", rief Holzer David zu.
David überlegte fieberhaft. Was sollten Verhandlungen bringen? Es war klar, dass diese Leute die Ladung und vielleicht sogar den ganzen Lkw wollten. Was sollten sie dafür bekommen? Freien Abzug? Zu Fuß? Oder hätten sie alle in den UAS gepasst? Konnte man denen trauen? Er war unschlüssig.
Paulo kam zu ihm gekrochen. „Ich gehe hin. Mal sehen, was sie wollen."
Auch Sunny und Holzer kamen dazu. „Sollten wir vielleicht doch einfach mit ihnen reden und hören, was sie wollen?", fragte Sunny ängstlich. Holzer nickte nur.
David schwieg und überlegte. „Okay, aber ich gehe!", sagte er dann.
„Das macht keinen Sinn", widersprach Paulo. „Du bist der Anführer, du wirst hier gebraucht. Außerdem verstehe ich sie bestimmt besser als ihr alle."
David wusste, dass Paulo recht hatte, aber innerlich sträubte sich alles in ihm dagegen, den Angolaner in diese gefährliche Situation zu bringen. Ob er besser damit umgehen konnte? Er wusste es nicht. Also stimmte er zu, wenn auch mit ganz schlechtem Bauchgefühl.
Er kroch mit Paulo zur Dachluke. Zusammen stiegen sie hinunter zur Wohnung des Tankwarts, suchten und fanden ein weißes Tuch.

Als der Afrikaner sich zum Gehen wandte, hielt ihn David auf. „Sei bloß vorsichtig", sagte er, dann umarmte er ihn.

„Es gibt nicht nur einen Tag, wenn Gott es will, wird auch morgen die Sonne scheinen", sagte Paulo wie zur Beruhigung.

Vom Dach aus beobachtete David die Szenerie. Paulo hielt das weiße Tuch deutlich sichtbar in der Hand. Langsam ging er auf den Kämpfer zu. Dann redeten sie. Die Unterhaltung schien sich endlos hinzuziehen. Mal schüttelte der eine den Kopf, mal der andere. Es wurde gestikuliert, dann nickten wieder beide. Waren sie sich einig geworden?

David sah, wie sich Paulo umdrehte, um zum Haus zurückzukehren. Dann rief ihm der andere noch etwas zu. Paulo drehte sich wieder zu ihm um, der UNITA-Kämpfer kam ganz nah auf ihn zu. Was dann geschah, war nicht genau zu erkennen. Vielleicht hatte er ein Messer gezogen und auf Paulo eingestochen. Zumindest fiel kein Schuss, aber Paulo lag dennoch am Boden. David und seine beiden Mitstreiter brauchten einen Moment, um zu verstehen, was geschehen war. Diese Schrecksekunde nutzte Paulos Angreifer, um im Dunkel der Nacht zu verschwinden.

„Ihr Schweine, er hatte die weiße Fahne dabei", schrie Holzer.

Die Dunkelheit antwortete mit massivem Beschuss.

„Das können die doch nicht machen", schluchzte Sunny.

Auch David war geschockt, aber er zwang sich, kühlen Kopf zu bewahren. Er versuchte, anhand des Mündungsfeuers die Position der Schützen auszumachen. Dabei sah er immer noch den reglosen Körper von Paulo im Schein der beiden Feuer liegen.

„Hört zu!", rief er zu Holzer und Sunny. „Vielleicht ist er noch nicht tot. Ich gehe und hole ihn ins Haus. Ihr müsst mir Feuerschutz geben. Schießt so, dass die ihre Köpfe unten halten müssen. Wenn ich ihn habe, wechselt ihr eure Position, damit die sich nicht auf euch einschießen können. Habt ihr das verstanden?“

Die beiden nickten. David kletterte vom Dach in den Verkaufsraum. Er hatte die Schulterstütze der Kalaschnikow eingeklappt, so wollte er im Laufen schießen. Dann holte er noch einmal tief Luft, spürte, wie sein Herz klopfte, und sprang ins Licht.

Von oben wurde Sperrfeuer geschossen. Mit wenigen Sätzen war David bei Paulo, griff ihn unter den Armen und zerrte den leblosen Körper ins Haus. Als er den Eingang verschlossen hatte, warf David sich zu Boden. Keinen Moment zu früh, denn mehrere Kugeln durchschlugen die Holztür. Er zerrte Paulo kriechend in ein Hinterzimmer, dann sprang er wieder zum einzigen Fenster des Verkaufsraumes, das zur Landstraße zeigte. Einer der Angreifer versuchte, über den Platz zu spurten. David erwischte ihn mit einem kurzen Feuerstoß. Der Mann taumelte und lief zurück ins Dunkel.

Für einen Moment war Ruhe. David ging zu Paulo. Er fühlte den Puls, horchte, ob der Mann atmete. Der Körper war am Bauch voller Blut, also öffnete er Paulos Kleidung. Die Wunde blutete. Das war ein gutes Zeichen, also schlug das Herz noch. Er musste versuchen, die Blutung zu stoppen. Auf der Treppe erklangen Schritte.

„Kann ich helfen?“, fragte Sunny.

„Ja, sieh mal nach, ob du was zum Verbinden findest.“

Sunny verschwand und kam mit einem sauberen Laken und Kompressen zurück. „Habe ich aus einem uralten Ver-

bandskasten in der Garage", sagte er auf Davids Blick.
„Wird schon gehen. Muss!", antwortete der.
Sie begannen Paulo zu verbinden, als sie Holzers Stimme von oben hörten: „Granate!"
Reflexartig warfen sie sich zu Boden. Holzer hatte vom Dach Handgranaten geworfen. Die Splitter sausten überall durch die Luft.
David rannte zum Fenster. „Kümmer dich um Paulo!"
Er sah, wie mehrere Angreifer im erlöschenden Licht der kaum noch brennenden Holzhaufen über den Platz vor der Tankstelle liefen. Von oben schoss Holzer, von unten schoss jetzt auch David. Wieder traf er. Ein Mann fiel und blieb liegen. Zwei andere packten ihn und schleiften ihn weg. David ließ sie ziehen.
Stattdessen lief er die Treppe hinauf zu Holzer, legte sich neben ihn und versuchte, die Lage einzuschätzen. Die Feuer waren heruntergebrannt, nicht mehr lange und es war vorbei mit ihrer „Gefechtsfeldbeleuchtung". Verzweifelt überlegte er, was sie machen konnten. Ohne Licht war ihr Vorteil mit der Stellung auf dem Dach dahin. Dann würde sie die Übermacht der Angreifer überrollen.
Holzer stieß ihn an. „Sieh mal, der Mond."
„Na bitte, Gott ist mit den Gerechten." Der Stoßseufzer kam spontan über Davids Lippen.
„Bist du gläubig?", fragte Holzer.
„Nein, das ist nur so'n Spruch. Ich habe mit Kirche weiß Gott nichts am Hut."

Holzer lachte. „Nichts mit Kirche am Hut, weiß Gott. Das ist lustig."

Jetzt musste auch David grinsen. Inzwischen stieg der Mond immer höher. Möglicherweise hatten auch ihre Gegner eingesehen, dass dadurch die Nacht so hell werden konnte, dass sie mit weiteren Verlusten rechnen mussten. Also griffen die Rebellen erneut an.

Aus einem Dutzend Gewehren gleichzeitig wurden sie unter Feuer genommen. Sie zogen die Köpfe ein und bereiteten sich innerlich auf einen Sturmangriff vor. Dann liefen mehrere Angreifer über den Platz auf sie zu. David und Holzer versuchten, sie mit Schüssen aufzuhalten, und warfen auch eine weitere Handgranate. Trotzdem gelang es den Angreifern, in den toten Winkel zu kommen, den sie vom Dach aus nicht einsehen konnten.

David schoss sein Magazin leer und wollte es wechseln, als er einen Kopf über der Dachluke auftauchen sah. Der Kämpfer legte auf ihn an. Für den Bruchteil einer Sekunde glaubte David, dass es jetzt vorbei sei mit ihm, doch da hörte er den Feuerstoß aus der Maschinenpistole von Holzer. Der Angreifer stockte in der Bewegung, klappte zusammen und fiel die Treppe runter. Holzer warf eine weitere Handgranate vor die Tankstelle. Dann war plötzlich Ruhe.

David atmete hörbar aus. Er hatte wohl unwillkürlich die Luft angehalten, als der UNITA-Kämpfer auf ihn angelegt hatte. „Danke, du hast mir das Leben gerettet“, sagte er zu Holzer.

Plötzlich war Bewegung auf der anderen Straßenseite. Die Fahrzeuge der UNITA wurden gestartet, man hörte Stimmengewirr und wie die Gruppe sich in Bewegung setzte. Dann war der Spuk vorbei.

Oder doch nicht?

Das Dröhnen starker Motoren erfüllte plötzlich die Luft. Die Straße herauf kamen gepanzerte Fahrzeuge, Radpanzer, weiß angestrichen. Am vordersten flatterte eine Flagge in Blau.
„Das scheint die UNO zu sein", rief David.
Holzer nickte. Eine Lautsprecherstimme quäkte auf Englisch und dann noch mal auf Portugiesisch: „Legen Sie die Waffen nieder und kommen Sie mit erhobenen Händen heraus."
Beide erhoben sich auf dem Dach und reckten die Hände in die Höhe. Suchscheinwerfer erfassten sie. Mehrere Männer verließen die Schützenpanzer und liefen zum Eingang der Tankstelle. Drinnen war Stimmengewirr zu hören, dann erschien ein Mann mit einem blauen Helm und winkte ihnen, herunterzukommen.
Unten sah David, dass sich inzwischen Sanitäter um Paulo kümmerten. Sunny stand zwischen mehreren UNO-Soldaten und erzählte von dem Gefecht. David war erleichtert, drehte sich zu Holzer um und sagte: „Es stimmt schon: Immer, wenn die Not am größten, ist die Hilfe am nächsten."
„Sag mal, hast du für jede Lebenslage einen Spruch?", fragte Holzer.
David schaute auf Paulo, der gerade an ihnen vorbei getragen wurde und sagte nachdenklich: „Bisher nicht."
Ein Offizier der Blauhelme kam auf sie beide zu. „Oberleutnant Thomsen?", fragte er.
Holzer deutete auf David.

„Kommen Sie bitte mit, General Moro möchte Sie kennenlernen."

„Einen Moment bitte." David trat zu Holzer, hielt ihm die Hand hin und sagte: „Ich schulde dir was. Ich hoffe, wir sehen uns mal wieder, Holzer."
Holzer drückte die Hand und antwortete: „Ich bin Andy, meine Freunde sagen Andy zu mir."

4
DER ERSTE TAG

Am Anfang war da Dunkelheit. Und Gottes Geist schwebte über der Dunkelheit und war nur Schmerz. Schmerz und Durst. Und so schuf Gott aus Schmerz und Dunkelheit den ersten Tag. Und Gott sah … weg.

Guatemala 1992

José träumte. Er spielte auf der Straße, mit seinem roten Ball. Es war heiß und er hatte Durst. Aber er konnte nicht zu Mamá laufen und was trinken, er musste Fußball spielen. Er musste im Tor stehen und einen Strafstoß halten. Sein bester Freund Ernesto sollte ihn treten. Ernesto nahm Anlauf und schoss, der rote Ball flog auf ihn zu und er bekam ihn in den Bauch. Der Ball blieb in seinem Bauch stecken, er konnte ihn nicht herausziehen. Plötzlich waren alle seine Freunde verschwunden und José lief mit dem Ball im Bauch durch das Dorf, auf der Suche nach ihnen.

Der fremde Soldat zeigte mit dem Finger auf ihn und lachte. „Hey Junge", rief er. „Hey Junge! Hallo, bist du wach?"

José öffnete mühsam die Augen. Er musste wohl geschlafen haben.

Der Bauch tat ihm immer noch weh und der Durst war entsetzlich. Seine Lippen waren verklebt und die Zunge ließ sich nicht vom Gaumen lösen. Er wollte etwas sagen, hörte ein Krächzen. Das war er selbst. Das Geräusch machte ihn endgültig wach.

Er lag in einem Bett zwischen weißen Laken. Um ihn herum standen fremde Menschen in weißer Kleidung und schauten auf ihn herunter.

„Ah“, sagte eine junge Frau. „Er ist wach!“ Mit einem feuchten Tuch wischte sie seine Lippen ab und entfernte die Verkrustungen. „Du darfst jetzt noch nicht trinken. Du wurdest im Bauch getroffen, da könnte so etwas gefährlich sein. Aber keine Sorge, du verdurstest nicht, du bekommst Flüssigkeit über diesen Schlauch hier.“

Josés Blick folgte ihren Handbewegungen. Eine Flasche hing an einem Gestell und war über einen Schlauch mit seinem Arm verbunden. Vorsichtig bewegte er sich. Dabei zuckte ein brennender Schmerz durch seinen Körper und unwillkürlich entwich ein Schmerzenslaut seiner wunden Kehle.

„Warte“, sagte die Frau. „Ich gebe dir was gegen die Schmerzen.“

„Aber nicht übertreiben!“ Jetzt bemerkte José, dass der andere Mensch an seinem Bett ein Mann war. Ein Mann mit runder, randloser Brille und einem hochmütigen Blick. Dieser Blick fixierte José als wäre er ein Insekt, das es zu erforschen galt. Da war keine Wärme in dem Blick, nur abschätzende Professionalität. „Päppeln Sie ihn wieder auf, dann werden wir weitersehen.“

Mit diesen Worten verließ der Mann das Zimmer. José hatte bemerkt, wie die Frau bei den letzten Worten des Mannes zusammengezuckt war.

Als sie allein waren, sagte sie zu José: „Das ist Doktor Ruiz. Er leitet diese Station. Ich bin Schwester Dolores. Ich werde mich ab sofort in der Tagschicht um dich kümmern.“

Als das Schmerzmittel zu wirken begann, schlief José ein. Er wachte wieder auf, als mitten in der Nacht ein weiterer Patient in seinem Bett in das Zimmer geschoben wurde. Ein Junge, etwa im selben Alter wie José. Sein spitzes Gesicht war so blass, dass es sich kaum von dem weißen Kopfkissen abhob. Er lag still da und schaute an die Decke. Drei Tage später schob man sein Bett wieder hinaus.

José, der inzwischen etwas Zutrauen zu Dolores gefasst hatte, fragte: „Was ist mit dem Jungen geschehen?"

„Er ist gestorben. Er hat eine Infektion bekommen und ist daran gestorben."

José wusste nicht, was eine Infektion war, aber dass man krank werden und sterben konnte, wusste er. Ab und an kam ein Arzt in ihr Dorf und behandelte die Menschen. Und manchmal kam seine Hilfe zu spät.

„Dann war er krank und die Hilfe kam zu spät?", fragte er.

„Ach, José." Schwester Dolores seufzte. „Es ist schon etwas komplizierter. Er hat auf der Straße gelebt, wahrscheinlich ein Waisenkind. Da fragt niemand nach, was mit ihnen geschieht." Tränen erstickten ihre Stimme und sie verließ das Zimmer.

Dolores kümmerte sich aufopferungsvoll um José. Abends nach ihrer Schicht blieb sie noch auf Station und las ihm aus einem Buch vor, das sie „Die Heilige Schrift" nannte. Da standen viele Geschichten drin, die José so noch nie gehört hatte. Wie der liebe Gott die Welt erschuf und wie er alle Menschen in einer großen Flut ertrinken ließ. Und dass Gott alle Menschen lieben würde.

Danach beteten José und Dolores gemeinsam: „Vater unser, der du bist …"

José hatte schon erlebt, wie die Erwachsenen in seinem Dorf gebetet hatten. Wenn er danach fragte, hieß es immer: „Dafür bist du noch zu klein!“ Manchmal kam ein Pater in ihr Dorf, der brachte Luftballons für die Kinder mit und Babykleidung für werdende Mütter. Ab und an wurde er von einer Krankenschwester begleitet. Die impfte dann die Kinder und auch manche Erwachsene.
„Du sagst doch, dass Gott alle Menschen liebt“, fragte er Dolores eines Abends.
„Ja!“
„Hat er auch mich lieb?“
„Dich ganz besonders.“ Dolores lächelte und hatte schon wieder Tränen in den Augen, als sie ihn umarmte.
„Und hat er auch Mamá und Papá lieb?“
Dolores schluckte, bejahte dann aber die Frage.
„Und warum hat Gott dann zugelassen, dass die fremden Soldaten sie erschossen haben?“
„Vielleicht wollte er so liebe Menschen in seiner Nähe haben“, antwortete Dolores.
„Und wird er auch dafür sorgen, dass der Offizier, der die Befehle gegeben hat, zu ihm kommt?“
Dolores schloss kurz die Augen. „Weißt du, Gott hat für jeden Menschen einen Plan. Aber wir kennen seine Pläne nicht. Gottes Wege sind unergründlich.“
„Gott hat für jeden einen Plan?“, fragte José erstaunt. Das klang nach einer Menge Pläne!
„Aber ja. Und jetzt wird geschlafen.“
An diesem Abend dachte José noch lange an seine Eltern und weinte sich in den Schlaf. Am nächsten Abend fragte er Dolores: „Hast du Kinder?“

„Nein, habe ich nicht."
„Warum nicht? Du magst doch Kinder. Hast du keinen Mann?", fragte er weiter.
Dolores lächelte. „Doch, habe ich. Ich bin eine Braut Gottes."
José war verwirrt. Aber er fragte nicht weiter.
Zwei Tage später wurde wieder ein Bett in das Zimmer von José geschoben. Darin lag ein blonder Junge. Er lag still an seinen Schläuchen und bewegte sich kaum.
Nachmittags kamen die Eltern des Jungen und auch Doktor Ruiz war kurz im Zimmer und erklärte den Eltern etwas von einer Operation. Sie sahen wohlhabend aus. Ihre Schuhe waren nicht zerrissen, sondern glänzten in der Sonne. Der Mann hatte einen dunklen Anzug an, die Frau trug eine Kette mit rosa Korallen um den Hals. Die Frau weinte, als sie die Hand des Jungen streichelte. Dann waren sie wieder verschwunden. Keiner von ihnen hatte in Josés Richtung geguckt, als fürchteten sie seinen Anblick.
Dolores kam zu ihm. Etwas schien sie zu beschäftigen, denn sie war aufgeregt und unkonzentriert. Als sie José Blut abnahm, fiel ihr gar die Kanüle runter. Dann verschwand sie und kam auch nicht zum abendlichen Vorlesen.
José hatte fest und traumlos geschlafen, als Dolores ihn weckte. Sie legte eine Hand auf seinen Mund und bedeutete ihm, still zu sein. Dann löste sie den letzten Schlauch aus seinem Arm und verband die Einstichstelle. José dämmerte vor sich hin und ließ es mit sich geschehen. Dolores setzte ihn in einen Rollstuhl und schob ihn zum Fahrstuhl. Vor dem Klinikeingang stand ein uralter rostiger Pkw, damit fuhren sie vom Klinikgelände und weiter in Richtung der vielen Lichter der nahen Stadt.

José war inzwischen hellwach. „Was ist los, Dolores?“, fragte er.
Während der alte Wagen sehr langsam eine Anhöhe hinauffuhr, antwortete sie: „Der blonde Junge in deinem Zimmer ist schwer krank. Sehr schwer. Sein Herz ist entzündet und muss entfernt werden.“
„Aber ohne Herz kann er doch nicht leben.“
„Richtig, José. Er braucht also ein neues Herz. Das wollten sie von dir nehmen.“
José überlegte. „Ich kann aber auch nicht ohne Herz leben“, sagte er dann.
Dolores sah zu ihm herüber. „Stimmt. Das war ihnen aber egal. Sie wollten dir das Herz rausnehmen und dich sterben lassen.“
Einen Moment war José geschockt. Dann überlegte er laut: „Vielleicht ist das ja Gottes Plan. Der blonde Junge bekommt mein Herz und ich gehe zum lieben Gott und sehe Mamá und Papá wieder.“
„Nein!“ Dolores schrie entsetzt auf. „Das ist nicht Gottes Plan! Ganz sicher nicht!“
Jetzt war José verwirrt: Hatte Dolores nicht gesagt, Gottes Pläne kennt kein Mensch? Woher wollte sie jetzt also wissen …
Bei ihrem Gespräch hatten sie nicht bemerkt, dass ihnen ein Auto gefolgt war. In rasender Fahrt zog ein großer Wagen an ihnen vorbei und stellte sich quer. Dolores stoppte abrupt, stieß die Beifahrertür auf und rief: „Lauf, José. Lauf weg und versteck dich. Dreh dich nicht um. Lauf, lauf!“
José sprang aus dem Wagen und in das Gebüsch neben der Straße. Die Dunkelheit deckte seine Flucht. Dolores fuhr

langsam weiter. An dem großen Auto hielt sie an und schien mit den Männern dort zu streiten. Einer stieg aus und schlug auf Dolores ein. Sie fiel auf die Knie, faltete die Hände und fing zu beten an. José sah aus seinem Gebüsch alles sehr genau. Er fing an zu zittern. So hatten die Leute in seinem Dorf gebetet, bevor sie von den Soldaten erschossen wurden.

Ein Schuss knallte laut durch die Nacht. Dolores lag am Boden. Der Mann holte aus dem Kofferraum seines Wagens einen Kanister und überschüttete Dolores und ihr Auto mit einer Flüssigkeit. Dann zündete er alles an.

Dabei war er jedoch unvorsichtig, die Flammen schlugen in sein Gesicht. Seine Schmerzensschreie hallten bis zu José. Der erwachte aus seiner Erstarrung und sprang den Hang neben der Straße hinunter, zur Stadt.

5
DEUTSCHLAND 2012

Aufgewühlt kam David nach Hause. Delilah war nicht da, sie würde erst in ein paar Stunden heimkommen. David war das recht, konnte er doch so in Ruhe seine Sachen für die Reise packen.
Während er seine Hemden zusammenlegte, beobachtete er an sich selbst eine zunehmende Spannung. Wie würde Delilah reagieren? Vor dem letzten Einsatz hatte sie ihm gesagt, dass sie diese ständige Ungewissheit nicht mehr länger hinnehmen würde. Dann hatten sie lange geredet und sie hatte am Ende eingelenkt.
Heute kam noch die Sache mit dem Jobverlust dazu. Wie würde sie das aufnehmen? Erst mal gab es ja Geld vom Arbeitsamt. Nicht viel sicherlich, aber es würde schon reichen. Sie hatten gemeinsam schon viel schlimmere Zeiten gemeistert.
So sorgfältig hatte er schon lange nicht mehr seine Tasche gepackt. Er ertappte sich dabei, dass er bewusst gewissenhaft die Sachen verstaute. Damit hatte er hoffentlich zu tun, bis seine Frau nach Hause kam.
Als er fertig war, lief er in der Wohnung unruhig hin und her. Wo blieb sie denn heute?
Um sich abzulenken, suchte er im Internet nach Stellenanzeigen. Das wäre was, wenn er schon eine Idee für etwas Neues hätte, sobald Delilah nach Hause käme.
Als er ihren Schlüssel im Türschloss hörte, hatte er den Computer bereits enttäuscht ausgeschaltet.
Er ging, um sie im Flur zu begrüßen.

Sie strahlte ihn an. „Du bist noch da? Wurde deine Schicht getauscht?“
„Nein, aber komm erst mal rein“, sagte er und schüttelte den Kopf.
„Ich komm gleich.“
Er ging ins Wohnzimmer und setzte sich auf einen Stuhl. Für die Couch war er viel zu nervös.
Sie kam, kuschelte sich in die Couchecke und schaute gespannt zu ihm.
„Also“, fing er an. „Frank hat mich rausgeschmissen.“
„Was? Wie kommt er dazu?“
„Na ja, das war nicht seine Idee, das kommt von der Firma.“
„Aber er ist doch nicht irgendwer in der Firma. Und wir kennen uns schon so lange.“ Delilah war aufgesprungen. „Ich ruf ihn jetzt mal an. Das soll er mir mal erklären. So geht man doch nicht mit Freunden um!“
David wusste nicht, was er sagen sollte. Ihre impulsive Reaktion überraschte ihn. In letzter Zeit hatte er geglaubt, dass sie sich emotional von ihm entfernte. Aber jetzt erlebte er sie so wie damals, als er sie kennengelernt hatte. Für Menschen, die sie liebte, ließ sie sich buchstäblich in Stücke reißen. Sie setzte sich für all ihre Freunde ein, mit einer Opferbereitschaft, die an Selbstverleugnung grenzte. Dabei wurde sie auch oft genug von den Menschen enttäuscht, denen sie vertraute, für die sie gerade gekämpft hatte.
Daran musste David in diesem Moment denken. Umso schlechter ging es ihm bei seinen nächsten Sätzen.
„Warte mal bitte. Ich muss dir noch etwas sagen.“

Sie hielt inne, schaute zu ihm und schien in seinem Gesicht zu forschen, was jetzt käme.
„Ich habe wieder einen Einsatz." So, jetzt war es raus. „Aber es soll nur eine Woche dauern", schob er hastig hinterher.
Delilah sackte auf der Couch zusammen. Ihre Augen füllten sich mit Tränen und sie hauchte: „Was?"
„Ich habe gestern Abend einen Anruf bekommen und bin gefragt worden, ob ich noch einmal zur Verfügung stehe."
„Und du hast ja gesagt?", vergewisserte sie sich.
David nickte stumm. Es zerriss ihm das Herz, sie weinen zu sehen.
Eine ganze Weile saß Delilah nur stumm da. Dann fragte sie tränenerstickt: „Was ist eigentlich so toll an deinen Einsätzen, dass du sie gegen mich eintauschst?"
Was sollte er darauf antworten? Er durfte ja nicht mal sagen, was er da tat. „Ich kann dir nichts zu den Einsätzen sagen. Auch um dich zu schützen. Und ich tausche dich doch nicht ein. Ich tu das auch für dich, für uns."
„Was tust du für uns?" Ihre Augen funkelten wütend. Sie wischte ihre Tränen weg. „Das will ich jetzt mal wissen, was du für uns tust."
„Ich kann dir nur so viel sagen, dass ich für Frieden und Gerechtigkeit unterwegs bin. Und Geld bringt es ja auch ein."
„Das Geld ist mir scheißegal. Du bist seit zwanzig Jahren immer wieder für Wochen wer weiß wo unterwegs, spielst Krieg, ballerst mit deinen Waffen auf wer weiß wen und nennst das Frieden. Du kommst nach Hause, kaputt am Körper und an der Seele. Wie viele Narben hast du? Glaubst du wirklich, ich kriege deine Albträu-

me nicht mit? Findest du das gerecht mir gegenüber?"
Sie machte eine Pause und schaute vor sich auf den Boden.
Er stierte vor sich hin und fühlte sich hundsmiserabel.
„Und wenn du dann zu Hause bist, dann schwebt immer das Damoklesschwert des nächsten Anrufes über mir. Ich zucke jedes Mal zusammen, wenn dein Handy mit diesem dämlichen Klingelton klingelt. Immer ist die Angst da, dass du wieder gehst und nicht zurückkommst. Ich liebe dich, aber das halte ich nicht mehr aus."
Wieder war sie still. Dann sagte sie ruhiger und sehr entschlossen: „Wir haben dieses Gespräch schon so oft geführt. Ich will das nicht mehr. Ich will diese Angst nicht mehr, nicht mehr auf dich warten. Wenn du zurückkommst, suchst du dir eine neue Wohnung. Ich werde mich scheiden lassen."
Mit diesen Worten verschwand Delilah im Schlafzimmer, brachte ihm sein Kopfkissen und die Decke und schloss die Tür.
David saß immer noch auf dem Stuhl. Einen Moment fühlte er sich, als würde er in einen dunklen, engen Schacht stürzen.

David war müde und schlecht gelaunt. Er hatte die Nacht auf der Couch zugebracht, aber viel geschlafen hatte er da nicht. Jetzt stand er an der Straße vor dem Haus und wartete auf das bestellte Taxi. Währenddessen betrachtete er die große Magnolie auf dem Nachbargrundstück. Sie war im vergangenen Jahr in einer der letzten Frostnächte erfroren, hatte sich aber offensichtlich wieder erholt und blühte prächtig, wie viele andere Magnolien im Dresdner Stadtgebiet.

Der Flughafen wirkte zu dieser frühen Morgenstunde sehr leer, aber das war auch zu anderen Zeiten so. Regionalflughafen eben. Über Frankfurt ging es nach Genf, wo ihn ein Taxi zur Villa am Genfer See brachte, versteckt hinter Büschen und beschattet von großen, alten Bäumen. Ein kleines, eher unauffälliges Bronzeschild teilte mit, dass dies der Sitz des „Department of Peacekeeping Operations“ war. Er wusste, dass es nur der besonderen Stellung des Generals zu verdanken war, dass das Department in so einer schicken Villa residierte und nicht in den üblichen Bürogebäuden der UNO.

Nach einem Blick auf die Fontäne mitten im See betrat er die Villa.

Moros Assistentin erkannte ihn sofort. „Der General erwartet sie schon.“ Sie führte ihn durch einen Gang in Moros Büro, vorbei an einer Replik des Friedensnobelpreises, den die Blauhelme 1988 erhalten hatten.

Dann stand David wieder einmal vor dem General und salutierte, wie es beim italienischen Militär üblich war. Er wusste, dass der General es liebte, wenn man ihn so an den Beginn seiner Karriere in der italienischen Armee erinnerte.

Trotz seines Alters war der General immer noch eine beeindruckende Erscheinung. Weniger wegen seiner sehr aufrechten Haltung als durch seine Ausstrahlung. General Giacomo Moro verantwortete sämtliche Blauhelmeinsätze in der ganzen Welt und war eine Legende.

Er gab David die Hand und deutete auf die lederne Sitzgruppe. Dorthin gingen sie und als David sich gesetzt hatte, bot sein Vorgesetzter ihm einen echten, alten Cognac an.

Der General liebte solche Rituale, genauso wie er es liebte, mit dem Rücken zum Fenster zu sitzen. Dadurch lag sein Gesicht oft im Schatten, der seine Mimik und seinen Blick verbarg.
Und dann fing er an zu erzählen.

6
PERU 1980

„Ramon, Ramon!“ Rachel Riveras rief lauter werdend nach ihrem Sohn. „Ramon, räum die Kiste in den Schuppen, Papá kommt gleich nach Hause. Und du weißt doch …“

„Ja, gleich, Mamá, ich weiß.“ Der neunjährige Ramon legte das Buch beiseite, in dem er über Simón Bolívar gelesen hatte. „Weißt du, Mamá, ich möchte mal so werden wie Simón Bolívar.“

„So“, sagte die Mutter lächelnd. „Wie war der denn?“

„Tapfer, klug und ein großer Anführer.“ Ramon stand mit geröteten Wangen vor ihr und fuchtelte mit den Armen. „Mit ganz wenigen treuen Kämpfern hat er ganz Südamerika von den Unterdrückern befreit.“

„Wer hat hier wen befreit?“ Unbemerkt war der Vater heimgekommen. Ramon und seine Mutter fuhren erschrocken zusammen.

„Der Junge hat nur von Simón Bolívar erzählt.“ Rachel machte einen Schritt auf Carlos Riveras zu und stellte sich so schützend vor Ramon.

„Bolívar, Bolívar“, spuckte Carlos Riveras. „Ich gebe euch gleich den Bolívar.“ Er schaute sich wütend um und entdeckte die Kiste. „Hast du etwa dem Jungen schon wieder erlaubt, mit den Viechern zu spielen?“ Er schlug Mamá mit der flachen Hand ins Gesicht.

„Die Viecher“, das waren vier Meerschweinchen, die Ramon heiß und innig liebte. Er fütterte sie, machte ihren Stall sauber, baute ihnen kleine Hütten. Er hatte auch jedem von ihnen einen Namen gegeben und manchmal nahm er sie in

einer Kiste aus dem Stall mit in die Küche und spielte dort unter den Augen seiner Mutter mit ihnen.
Der Vater mochte das nicht. Er fand, dass die Tiere stinken würden. Eigentlich sorgte Ramons Mutter immer dafür, dass die Kiste verschwunden war, bevor Carlos Riveras nach Hause kam. So wollte sie wohl den überflüssigen Streit vermeiden.
Kam er allerdings wie heute früher und fand die Kiste noch vor, schlug er seine Frau. Ramon schlug er nie und Mamá auch nicht grundsätzlich wegen der Meerschweinchen. Er schlug sie, weil sie ihm nach Ramon keine weiteren Kinder geboren hatte, weil er mit seinem Leben unzufrieden war und weil er es von seinen Eltern so gewohnt war. Das hatte Ramon zumindest mal heimlich mit angehört, als seine Mutter sich bei einer Freundin ausgeweint hatte.
Ramon war ein sensibler Junge, der auch schon mal weinte, so wie alle Kinder seines Alters. Wenn Papá das erlebte, wurde er richtig wütend, denn nach seiner Auffassung durfte ein Junge nicht weinen. Wenn es doch passierte, hagelte es Strafen. Ohne Abendessen ins Bett war die harmloseste davon.
Mamá versuchte dann immer, besänftigend auf ihren Mann einzuwirken, mit dem Ergebnis, dass er sie misshandelte. Sie lief nicht selten mit einem blauen Auge oder einem geschwollenen Gesicht herum. Aber sie beklagte sich so gut wie nie.

Es waren die letzten Tage der Militärdiktatur. Im Unterschied zu anderen Militärdiktaturen in Südamerika verstand sich die herrschende Junta in Peru als linksnational.

Sie hatten die Erdölindustrie verstaatlicht und sich damit die USA zum Feind gemacht. Es wurde eine Landreform durchgeführt und die Pressefreiheit aufgehoben. Es gab Massaker an protestierenden Studenten und Quechua, die Sprache einer großen indigenen Volksgruppe, wurde, zumindest auf dem Papier, als Amtssprache eingeführt. Die Wirtschaft lag am Boden und die Inflation fraß die Ersparnisse der kleinen Leute auf.

In dieser Situation beschloss das Militär, die Macht offiziell abzugeben und eine zivile Regierung wählen zu lassen. Am Sonntag, den 18. Mai 1980, fanden die Wahlen statt.

Familie Riveras hatte sich herausgeputzt. Nicht so sehr wegen der Wahl, als wegen der Kirche. Sonntags ging es zur Messe in die Iglesia de la Compañía an der Plaza de Armas. Von dort war es nicht weit bis zum Wahllokal. Unterwegs trafen sie einen Taxifahrer, einen Kollegen von Ramons Vater aus demselben Unternehmen.

„Grüß dich, Victor." Papá hatte offenbar keine große Lust auf ein Gespräch.

Er war schon genervt, dass es nach der Messe nicht gleich nach Hause ging, aber in Peru herrschte Wahlpflicht. Also wollte er diese ihm lästige Aufgabe hinter sich bringen und dann nach Hause gehen und seinen freien Tag genießen. Das hatte er morgens schon angekündigt und Ramon wusste, dass er seinen Vater in so einer Stimmung besser nicht reizte.

„Ah, gut dass ich dich treffe." Victor platzte offenbar fast vor Mitteilungsdrang. „Hast du schon gehört, was gestern in Ayacucho passiert ist?"

„Nein." Carlos blieb maulfaul.

„Da haben sie fast alle Wahlurnen verbrannt. Die wissen jetzt gar nicht, wie sie die Wahl durchführen sollen. Und auch die Wahl in ganz Peru könnte gefährdet sein."

„Warte mal, Victor!", fragte Carlos, der anscheinend plötzlich doch interessiert war. „Wer hat die Wahlurnen verbrannt?"

„Na, die Kommunisten. Die Gruppe nennt sich ‚Leuchtender Pfad' und sie wollen einen Volkskrieg beginnen."

Ramon hatte die ganze Zeit die Hand seines Vaters nicht losgelassen. Es war das erste Mal, dass er von Kommunisten hörte. Es sollte nicht das letzte Mal gewesen sein.

7
SPANIEN/ PERU 2012

David Thomsen brauchte einen Moment, um das Treiben auf dem Madrider Flughafen zu überschauen. Madrid-Barajas war immerhin einer der größten Flughäfen Europas und wurde über Jahre immer wieder ausgebaut und modernisiert. Viele Flüge mit dem Ziel Südamerika starteten und landeten in Barajas.
David sollte mit Iberia fliegen, dazu musste er in das Terminal TS4. Das Besondere war, dass dieses Terminal offensichtlich nur über eine unterirdische Bahn erreichbar war. Da seine Anschlusszeit knapp bemessen war, hetzte David über Terminals mit und ohne Laufbänder und erreichte gerade noch rechtzeitig sein Flugzeug. Er verstaute sein Handgepäck und achtete darauf, dass er die teure Spiegelreflexkamera über seinem Sitz unterbringen konnte. Er hatte das Ding von der Assistentin des Generals erhalten, weil er möglichst wie ein echter Tourist aussehen sollte. Ein Ansinnen, das ihm überhaupt nicht schmeckte.
Dann ließ er sich in seinen Sitz fallen und freute sich auf den Start. Er liebte es, wenn es ihn beim Start in die Lehne drückte, als würde er wieder in einer Corvette sitzen und voll beschleunigen. Danach war Fliegen sterbenslangweilig. Das Bordkino interessierte ihn nur selten und das Warten auf die nächste Mahlzeit war auch nicht die Erfüllung.
Seit seiner Ankunft in Genf hatte er nicht mehr an Delilah gedacht. Jetzt war da wieder dieser Schmerz. Und die Frage, was er hätte besser machen können? Sah sie denn nicht sein Dilemma? War jetzt alles verloren? Konnte sie so einfach

zwanzig Jahre über Bord werfen. Er war traurig. Traurig und wütend. Traurig, wütend und verzweifelt.
David steckte sich Kopfhörer in die Ohren und machte seine Playlist im Handy an. „Baker Street“ von Gerry Rafferty. Er liebte das Saxofon. Sein Freund Gerold spielte manchmal Saxofon für ihre lustige Runde, aber „Baker Street“ hatte er noch nie gespielt. Gerold war der Meinung, man sollte bei solchen markanten Stücken besser beim Original bleiben, getreu dem Motto: „Der Erste, der sagte, ‚Deine Lippen sind wie Rosenblüten‘, war ein Dichter, der Zweite war ein Idiot.“
David merkte, wie sich seine Gedanken verhedderten, also ging er im Geiste noch mal zurück nach Genf, zum Briefing durch den General.
Nachdem sie einen Schluck von dem sehr guten Cognac getrunken hatten, begann der General etwas förmlich. David glaubte, eine gewisse Anspannung in dem Mann zu spüren.
„Ich freue mich, Sie mal wieder persönlich zu treffen, Capitano“, sagte Moro. „Erst gestern musste ich wieder an unsere erste Begegnung in Angola denken.“
David lächelte, war es ihm doch genauso ergangen.
„Sie haben mich damals sehr beeindruckt“, fuhr Moro fort. „Sie haben sich mit nur zwei Mann an Ihrer Seite gegen eine Übermacht von kampferfahrenen Rebellen verteidigt. Und Sie waren ja noch sehr jung, hatten überhaupt keine Erfahrung mit realen Gefechten. Das zeigte mir, dass Sie mutig und entschlossen waren. Ganz wichtige Eigenschaften für einen Kommandeur.“ Er machte eine kurze Pause. „Was ist eigentlich aus den anderen in Ihrer kleinen Truppe geworden?“

David fühlte sich geschmeichelt. War es dem Cognac geschuldet, dass sich ein warmes Gefühl in seinem Bauch ausbreitete? „Der Angolaner Paulo hat den Messerangriff überlebt“, erklärte er. „Ich habe leider keinen Kontakt mehr zu ihm, aber das Letzte, was ich hörte, war, dass er nach dem Bürgerkrieg in seine Heimat Huambo zurückgekehrt ist.“

Der General nickte. David war sich nicht sicher, ob er überhaupt wusste, wer Paulo war.

„Michael Sonntag ist inzwischen der Logistiker unseres Teams“, erzählte er weiter. „Direkt nimmt er nicht an unseren Einsätzen teil, aber im Hintergrund organisiert er alles, was wir an den jeweiligen Einsatzorten benötigen. Fahrzeuge und so.“ David erwähnte nicht, dass Sunny ihnen auch Waffen organisierte. Das war eine Grauzone. Von den Leuten des Generals erhielten sie eine gewisse Standardausrüstung, was sie darüber hinaus benötigten, besorgte ihnen Sunny. „Andreas Holzer ist meine wichtigste Stütze im Team und hat an allen 25 Einsätzen teilgenommen.“

Dass Andy inzwischen in einem Vorort von Berlin eine eigene Werkstatt hatte, erzählte er nicht. Das war für den General sicher uninteressant.

Der General nickte wieder. „Sie wurden ja dann auch befördert“, sagte er.

Auch David nickte, antwortete aber nicht. Die Beförderung war zwischen Tür und Angel gekommen. In der Heimat überschlugen sich nach dem Mauerfall die Ereignisse, der neue Außenminister Markus Meckel ersetzte die alten Diplomaten in den Botschaften durch junge, unbelastete Leute. Fregattenkapitän Reinhardt war abberufen worden und

gratulierte ihm einen Tag vor seiner Abreise zu seiner Beförderung zum Hauptmann.
In seine Gedanken hinein sprach der General weiter. „Gut, dass wir trotz der dynamischen Zeiten damals in Verbindung geblieben sind. Das war der Beginn einer langen und erfolgreichen Zusammenarbeit."
Wieder nickte David. „25 Einsätze in zwanzig Jahren." Dann fiel ihm etwas ein. „Was ich Sie schon immer fragen wollte, Herr General: Warum haben Sie damals uns für diese Aufträge ausgewählt?"
Der General nahm einen weiteren Schluck aus dem Glas mit der bernsteinfarbigen Flüssigkeit und dachte nach. „Sie wissen ja, dass die UNO keine eigenen Truppen hat. Wir bitten nach einem Beschluss des Sicherheitsrates über eine Friedensmission der Blauhelme die Mitgliedsnationen der UNO darum. Das hat sich seit Ende der Achtzigerjahre immer schwieriger gestaltet. Die Regierungen waren prinzipiell zur Unterstützung bereit, aber sie wollten kein Risiko für ihre eigenen Soldaten. Es ist für jede Regierung schwierig, ihrem Volk zu erklären, warum Soldaten im Auftrag der UNO sterben. Sie erinnern sich sicherlich noch an den heldenhaften Einsatz von General Petr Pavel im Bosnienkrieg, als er mit seinen Freiwilligen französische Soldaten rettete.
Darauf können Sie keine seriöse Missionsplanung aufbauen. Also brauchten wir eine schnell verfügbare, robuste Truppe, die unterhalb des politischen Radars agieren konnte. Nachdem der Beschluss feststand, dass wir ein Team aufstellen würden, das verdeckte Einsätze zur Friedenssicherung durchführen sollte, schauten wir uns nach

geeignetem Personal um. Da war es gut, dass ich Sie damals schon kannte. Ihre Truppe war immer anders als andere. Sie waren keine primitiven Söldner, Ihnen war die Ethik Ihrer Einsätze immer wichtig. Vielleicht hat es etwas mit Ihrer Sozialisierung in der DDR zu tun."
David hatte aufmerksam zugehört. Natürlich schmeichelte ihm die Anerkennung des Generals, trotzdem wurde er ein komisches Gefühl nicht los. Was kam da gerade auf ihn zu?
Wieder machte Moro eine Pause. Dann sagte er: „Aber genug der Erinnerungen. Sprechen wir über Ihre nächste Aufgabe. Capitano, das Ganze ist eine ziemlich heikle Angelegenheit. Es ist eine Herzensangelegenheit des Generalsekretärs, das hat er mir persönlich versichert."
Meinte er den Generalsekretär der UNO? David war überrascht und beeindruckt. Er wusste zwar um die hohe Reputation des Generals, aber dass er derart vertraut mit einem der wichtigsten Männer des Planeten war? Das war ihm neu.
Der General hatte einen weiteren Schluck getrunken. David tat es ihm gleich. Dabei spürte er, dass der General ihn genau beobachtete, als wolle er die Wirkung seiner Worte auf David abschätzen.
„Er möchte wohl das Ressort für internationale Frauenrechte neu besetzen", fuhr der General dann fort. „Dafür sucht er jemanden, der einerseits bereits Erfahrung hat, andererseits aber auch über ein gewisses internationales Gewicht verfügt. So jemanden wie Frau Bachelet vielleicht. Sie wird ihr Amt niederlegen und Wahlkampf in Chile machen."

Michelle Bachelet war Untergeneralsekretärin der UN und Leiterin der UN-Frauenorganisation, wie David wusste. War sie nicht davor bereits Präsidentin von Chile gewesen?
„Nun sind Frauen als Präsidentin nicht gerade breit gesät, aber viele dieser Damen sind untereinander vernetzt und kennen sich. Frau Bachelet hat also eine Peruanerin, Frau Angela Villachon, vorgeschlagen. Sie sind etwa im gleichen Alter und Antonio hält das offenbar für eine gute Wahl. Um sie kennenzulernen, hat er die Dame nach Genf eingeladen. Also ein normales Vorstellungsgespräch, bei dem beide hinterher sagen können, ob sie wollen oder nicht."
David war aufgefallen, dass der General schon wieder das Wort „Dame" betont hatte. Möglicherweise war er von Frauen in internationalen Führungspositionen nicht begeistert.
Da David nichts sagte, sprach Moro weiter. „Frau Villachon war als Bürgermeisterin von Lima auch Mitglied des 1993 abgeschafften Senats von Peru und trägt diesen Titel nun lebenslang. Sie ist in Peru nicht unumstritten, wurde und wird der Korruption verdächtigt. Aber das muss der Chef selbst wissen, wen er sich da ins Boot holt." Wieder beugte sich der General vor, dadurch tauchte sein Gesicht aus dem Schatten und David sah ein Lächeln. „Sie sagen ja nichts, Capitano!"
„Was soll ich schon sagen. Ich bin gespannt, was meine Aufgabe sein wird."
Der General behielt sein Glas in der Hand und lehnte sich zurück. „Aus verschiedenen Gründen möchte man nicht, dass zu früh durchsickert, wen die Spitze für das neu zu besetzende Amt ins Auge gefasst hat. Daher wird die ganze

Angelegenheit mit äußerster Diskretion behandelt. Und da kommen Sie ins Spiel, Capitano. Ich kenne Ihre diskrete Art bei der Erledigung Ihrer Aufträge. Insofern waren Sie meine erste Wahl für diesen Job."

David fühlte sich geschmeichelt. Ein solches Kompliment, von so einem legendären Anführer! Das ging ihm runter wie Öl.

„Die Dame ist nicht mehr die Jüngste und nach einem Anschlag leicht gehbehindert. Sie geht am Stock und verlässt nur selten ihr Grundstück in Lima, das sie zu einer Festung ausgebaut haben soll. Nun können Sie sich sicher vorstellen, dass es wenig diskret ist, wenn hier ein Tross mit einem Dutzend Bodyguards und mehreren gepanzerten Limousinen vorfährt."

David nickte.

„Da kommt Ihr Teil der Mission, Capitano Thomsen. Sie wurden Frau Villachon als international tätiger und erfolgreicher Sicherheitsspezialist angekündigt, der sie diskret nach Genf bringen soll."

Seltsam, dachte David, sollte er unter falscher Flagge dort aufkreuzen?

„Dazu werden Sie als Tourist getarnt in Peru einreisen, Kontakt mit dem Team von Frau Villachon aufnehmen und sie dann nach Genf begleiten. Im Prinzip also keine große Sache, nur etwas anders als gewöhnlich. Unser Zeitplan geht von etwa einer Woche aus, dann sind Sie wieder hier."

Moro verstummte. Sein Cognacglas war inzwischen leer, das von David immer noch halb voll. Der nahm jetzt einen großen Schluck.

„Also, ich möchte einwenden, dass ich kein Geheimagent

bin. Das Täuschen und Tarnen beherrsche ich in militärischen Angelegenheiten, aber ich bin kein Spion wie James Bond, das liegt mir nicht", sagte er.
Das wäre was, dachte David: David Thomsen unterwegs im Auftrag ihrer Majestät, mit der Lizenz, sich zu blamieren!
Moro lachte, als hätte er Davids letzten Gedanken gehört. „Das ist schon vergleichbar, allerdings im Tarnanzug, nicht im Smoking."
David zögerte. Das war es nicht, wofür er damals die Uniform angezogen hatte. Klar war nach der Wende vieles anders gelaufen, als er es sich zu DDR-Zeiten erträumt hatte. Aber ihm ging es besser als vielen seiner Freunde von der Militärakademie. Die waren jetzt Versicherungsvertreter oder arbeiteten für irgendwelche obskuren Finanzdienstleister. Er dagegen hatte mit den Einsätzen für den General immerhin ab und an die Möglichkeit, als Offizier zu arbeiten.
Und jetzt sollte er nach Peru und den Babysitter für eine ältere Dame mit erhöhtem Sicherheitsbedürfnis spielen? Als Tourist verkleidet? Er hatte, weiß Gott, gerade andere Probleme. Er musste sich einen neuen Job suchen! Und eine neue Wohnung.
Einen Moment lang war David versucht, dem General alles zu erzählen und ihm ein für alle Mal abzusagen.
Da brachte dieser ein entscheidendes Argument. „Ich sollte nicht vergessen, zu erwähnen, dass Ihr Honorar, Capitano, diesmal doppelt so hoch ist. Dadurch, dass Sie kein Team brauchen, sind insgesamt geringere Kosten im Plan und da konnte ich für Sie eine Honorarerhöhung durchbekommen. Plus, wie immer, Erfolgsprämie und Versicherung im

Fall von Tod oder Invalidität, das Übliche, wie bei den anderen Einsätzen. Gesundheitsversorgung bei Verletzung, Absicherung der Hinterbliebenen und so weiter. Das kennen Sie schon lang genug."

Doppeltes Honorar! Jetzt trank David sein Glas auf einmal aus. Das Geld konnte er sehr gut gebrauchen. „Also gut, Herr General. Wann geht es los?"

„So kenne ich Sie, Capitano Thomsen." Der General stand auf und hielt ihm die Hand hin. David erhob sich ebenfalls und schlug ein.

8
PERU 1980

Hätte man Ramon gefragt, er hätte nicht sagen können, ob er seinen Vater liebte oder hasste. Er fürchtete ihn. Der Vater war der Mittelpunkt seines Kosmos, was er sagte, wurde gemacht. Carlos hatte eine einfache Lebensmaxime: Häng dein Herz nicht an andere Menschen, dann kannst du nicht von ihnen enttäuscht werden. Infolgedessen erzog er seinen Sohn dazu, sich nur auf sich selbst zu verlassen.

Ramon hatte keine Freunde. Mit den Schulkameraden traf er sich nur selten nach der Schule. Es war ihm sowieso verboten, sie mit nach Hause zu bringen. Zu seinen Geburtstagen wurden keine anderen Kinder eingeladen, sodass auch er zu keinen Kindergeburtstagen eingeladen wurde. Ramon las viel, am liebsten Bücher über die Geschichte Nord- und Südamerikas. In der Schule zählte er zu den Besten der Klasse und die Lehrer mochten ihn, weil er stets pünktlich und diszipliniert war und seine Schulsachen in Ordnung hielt.

Ramons Vater war der Meinung, dass er eigentlich etwas Besseres verdient hatte, als dieses armselige Leben eines Taxifahrers. Sein größter Traum war es, irgendwann einmal in der weißen Stadt zu leben, im Zentrum von Arequipa, wo die weißen Nachfahren der spanischen Kolonialherren wohnten.

Seine Mutter liebte Ramon. Sie war immer für ihn da, vor allem, wenn er sich einsam fühlte. Wenn Carlos Rachel schlug, dann war Ramon immer enttäuscht. Enttäuscht darüber, dass seine Mutter das klaglos hinnahm. Mit den Jahren wich die Enttäuschung jedoch Gleichgültigkeit und

seiner Schlussfolgerung, dass, wer sich nicht wehrt, Prügel verdient hat.
Am 28. Juli 1980 wurde auch in Arequipa der Nationalfeiertag begangen. Traditionell fanden an dem Tag in ganz Peru Militärparaden statt und es wurde an die Unabhängigkeit im Jahr 1821 erinnert.
Ramon war einer der Schüler, die Teil der Parade waren. Über Wochen hatten sie das Marschieren geübt. In Uniformen, die an die Uniformen des Militärs erinnern sollten, ausgerüstet mit Holzgewehren, paradierten sie an der Tribüne vorbei. Ramon musste sich konzentrieren, um im Gleichschritt zu bleiben. Trotzdem bewunderte er die Uniformen der Militärs auf der Tribüne. So viel Gold und Orden!
Noch ganz aufgekratzt von dem Erlebten lief er anschließend nach Hause. „Mamá!“ Er wollte ihr unbedingt gleich alles erzählen, doch sie ließ ihn nicht zu Wort kommen.
„Wasch dir die Hände, wir wollen gleich essen.“ Mit einer knappen Kopfbewegung deutete sie in Richtung Esstisch, an dem bereits der Vater saß und Zeitung las. Carlos hatte sich zur Feier des Tages freigenommen und war zu Hause geblieben.
Es gab Fleisch. Das Mahl roch verführerisch und Ramon nagte auch noch die letzten Fasern von den kleinen Knochen. Der Vater schaute halb belustigt und halb stolz zu, wie es seinem Sohn schmeckte. Die Mutter schaute eher besorgt. Und die ganze Zeit plapperte Ramon und erzählte begeistert von der Parade und den Uniformen, die er gesehen hatte.
Nach dem Essen wollte Ramon spielen. Den Eltern war es recht. Rachel kümmerte sich um den Abwasch und Carlos

legte sich auf die schmale Couch und genoss den seltenen Luxus eines Mittagsschlafes.
Ramon war unschlüssig: Sollte er mit seiner Holzeisenbahn spielen oder ein Buch lesen? Doch er war noch so voller Emotionen und musste irgendwem von der Parade erzählen. Also lief er in den Schuppen zu seinen Meerschweinchen. Er hatte ihnen schon oft von seinen Erlebnissen erzählt. Dabei hatte er das Gefühl, als würden die possierlichen Tiere ihn verstehen. Schade, dass sie ihm nicht antworten konnten.
Als er in den Schuppen kam, war irgendetwas anders als sonst. Der Stall der Tiere stand offen und keines war drinnen oder sonst irgendwo im Schuppen. Da zerbrach etwas in ihm: An der Schuppenwand hingen, fein säuberlich zum Trocknen aufgespannt, die Felle seiner pelzigen Freunde. Der Vater hatte den Vormittag dazu genutzt, während Ramon vor den Uniformen paradierte, die Meerschweinchen zu schlachten. Rachel hatte sie nach traditionellem Rezept zubereitet.
Ramon schossen die Tränen in die Augen. Wie von Sinnen lief er in die Wohnung zurück. Dabei stieß er seine Mutter beiseite, die ihn aufhalten wollte. Er stürzte zur Couch und zerrte mit aller Kraft an seinem Vater.
„Du Mörder, du hast sie umgebracht“, schrie er und zog so heftig an seinem Vater, dass der von der schmalen Couch fiel.
„Was fällt dir ein?“, brüllte Carlos, packte seinen Sohn und schüttelte ihn. Rachel wollte dazwischen gehen und bekam einen Fausthieb, der ihr Nasenbein brach.
„Du hast meine Meerschweinchen geschlachtet!“, heulte Ramon und versuchte, mit seinen Kinderfäusten seinen

Vater zu schlagen.
Der Vater drückte ihn mit seiner überlegenen Körperkraft auf einen Stuhl, dass es knackte. Dann schlug er krachend mit der Faust auf den Tisch und brüllte seinen Sohn an. „Ruhe jetzt!“
Ramon drehte und wand sich, doch die Hände seines Vaters waren wie Schraubstöcke. Irgendwann gab er auf und schluchzte nur noch hemmungslos.
Carlos ließ ihn los. Mit einem kalten Seitenblick zu seiner Frau knurrte er ihr zu: „Kühl das!“ Gehorsam schlurfte Rachel in die Küche und holte sich Eiswürfel.
Dann wandte sich Carlos wieder seinem Sohn zu. „Hör auf zu flennen. Jungs weinen nicht!“

9
DER ZWEITE TAG

Alle Dinge beginnen und enden bei Gott, er ist das Alpha und das Omega. Wirklich alle?

Guatemala 1992

Hundegebell in der Ferne, der Gestank von Unrat auf der Straße. José war auf der Flucht vor dem Mörder von Dolores bis zu den Elendshütten der Stadt gelangt. Unverputzte Ziegelmauern, Wellblechdächer, keine Kanalisation oder Straßenbeleuchtung: Die Quartiere der Ärmsten der Armen am Rande der glitzernden Metropolen ähneln einander überall auf der Welt.

José irrte durch das Gewirr der Gassen und wusste nicht, wo er war oder wo er hinsollte. Zurück in sein Dorf? Da waren alle tot. Tränen liefen über sein Gesicht, als er an Mamá, Papá und seine Freunde dachte. Nie würde er sie wiedersehen!

Seine Bauchwunde schmerzte und er hatte Durst. Er traute sich nicht, aus einer der Pfützen zu trinken. Die Eltern hatten ihn gelehrt, dass man davon krank werden konnte.

Eine Tür flog krachend auf. Ein Mann trat fluchend heraus und verrichtete seine Notdurft neben der Straße. José schlüpfte unbemerkt durch die Tür in die Hütte. Auf dem einzigen Tisch im Raum standen Büchsen und Flaschen. Ohne nachzudenken, griff er sich zwei der buntbedruckten Dosen und schlüpfte unbemerkt wieder zur Tür hinaus. Noch zwei Schritte, und er war in der Dunkelheit verschwunden. Er konnte nicht lesen, also wusste er nicht, was er sich gegriffen hatte, aber er kannte solche Büchsen. Papá brachte manchmal welche aus der Stadt mit. Da war dann Cola drin, ein braunes Getränk, von dem er immer nur ein wenig nippen durfte. Das war süß und prickelte so schön.

Dieses Getränk war anders, es schmeckte bitter. Aber José hatte Durst und deshalb trank er die ganze Büchse. Es war wohl zu viel gewesen, bald schon wurde ihm schwindelig und schlecht.

Er torkelte den Weg entlang und erbrach sich nach wenigen Schritten. Dann setzte er sich an den Fuß eines Baumes und schlief ein.

Die Sonne stand schon hoch, als er aus seinem Rausch erwachte. Er hatte rasende Kopfschmerzen und Hunger. Sein Weg führte ihn durch den Barrio bergab Richtung Zentrum. Die Straßen wurden sauberer, die Häuser ansehnlicher.

Aus einem Lokal drang der Duft von Essen, also schlich sich José an die Rückseite des Gebäudes. Ein Mann kam heraus, in der Hand eine Schüssel mit Küchenabfällen. Er entleerte die Schüssel in eine große Tonne, legte einen Deckel auf die Tonne und beschwerte ihn mit einem Stein. Dann verschwand er wieder hinter der Tür zur Küche.

José schlich zu der Tonne. Den Stein konnte er nicht anheben, also stellte er den Deckel schräg und ließ das Gewicht hinuntergleiten. Es schepperte laut und einen kurzen Moment war er erschrocken. Dann beugte er sich über den Rand der Tonne und schaute hinein. In einer trüben, stinkenden Flüssigkeit schwammen Schalen von Kartoffeln

und Gemüsereste. Ihm drehte sich der Magen um. Aber sein Hunger war stärker als der Ekel. Obenauf in der Tonne lag ein angebissenes Stück Maisbrot, das versuchte er zu angeln, ohne ganz in die Tonne zu fallen. Dazu musste er sich auf den Rand der Tonne legen und den Arm ganz lang machen. Er hatte es fast, als er unsanft am Genick gepackt und auf die Erde geschleudert wurde.
Der Mann aus der Küche hielt ihn fest, bis zwei Polizisten kamen und José mitnahmen.

Die Polizisten machten sich nicht erst die Mühe, ihn mit auf die Polizeistation zu nehmen. Sie fuhren aus der Stadt hinaus Richtung Mixco. Bevor sie den Stadtrand erreichten, bog das Polizeiauto von der Hauptstraße ab, fuhr einen holprigen Feldweg entlang und hielt vor einer Finca. Das Herrenhaus hatte den morbiden Charme des 19. Jahrhunderts. Zumindest wirkte es so, als sei seitdem nichts mehr an ihm gemacht worden. Vergitterte Fenster, ein Säulengang mit abblätterndem Putz und eine Eingangstreppe mit wackligen Stufen – der erste Eindruck war abstoßend. Der zweite auch.
„Weißt du, wo wir hinmüssen?“ Der Polizist mit den großen Ohren sah fragend zu seinem Kollegen.
José saß verängstigt hinten im Polizeiauto und beobachtete schon die ganze Fahrt über die Polizisten. Er hatte ihnen Namen gegeben. Der eine war „Großohr“, der andere „Langnase“. Nachdem er sie so für sich benannt hatte, wich die Furcht etwas von ihm. Er hatte noch immer Hunger und er war gespannt, wo sie ihn hinbringen würden.

„Das Büro ist dort hinten." Langnase deutete mit der Hand den Gang entlang. Dann stiegen sie aus und schubsten José in die entsprechende Richtung.
Im Büro saßen zwei Männer mittleren Alters und schauten gelangweilt hoch, als die Polizisten mit ihrem Fang zur Tür reinkamen. Es war heiß und ein Tischventilator drehte sich träge um sich selbst, ohne nennenswerte Erfrischung zu verbreiten.
„Was schleppt ihr uns denn da wieder an?" Der eine der Männer schaute José an, als würde er eine Kakerlake erblicken.
José war in einem erbärmlichen Zustand. Von der Flucht in der Nacht war seine Kleidung zerrissen, er war schmutzig und überall am Körper klebte getrocknetes Blut. Seine Bauchwunde war wieder aufgegangen, die Dornen, durch die er am Hang gerannt war, hatten ihm Füße und Beine aufgerissen. Er roch nach dem Schmutz der Gassen und nach erbrochenem Bier.
„Passt auf", sagte Langnase, „unsere Aufgabe ist es, die Straßenkinder einzusammeln, eure ist es, sie zu verwahren. Quittiert uns den Empfang, dann sind wir wieder weg." Die Polizisten wollten offenbar so schnell wie möglich aus dem stickigen Büro zurück in ihr Auto.
Murrend stand der Mann auf und holte ein Formular aus dem Schrank. Er begann es auszufüllen. „Was soll ich beim Namen schreiben?"
Großohr beugte sich zu José. „Wie heißt du?", fragte er.
„José."
„Und wie weiter?"
José zuckte mit den Achseln.
„Ich kann ja ‚Cucaracha' schreiben", schlug der Mann mit

dem Formular vor. Die vier Männer brachen in brüllendes Gelächter aus.

Als die Polizisten fort waren, musste sich José ausziehen. Er sollte sich nackt auf einen Stuhl setzen, dann wurde sein Kopf kahl geschoren. Anschließend musste er unter eine Dusche und wurde von einem der Männer eingeseift und abgeschrubbt. José war das unangenehm, vor allem als der Mann gar nicht wieder aufhören wollte, Josés kleinen Penis zu waschen.

Zum Schluss bekam er frische neue Kleidung und man zeigte ihm, wo sein Bett stand. Als er sagte, dass er Hunger hätte, hieß es, abends würde es Essen geben. Er legte sich in sein Bett und schlief ein.

10
PERU 1980

Ramon war ein guter Schüler und dementsprechend verhasst bei seinen Mitschülern. Da er außerdem über keine besonderen Körperkräfte verfügte, wurde er beinahe täglich verprügelt. Er suchte sein Heil meist in der Flucht, aber die anderen taten sich zusammen und trieben ihn in die Enge, wie Orcas, die Robben jagten.

Er hatte sich ein Tagebuch angelegt, in dem er fast täglich seine Erlebnisse und Beobachtungen aufschrieb. Immer wieder las er darin und reflektierte seine Qualen. Dabei fiel ihm auf, dass es immer ein und derselbe Junge war, der die anderen zur Hatz auf Ramon anstachelte. Wenn dieser Junge nicht da war, dann hatten die anderen meist keine Lust, Ramon zu verprügeln.

Für Ramon war klar, dass er etwas unternehmen musste. Der Junge musste weg!

Nicht weit von der Schule war ein Ruinengelände, eine alte, verfallene Fabrik. Keiner wusste, was hier mal auf zwei Etagen produziert worden war, aber oft spielten die Kinder nach dem Unterricht auf dem Gelände.

Ramon erkundete über mehrere Tage akribisch jeden Winkel, dann schmiedete er einen Plan. Heimlich und mit viel verzweifelter Energie lockerte er ein Mauerstück in der oberen Etage und versteckte sich dahinter. Als sein Peiniger nahe genug war, drückte er fest gegen das Mauerstück, sodass es auf ihn hinunter krachte. Es gelang Ramon, unerkannt zu flüchten. Mit schwersten Verletzungen wurde der Junge ins Krankenhaus gebracht. Er kam nie wieder an die Schule zurück.

Für Ramon war es eine Befreiung. Mit seiner Intelligenz und seinem Wissen wurde er bald zum Wortführer der Jungenschar. Instinktiv hatte er erkannt, dass man in einer führerlosen Gruppe nur entschlossen genug handeln musste, um die Macht zu erlangen. Er gab jedem das Gefühl, dass er der beste Freund sei, den man haben könne, heckte die wildesten Streiche aus und hatte die besten Ausreden, wenn sie mal erwischt wurden. Und er notierte sich weiterhin alles, was er benutzen konnte, um widerspenstige Schulkameraden mittels Erpressung gefügig zu machen.
In dieser Zeit veränderte sich Ramon. Er hatte begriffen, dass Gewalt ein probates Mittel war, um seine Ziele zu erreichen. Jetzt brauchte er Verbündete. Sein Vater war zwar der Meinung, „ein starker Baum braucht keinen Wald“, aber Ramon begann den Wert von zeitlich begrenzten Allianzen zu schätzen. Dabei achtete er genau darauf, dass er seine „Freunde“ immer in der Hand hatte und bei Bedarf auch schnell wieder loswerden konnte.

11
PERU 2012

Als das Flugzeug in Chiclayo aufsetzte, sah David durch das Fenster viele militärische Anlagen. Der Flughafen war vor allem ein militärischer, die zivile Luftfahrt wurde lediglich geduldet. Im Flugzeug saßen daher überwiegend Einheimische, Touristen konnte man an zwei Händen abzählen. Der Norden Perus war noch lange nicht für den großen Touristenansturm erschlossen, die Massen fuhren lieber nach Cusco, die alte Inkahauptstadt.
David hatte während des Fluges in einem Reiseführer gelesen und erfahren, dass der Norden Perus durchaus auch für Touristen interessant sein konnte. Davon sollte er sich die nächsten Stunden überzeugen, so lautete sein Auftrag. Dabei ging es auch darum, eventuelle Verfolger zu identifizieren und abzuschütteln.
Noch etwas unterschied David von den üblichen Touristen: Sein Urlaub wurde von der UN bezahlt und für das „Taschengeld" hatte er eine Kreditkarte des „Department of Peacekeeping Operations", der Blauhelme. Damit war er einerseits finanziell auch in Notsituationen flexibel, andererseits konnte ihn die Buchhaltung der UN auch sehr gut überwachen.
Der Reiseplan sah vor, dass er in Chiclayo eine Nacht im Hotel verbringen und dann am nächsten Tag unauffällig nach Trujillo weiterreisen sollte, wo er seinen Kontakt treffen würde. Der würde ihn dann nach Lima zur Senatorin lotsen. Dieser Weg sollte eventuelle Verfolger verwirren und bestenfalls abschütteln.

Trotz all der perfekten Vorbereitung blieb in David eine leichte Unruhe zurück. Er konnte sich nicht vorstellen, wer ihn verfolgen sollte. Es ging schließlich nur darum, die Senatorin unerkannt und unbemerkt nach Europa zu bringen. Welche Paparazzi würden einen solchen Aufwand betreiben und ihn über Tage verfolgen? Irgendwas war seltsam am Plan des Generals. Von seinem Kontakt wusste er nur, dass der David erkennen würde.
Sein Gepäck landete schon nach wenigen Minuten auf dem kürzesten Gepäckband, das er je gesehen hatte. Aber für die wenigen Fluggäste war es ausreichend lang. Gewohnheitsmäßig musterte David alle, die mit ihm am Band standen, aber da war keiner, der ihm irgendwie verdächtig vorkam. Die meisten waren Paare im gesetzten Alter, offensichtlich Touristen, die sich die Ausgrabungen der Moche-Kultur ansehen wollten. Dann noch drei indigene Einheimische, der Kleidung nach Quechua oder Aymara oder ein ganz anderes Volk, da kannte er sich nicht so aus. Zuletzt noch zwei einzelne Männer, möglicherweise Geschäftsreisende, die aber vermutlich nicht zusammengehörten. Er wollte sich ihre Gesichter merken, falls sie ihn verfolgten.
Vor dem kleinen Abfertigungsgebäude stieg David in ein Taxi, das ihn zum Hotel brachte. Da der Flughafen etwas außerhalb Chiclayos lag, fuhren sie eine Zeit lang durch die Vororte: Alles war staubig, unverputzte Häuser, Tuk Tuks. Diese Gefährte gab es offensichtlich zu Tausenden. Mit allerlei fantasievollen Anbauten transportierten sie Menschen, Zuckerrohr oder Baumaterialien. Je näher sie dem Zentrum kamen, desto mehr schien es davon zu geben, schließlich verstopften sie die Straßen so sehr, dass kaum noch ein Durchkommen war.

Das „Casa Andina“ war ein gesichtsloser, grauer, moderner Kasten, Davids Zimmer schlicht und funktional. Immerhin war die Hauptstraße zu Fuß schnell zu erreichen. Dort waren viele Menschen unterwegs, die sich auf den schmalen Fußwegen an den verschiedenen Straßenhändlern vorbei drängten, davon viele mit Streetfoodständen. Das waren oft kleine, tragbare Grills, auf denen Maiskolben und etliche andere Speisen lagen.
Er gönnte sich einen Grillspieß mit Rinderherzen, Anticucho genannt, und eine Chicha Morada. Das Getränk hatte eine dunkle lila Farbe und schmeckte sehr fruchtig. Der Verkäufer erklärte ihm, dass die Limonade aus lila Mais hergestellt wurde. Ihm war es ein wenig zu süß. Was war da dran? Zimt? Zitrone? Im Stillen hoffte er, dass sein Magen das unbekannte Essen vertragen würde. Es war überraschend schmackhaft.
So versuchte David, einen Eindruck von diesem Land und dessen Menschen zu bekommen. Vielleicht war es für die Mission nützlich, auf jeden Fall würde er wahrscheinlich nie wieder nach Südamerika kommen, und da wollte er diese wenigen freien Stunden genießen. Er ließ sich also treiben, wurde dabei allerdings die ganze Zeit das Gefühl nicht los, verfolgt zu werden. Allerdings konnte David in dem Gedränge niemanden entdecken, der ein erhöhtes Interesse an ihm zeigte.
David hatte in seinem Leben schon viel Zeit in Hotels zugebracht. „Kennst du eins, kennst du alle“, traf da seines Erachtens durchaus zu. Zugegeben, nicht sehr originell, aber für ihn passte das. Dabei verlangte er nicht viel: ein Dach über dem Kopf, ein ruhiges Bett und eine Dusche mit

warmem Wasser. Und natürlich ein Frühstück, das seinen Namen auch verdiente. Am besten hatte er in Schweden gefrühstückt, am schlechtesten allerdings auch. Das eine Mal in einem Hotel am Vännernsee, das andere Mal in Stockholm.

In Peru gab es eine der besseren Morgenmahlzeiten. Es handelte sich zwar um die übliche Mischung aus Rührei, Brot und Kaffee, aber auch Kokatee und exotische Früchte waren zu haben. So lernte er durch die Beobachtung eines kleinen Jungen nicht nur die Granadilla kennen, sondern auch die beste Variante, sie zu essen. Er schnitt von der Seite ein Loch hinein und legte dadurch das Innere frei. Ein grüner Wabbel, der fruchtig und schmackhaft war, kam zum Vorschein. Mit einem Löffel leerte er die orange Frucht.

Er hatte noch Zeit, bis der Bus nach Trujillo abfahren sollte, daher beschloss er, in ein Museum zu gehen. Die Leute von der Rezeption empfahlen ihm das „Museo Tumbas Reales de Sipán“, das Museum der Königsgräber von Sipán. Dort sollte es allerlei Gegenstände aus den Grabungen der Königsgräber einer der Vorinkakulturen geben. Er ließ sich ein Taxi kommen und fuhr hin.

Noch vor dem eigentlichen Eingang dann die Überraschung: Plötzlich war er die Attraktion! Eine Schulklasse machte einen Ausflug in das Museum, alle Kinder hübsch in Schuluniformen gekleidet. Allerdings überragte er die Rasselbande mit seinen 1,90 Meter Größe fast um das Doppelte und die kleinen Schulmädchen kamen auf die Idee, sich mit ihm fotografieren zu lassen. Und das dauerte.

Im Museum war es erfrischend leer. Keine Spur von irgendwelchen Verfolgern, nur Schulkinder, die sich immer wieder kichernd an ihm vorbeidrückten.
Anschließend brachte ihn das Taxi pünktlich zum Busbahnhof, der wie ein Flughafen organisiert war, mit Gepäckabgabe und Sicherheits- sowie Passkontrolle. Der Bus nach Trujillo war auf beiden Etagen voll besetzt und verfügte über ein hervorragendes W-Lan.
Nach wenigen Stunden Fahrt kam der Bus am Ziel an. David ließ sein Gepäck erst einmal im Busbahnhof und schlenderte ins Zentrum. Er hatte noch Zeit bis zum Treffen mit seinem Kontakt.
Wie in wahrscheinlich jeder größeren Stadt in Peru bildete die Kathedrale mit der Plaza de Armas davor den Mittelpunkt. Irgendwo hatte er mal gehört, dass diese Plätze ihren Namen nach einem Brauch der spanischen Eroberer bekommen hatten, ihre Waffen beim Gang zur Messe auf dem Platz vor der Kathedrale zurückzulassen. David hatte keine Ahnung, ob das stimmte, es klang allerdings logisch. Während er sich an diese Geschichte erinnerte, fiel ihm auf, dass er mit dem General nicht über seine Bewaffnung gesprochen hatte. Würde ihm der Kontakt etwas mitbringen? Er sollte doch sicherlich nicht unbewaffnet seinen Auftrag durchführen?
Genau dieser Auftrag bereitete ihm zunehmend Unbehagen. Dieses ganze Touristengetue gefiel ihm nicht. Er hatte die ganze Zeit das Gefühl, dass er etwas verpasste oder übersah. Wenn er sonst im Einsatz war, hatte er einen Plan, eine vernünftige Ausrüstung und wusste, wer der Gegner war. Diesmal war alles sehr nebulös. Er hoffte,

dass der Kontakt ihm mehr Klarheit verschaffen würde.
Auf dem Platz zog ein Brunnen seine Aufmerksamkeit auf sich. Er stellte sich zu einer Gruppe Touristen und lauschte dem Stadtführer. Sie standen vor dem sogenannten Freiheitsbrunnen, gestiftet von den Franzosen und gebaut von den Deutschen. Mächtige, muskelbepackte Figuren stellten verschiedene Tugenden dar. Diese Figuren erinnerten David an Skulpturen in Dresden, vor allem vor dem Hygienemuseum. Die Peruaner fanden wohl, nach den Worten des Stadtführers, diese Figuren eher befremdlich. „Das sind nicht wir!", war die allgemeine Meinung.
„Ja", dachte David, „so ist das mit Geschenken. Du kannst sie schlecht ablehnen und verstecken geht auch nicht. Es könnte ja irgendwann mal ein Franzose vorbeikommen und nach dem Brunnen fragen."
Überall in der Stadt hing Werbung für eine Pferdeshow. Dort sollten die weltberühmten Passgänger ihre Kunststückchen zeigen. David erwartete nicht viel, Pferde waren ihm eigentlich egal, aber da er noch Zeit hatte … Die Zuschauer waren an zwei Händen abzuzählen, zwei ältere Damen sowie ein mittelaltes Pärchen. Er trug einen auffälligen Hut, wie ihn Larry Hagman als J. R. in der Serie „Dallas" getragen hatte. Außerdem war da noch eine europäisch aussehende Familie mit zwei Kindern, vielleicht ja Franzosen. Bei dem Gedanken an eine „getarnte Brunnenkontrollgruppe" musste David innerlich lachen.
Die Show begann und David revidierte seine Meinung. Dieser Passgang der Pferde war schon außergewöhnlich und sehenswert. Warum musste er gerade jetzt an das Musikvideo von Genesis „I Can't Dance" denken? Aber am

meisten beeindruckte ihn der unbändige Nationalstolz der Peruaner, der hier sichtbar wurde und am Schluss im Abspielen der Nationalhymne und dem Schwenken von übergroßen Landesfahnen gipfelte. Das wäre doch auch mal eine Idee fürs Heinz-Steyer-Stadion, wenn Dynamo spielte.
In der Straße von der Plaza de Armas zum Brunnen der vier Jahreszeiten gab es ein Café, in dem David auf seinen Kontakt warten sollte. Wegen der Pferdeshow kam er ein paar Minuten zu spät, was ihm unangenehm war. Er legte großen Wert auf Pünktlichkeit, bei sich und anderen.
Er betrat das Café und sah sich um. Nur wenige Leute saßen, meist zu zweit, an den kleinen Tischen. Sein Kontakt war offensichtlich noch nicht da, also ließ er sich einen Kaffee kommen.
Gedankenverloren rührte er in der Kaffeetasse, als er eine Veränderung spürte. Die Gespräche der anderen Gäste waren leiser geworden und schließlich ganz erstorben. Erstaunt schaute er hoch, folgte ihren Blicken und bemerkte sie. Eine junge, schlanke Frau hatte das Café betreten und schaute sich suchend um. Eine Schönheit, das perfekte Ergebnis der Vereinigung von spanischen und indigenen Vorfahren.
Er schaute ihr zu, wie sie in den Raum hineinkam. Ein Gang, der an einen Puma erinnerte, ruhig, aber voller Kraft. Wow, was für eine Schönheit. Wer war wohl der Glückliche, der sie erwartete? Das Gesicht einer Schönheitskönigin! Davids Blick folgte ihr, als sie in seine Richtung kam, dann senkte er ihn, denn er wollte auf keinen Fall aufdringlich wirken.

Kurz blieb ihm der Atem weg, als sie ihn ansprach. „David? Ich bin Maria. Wir sollten los!“

12
PERU 2012

Sie war bereits am Morgen in Chiclayo eingetroffen, denn man hatte ihr beigebracht, dass man für eine erfolgreiche Observation den Ort kennen sollte, an dem sich der Observierte aufhalten würde. Und da sie Chiclayo kaum kannte, schien es ihr sicherer, sich frühzeitig umzuschauen.

Das Flughafengebäude war ein schlichter einstöckiger Bau, der Parkplatz davor überschaubar klein. Also parkte sie ein Stück entfernt und ging in den Abfertigungsraum. Durch die große, staubige Scheibe konnte sie das Gepäckband und alle Ankömmlinge sehen. Sie hatte ein Bild von dem Deutschen in der Tasche. Das war in aller Regel überflüssig, meist genügte ihr ein kurzer Blick auf ein Foto und sie vergaß die darauf abgebildete Person nicht wieder.

Er hatte sich verändert. Auf dem Foto hatte er einen kurzen Vollbart getragen. Außerdem war er seit der Aufnahme reifer im Gesicht geworden. Und grauer. Vor allem seine Schläfen fingen an, sich silbern zu färben. Er war nicht mehr der junge, unbekümmerte Offizier von dem Bild. Sie fand, das stand ihm.

Heute verzichtete sie auf Bluse und Jeans. Stattdessen trug sie einen Rock, eine graugrüne Jacke und ein Schultertuch. Sie wusste, dass ihre Figur die Männer dazu brachte, den Kopf zu drehen, und das Letzte, was sie jetzt brauchte, war diese Art Aufmerksamkeit. Also kleidete sie sich in die typische Kluft der Quechua-Frauen. Ihr langes schwarzes Haar wurde von einem Hut gebändigt. So stand sie in der Abfertigungshalle und schaute sich Postkarten an, als er an ihr vorüberging.

Sie hatte keine Eile, schließlich wusste sie, in welchem Hotel er absteigen würde und kannte den Weg dahin genauso gut wie der Fahrer des Taxis, das ihn dahin brachte. Überrascht war sie, als sie den anderen Wagen bemerkte, der ihm ebenfalls folgte. Wer war das?
Als er das Hotel verließ, folgte sie ihm und seinen Verfolgern. Er schob sich durch das Gedränge der Passanten, die er weit überragte und bemühte sich, wie ein Tourist auszusehen. Dabei schaute er sich immer wieder um, als versuchte er, etwaige Verfolger auszumachen. Allerdings stellte er sich so ungeschickt an, dass sie sicher war, dass er keine Ahnung davon hatte, wie man das in einer Stadt macht. Was war das für einer?
Nach einigem Zögern aß er etwas bei einem der vielen Streetfood-Händler, dann war er plötzlich verschwunden. Sie beobachtete, wie die anderen Verfolger hektisch wurden. Nach kurzer Zeit tauchte er aus einem kleinen Supermarkt wieder auf, in der Hand eine Plastikflasche mit Wasser. Er trank daraus, wischte sich den Schweiß ab und ließ die Flasche fallen. Der Inhalt ergoss sich auf die staubige Straße und hinterließ einen dunklen Fleck. Der Deutsche lachte, schüttelte den Kopf und ging zurück in den Markt, um eine neue Flasche zu kaufen. Anschließend machte er sich auf den Rückweg zum Hotel.
Wären nicht die anderen Verfolger gewesen, hätte sie jetzt Feierabend gemacht, so allerdings legte sie sich auf die Lauer. Bis Mitternacht musste sie warten, ehe der Wagen der Verfolger abgelöst wurde. Eine andere Mannschaft, bestehend aus zwei Männern, übernahm den Posten vor dem Hotel. Sie folgte dem ersten Wagen.

Dieser fuhr zu einer Kaserne des Militärs in der Nähe des Flughafens. Also wahrscheinlich Geheimdienst, dachte sie. Oder waren das schon Riveras' Leute?
Auf dem Rückweg zu ihrem Quartier überlegte sie, was der Tag heute gebracht hatte: Die Informationen, die sie im Vorfeld erhalten hatte, stimmten alle. Woher mochte die Senatorin sie haben? Der Deutsche schien etwas unbeholfen, ja fast etwas trottelig. Aber er hatte ein schönes Lachen.
Nach einer kurzen Nacht bezog sie wieder Posten vor dem Hotel. Der Reiseplan des Deutschen sah für heute nur die Fahrt mit dem Bus nach Trujillo vor. Überraschenderweise erschien er zeitig, stieg in ein Taxi und ließ sich zum Museum fahren. Eine Schulklasse fing ihn ein. Die Kinder hatten ab nächster Woche Ferien, da nutzten viele Schulen die letzten Tage, um ihre Schüler mit der Kultur des Landes bekannt zu machen. Und wie bei allen Kindern auf der Welt, war deren Interesse daran mäßig, aber der Ausflug ein willkommener Anlass, dem Schulalltag zu entfliehen.
Während die Lehrer am Ticketschalter anstanden, tobten die Grundschüler über das Museumsgelände, bis sie etwas ganz Besonderes entdeckten. Der Deutsche war bestimmt doppelt so groß wie die Kinder, also wollten sich die kichernden Mädchen unbedingt mit ihm fotografieren lassen. Er bewies eine unendliche Geduld und wartete, bis auch die letzte ihr Foto im Handy hatte.
Sie beobachtete die Szenerie aus einiger Entfernung. So viel Kinderliebe überraschte und rührte sie. Tief in ihr drin fing eine Saite zu vibrieren an.
Die Fahrt nach Trujillo verlief ereignislos. Sie fuhr oben im Doppelstockbus mit, er hatte einen Platz in der Luxusklasse

im Untergeschoß. In Trujillo angekommen, ließ er sich durch die Stadt treiben. Dabei zeigte er einiges Interesse am Brunnen auf der Plaza de Armas. Sie fand die Tatsache viel spannender, dass man vor einigen Jahren, aus Anlass des Papstbesuches, das gesamte Pflaster des Platzes erneuert hatte. Geld, das dann nicht mehr für die Armen zur Verfügung stand. Der Papst fuhr dann am Ende am Platz vorbei und bemerkte das neue Pflaster wahrscheinlich nicht einmal.

Als er zur Pferdeshow ging, verspürte sie so etwas wie Langeweile. Wenn da nicht seine Verfolger gewesen wären, hätte man wirklich geglaubt, dass er ein Tourist sei. War er wirklich der, den man ihr angekündigt hatte? Sie wusste nicht, was sie von ihm halten sollte. Er machte sich inzwischen nicht mal mehr die Mühe, Ausschau nach Verfolgern zu halten. Sorglos, so schien es, begab er sich zum vereinbarten Treffpunkt.
Sie war unschlüssig: Sollte sie ihn einfach treffen, oder sollte sie vorher versuchen, die Verfolger abzulenken? Einen Moment spielte sie mit dem Gedanken, deren Auto anzuzünden. Aber da sie offensichtlich ähnlich präzise Informationen besaßen wie sie, verwarf sie die Idee. Sie legte ihre Jacke und den Hut ab und ging in das Café.
Er saß so, dass er die Tür im Blick hatte. Vor ihm stand eine Tasse. Sie spürte die Blicke der Gäste. Als sie auf ihn zuging, senkte er den Blick. Sie empfand diese Zurückhaltung als wohltuend. Normalerweise versuchten Männer, sie mit ihren Blicken auszuziehen. Er nicht. Er errötete sogar, als sie ihn ansprach.
„David? Ich bin Maria. Wir sollten los!“

13
PERU 2012

Während sie zum Busbahnhof liefen, sah David immer wieder Maria an. Dabei wurde er euphorisch. Hätte er gewusst, wen die Senatorin als Kontaktperson schicken würde, hätte ihn der General nicht mit so viel Geld zu dem Auftrag überreden müssen. Die Hälfte hätte es auch getan.

Maria trug ihr langes Haar offen. Es war so tiefschwarz, dass es je nach Lichteinfall manchmal blau schimmerte. Der Wind zauste es und gab ihr ein verwegenes Aussehen. Sie trug blaue Jeans und eine weiße Bluse, beides betonte ihre schöne Figur. Sie war etwa einen Kopf kleiner als David und damit etwas größer als die meisten Peruanerinnen, die David bisher gesehen hatte. Ihre Augen strahlten, wenn sie zu ihm herübersah.

Den Ablauf am Busbahnhof kannte David schon. Nach der obligatorischen Passkontrolle stiegen sie ein. Es war einer der üblichen Doppelstockbusse, in dem die teureren Plätze unten waren. Dort gab es etwa zwanzig Sitzplätze mit Schlaffunktion, David und Maria saßen ganz hinten. Sie würden die ganze Nacht unterwegs sein.

Nach wenigen Minuten Fahrt bogen sie auf die legendäre Panamericana ein. Sie war keine einzelne Autobahn, sondern bestand aus einem Gewirr von breiten, meist gut ausgebauten Highways, bestückt mit modernen Raststätten und Tankstellen. David hatte eine besondere Beziehung zur Panamericana. Seit Ches Reise mit dem Motorrad auf dieser Straße hatte der Highway für ihn etwas Heiliges.

Draußen war es inzwischen dunkel geworden. Maria und David versuchten, so gut es ging, es sich gemütlich zu machen. Der Schaffner kam und brachte jedem Fahrgast ein Kissen und eine Decke, dann ging er noch mal durch und bot einen Snack und Getränke an, darunter auch die berühmte Inka-Cola. David hatte so etwas noch nie getrunken und ließ sich eine geben.
Was für ein widerliches Gesöff! Maria lachte über sein Gesicht, das wohl etwas entgleist war, und klärte ihn auf, dass die Inka-Cola deutlich an Geschmack verloren hatte, seit Coca-Cola die Limonadenfabriken in Peru aufgekauft hatte. Die kleinen Familienbetriebe waren alle von dem amerikanischen Riesen geschluckt worden und der vermarktete seine ganz eigene Rezeptur unter dem Traditionsnamen „Inka-Cola".
Maria rückte ihr Kissen zurecht und schloss die Augen. David setzte die Kopfhörer auf und hörte Musik. Diesmal fing es mit Supertramp an: „Dreamer". Auch er fühlte sich gerade wie in einem Traum. Bloß nicht aufwachen!
Er wachte auf, weil er das Gefühl hatte, zu ersticken. Die Klimaanlage war ausgeschaltet, es war sehr warm geworden und die Luft war verbraucht. Maria hatte inzwischen ihren Kopf an seiner Schulter und schlief tief und fest. Er klingelte nach dem Schaffner.
Die Klimaanlage wurde eingeschaltet und David schlief wieder ein. Kurze Zeit später verließ der Bus die Autobahn und hielt an. Plötzlich drang vom oberen Deck ein durchdringender Schrei. Eine Frau schrie aus tiefster, animalischer Angst.

Jetzt war David endgültig wach und alarmiert. Vorsichtig pflückte er Maria von seiner Schulter und ging durch die Schwingtür zur Treppe, die nach oben führte. Er wollte gerade nach oben gehen, als der Schaffner ihm entgegenkam.
„Was ist los?“ David war zutiefst besorgt.
„Alles in Ordnung, mein Herr!“, sagte der Schaffner, der aussah, als würde er gleich weinen. „Gehen Sie wieder auf Ihren Platz, wir sind dabei, die Panne zu beheben!“
David glaubte ihm kein Wort und blieb stehen. Der Schaffner tat einen Seufzer und ignorierte ihn. Dann öffnete er mittels Notöffnung die Bustür, stieg aus, lief in Richtung Fahrerkabine und begann einen lauten Streit mit dort stehenden Leuten.
David hatte seinen Kopf vorsichtig aus der Tür gesteckt und versuchte, die Situation zu beurteilen, hatte dabei aber nicht bemerkt, wie sich ihm ein Polizist näherte.
„Mein Herr, woher kommen Sie?“, sprach er David streng an.
Da er wohl wusste, wo der Bus gestartet war, schlussfolgerte David, dass er aufgrund seiner Größe und seines Aussehens nach seiner Heimat gefragt wurde.
„Aus Deutschland“, sagte er lakonisch.
Der Polizist nickte, als hätte David etwas erzählt, das er schon wusste. Dann wurde er noch strenger. „Bitte gehen Sie wieder auf Ihren Platz!“, befahl er in einem Ton, der keinen Widerspruch zuließ. „Es ist alles in Ordnung! Es geht gleich weiter!“
Jetzt ging David wieder zurück zu Maria, die inzwischen ebenfalls wach war.
Sie schien Davids Unruhe zu spüren. „Was war denn?“

David schilderte kurz, was sich in den letzten Minuten ereignet hatte. „Was hältst du davon?“, fragte er dann.
„Ich glaube nicht, dass es gefährlich ist. Bis vor wenigen Jahren war das anders.“
„Was war denn da?“, fragte er gespannt.
„David, bist du vertraut mit der jüngeren Geschichte Perus?“
„Na ja, da war der ‚Leuchtende Pfad‘ und Fujimori und davor war irgendwann eine Militärdiktatur.“
Maria sah ihn mit einer Mischung aus Belustigung und Mitleid an. „Peru ist ein unruhiges Land, ein sehr schönes Land, aber auch sehr unruhig. Weil du Fujimori erwähnst: Er war ein populistischer Präsident, den das Volk gewählt hat, weil es Ruhe und Wohlstand wollte. Zu dem Zeitpunkt betrug die Inflation über viertausend Prozent. Er schaffte es, in nur zwei Jahren diese Inflation auf knapp über einhundert Prozent zu drücken. Auf der Welle der Zustimmung, die dieser Erfolg mit sich brachte, ließ er über eine neue Verfassung abstimmen, die ihm faktisch den Weg zur Präsidialdiktatur ebnete.
Dann ging er völlig enthemmt vor: Er plünderte das Land aus, schaffte Milliarden ins Ausland, ließ Oppositionelle einsperren und ging brutal gegen die Guerillabewegung ‚Leuchtender Pfad‘ vor. Seine Todesschwadronen ermordeten nicht nur Guerilleros, sondern verübten auch Massaker an der unschuldigen Landbevölkerung und an Studenten. Alles mit der Behauptung, sie hätten den ‚Leuchtenden Pfad‘ unterstützt.
Übrigens ermordete auch der ‚Leuchtende Pfad‘ Bauern, weil sie angeblich mit der Regierung zusammengearbeitet hatten. In dieser Zeit kam es sehr häufig vor, dass Fernbusse

überfallen, Leute entführt und erst gegen Lösegeld freigelassen wurden. Oder eben einfach ermordet am Wegrand abgelegt wurden. Vielleicht hat die Frau, die da vorhin geschrien hat, genau so etwas erlebt."
„Du meinst, sie ist traumatisiert?"
„Ich meine, die ganze peruanische Gesellschaft ist traumatisiert. Korruption, Misswirtschaft, Einflussnahme der USA. Es wurde Zeit, dass etwas Ruhe ins Land kommt. Seit Fujimori nicht mehr an der Macht ist, bietet zwar die politische Elite mitsamt Richtern und Staatsanwälten ein Trauerspiel, aber wenigstens geht es mit der Wirtschaft aufwärts. Dadurch gibt es weniger Kriminalität und vielen Menschen geht es besser. Nichtsdestotrotz sind die sozialen Unterschiede riesig.
Die Landflucht ist ein sehr großes Problem. Nimm nur Chiclayo: Vor hundert Jahren lebten dort einhunderttausend Menschen, jetzt ist es eine Million. Für die alle muss es Wohnraum geben, Strom, Wasser, Müllabfuhr. Die Post hat inzwischen aufgegeben, es gibt keine funktionierende Post in Peru."
Maria sprach zwar immer noch leise, um die anderen Fahrgäste nicht zu stören, aber David merkte ihr doch an, dass sie aufgeregt war. Das Schicksal ihres Landes und der Menschen waren ihr offensichtlich sehr wichtig.
„Ich hatte keine Ahnung!" David war betroffen und etwas kleinlaut.
Maria holte tief Luft, dann lachte sie ein mitreißendes, fröhliches Lachen. „Nein, hast du ganz offensichtlich nicht."
Der Bus setzte sich wieder in Bewegung. Was auch immer ihn aufgehalten hatte, war vorüber. Allerdings hatten sie nun eine Stunde Verspätung.

David ließ sich von Maria noch vieles über ihr Land erzählen. So erfuhr er, dass sie in Lima geboren und aufgewachsen war, ihr Vater war Universitätsprofessor, die Mutter Hausfrau. Maria hatte in Lima Politik studiert. Was sie dann gemacht hatte, erzählte sie David nicht, aber seit ein paar Jahren war sie die Assistentin der Senatorin.
Aufgrund der Verspätung kam der Bus nicht wie geplant vor, sondern direkt in der morgendlichen Rushhour in Lima an. Mitten in einem riesigen Pulk aus Minibussen stand der Bus zwei Stunden lang im Stau.
„David, siehst du die vielen Minibusse?“ Maria deutete aus dem Fenster.
„Ja.“ David horchte auf. „Was ist mit denen?“
„Diese Busse sind ein Teil des Verkehrsproblems von Lima. Es gibt eine riesige Menge davon. Die Senatorin wollte das ändern. Als Bürgermeisterin von Lima hat sie gegen alle Widerstände den Bau der ‚Metropolitana‘ initiiert.“
„Metropolitana?“
„Das ist eine Stadtbahn, die verschiedene Stadtteile miteinander verbindet, preiswert und mit kurzer Taktung.“
„Ach, so was wie eine S- oder U-Bahn.“
Maria zog die Stirn in Falten, antwortete aber nicht. „Die Bahn wird sehr gut angenommen, allerdings nicht weiter gebaut“, führte sie stattdessen weiter aus.
„Warum nicht, es scheint doch eine gute Lösung zu sein?“
„Das Problem sind die vielen Minibusse und deren Besitzer, die ihre Einkünfte schwinden sahen. Die Besitzer bezahlen ihre Steuern direkt an den Verkehrsminister. Der machte sich für die Busse stark und bekämpfte die Senatorin, obwohl sie in der gleichen Partei waren. Er

hängte ihr sogar den Verdacht an, korrupt zu sein.“
Irgendwann löste sich der Stau wieder auf und der Bus erreichte endlich den Busbahnhof.

14
DER DRITTE TAG

Auge um Auge, Zahn um Zahn!
2. Buch Mose 21

Guatemala 1998

José war zu einem schlaksigen Jugendlichen herangewachsen. Seine kurz geschorenen Haare waren schlohweiß, seinem mageren Körper sah man die Kraft nicht an, die der Zwölfjährige bei der schweren Feldarbeit entwickelt hatte. Das staatliche Waisenhaus war chronisch unterfinanziert, um genügend Essen für die Kinder bereitzustellen, fehlte das Geld. Daher hatte die Verwaltung dem Waisenhaus ein Stück Land zum Bewirtschaften überlassen. Dort bauten die Kinder unter der Aufsicht der sogenannten Erzieher Gemüse, Mais und Obst an.
Zweimal die Woche fuhren die Jungen mit einem großen Karren voll mit ihrer Ernte zum Markt und verkauften die Produkte. Die Mädchen mussten traditionelle Textilien herstellen, die ebenfalls verkauft wurden, vorwiegend an Touristen. Die Sachen fanden reißenden Absatz, da sie zu unschlagbar günstigen Preisen angeboten wurden.
Wenn sie mit ihrem Karren durch die Straßen fuhren, waren vier oder fünf Jungs vorn und zogen an der Deichsel, etwa genauso viele schoben den Karren von hinten. Einer der Erzieher passte auf und lief nebenher. Wie sie da durch die Straßen zogen, zerlumpt, hohlwangig und kahl geschoren, hätten sie auch einem Roman von Victor Hugo entsprungen sein können. Sie waren wahrlich ein elender Haufen,

und trotzdem wurden sie von Kindern und Jugendlichen beschimpft, die selbst nur wenig mehr hatten als José und seine Freunde.
Manchmal weinten die Kleinen. Die Hände und Füße schmerzten von der Feldarbeit, der Karren war schwer und manchmal bockig wie eine alte Ziege. Dazu der ständige Hunger. Denn von den Früchten ihrer Arbeit finanzierte sich zwar das Waisenhaus, aber den Großteil des Geldes, das sie mit dem Verkauf der Waren einnahmen, steckten sich die Erzieher ein. Für die Kinder blieb nicht viel übrig. Morgens gab es ein Stück Brot, abends Maisbrei. Manchmal, an einigen Sonntagen und an Feiertagen, gab es auch ein Stückchen Huhn.
Und dann erfolgte regelmäßig eine Ansprache des Direktors Sergio Alvarez, in der er den Kindern erklärte, dass sie dankbar und demütig zu sein hatten, dafür, dass sie in dem Waisenhaus leben durften. Nach dieser Ansprache war Schule. Jeden Sonntag kam ein Lehrer aus der Stadt und gab Unterricht. Dann saßen die Kinder frisch geduscht und in Sonntagskleidung alle in einem Raum und lernten Lesen, Schreiben und Rechnen. Manchmal las der Lehrer den Kindern alte Sagen aus Guatemala vor. Da ging es dann um Affen, wilde Hunde und schreiende Frauen. Am meisten gefiel den Kindern die Legende von Tatuana, die mit einem magischen Boot aus ihrem Gefängnis vor der Hinrichtung in die Freiheit flieht.
Immer wieder verschwanden Kinder aus dem Waisenhaus. Meist brachte die Polizei die Ausreißer nach ein paar Tagen wieder zurück. Dann hagelte es Strafen: Es-

sensentzug, Prügel, stundenlanges Stehen und in eine Ecke starren – die Erzieher kannten kaum Grenzen.

Allerdings wurden nicht alle Kinder wieder zurückgebracht. Ab und an hängte der Direktor Fotos von toten Straßenkindern im Flur auf. Damit sollte den anderen vor Augen geführt werden, dass sie außerhalb des Waisenhauses Freiwild waren. „Seid dankbar und demütig für den Schutz, den wir euch hier geben." Das war die Botschaft.

Und dann gab es noch Kinder, die tauchten überhaupt nicht wieder auf.

So vergingen die Tage. José wuchs und wurde stärker. Unter den Kindern hatte er eine Sonderstellung, die selbst die Älteren akzeptierten. Grund dafür waren seine weißen Haare, die allen als Beweis galten, dass er etwas Besonderes war.

Auch den wechselnden Lehrern war der Junge aufgefallen. Er war wissbegierig und lernte schnell. Manchmal nahm sich einer der Lehrer Zeit, ihm mehr zu zeigen als Lesen und Schreiben. Geduldig beantwortete er die Fragen des Jungen über seine Heimat, deren Geschichte, die Gesellschaft und gab ihm hin und wieder ein Buch zum Lesen.

José selbst redete wenig. Umso gewichtiger waren seine Worte, wenn er mal was sagte. Er fühlte sich nicht als Anführer. Er beobachtete und hörte zu. Wenn er sprach, dann meist mit seiner „Muñeca quitapena", seinem Sorgenpüppchen. Er hatte es in seinen ersten Tagen im Waisenhaus von einem der älteren Mädchen bekommen. Die Mädchen fertigten diese Püppchen, die dann anschließend auf dem Markt an die Touristen verkauft wurden.

Rosita, so hieß das Mädchen, hatte gesehen, dass José anfangs viel geweint hatte, also kam sie zu ihm, schenkte ihm ein Püppchen und sagte: „Sie wird dir helfen. Erzähle ihr alle deine Sorgen und du wirst sehen, es wird besser. Meine Großmutter hat immer zu mir gesagt, es gibt kein Übel, das sich nicht zu etwas Besserem wenden lässt. Pass gut auf sie auf!"
So wurde das Püppchen sein ständiger Begleiter. Ihm erzählte er, was er am Tag erlebt hatte, aber auch von früher, von der Zeit vor dem Waisenhaus. Er erzählte von Vater und Mutter, von der Nonne Dolores, von den bösen Männern, die Tod und Schmerz in sein Leben gebracht hatten. Und er erzählte ihm auch, dass er die Männer finden wolle, um Rache zu nehmen.

Es war ein Dienstag. Die Kinder waren mit ihrem Karren erst spät vom Markt zurückgekommen und hungrig und müde. Der Erzieher wollte auch nur noch was essen, Bier trinken und dann schlafen, daher befahl er den Kindern, gleich ins Bett zu gehen. Er schloss die Tür zum Schlafsaal hinter sich zu, sodass niemand herauskommen und ihn stören konnte. Dann verschwand er.
Die Kinder wurden unruhig. Vor Hunger konnte niemand schlafen. Einige versammelten sich um José und wollten von ihm wissen, was sie tun sollten.
José überlegte lange. Er sah die Blicke seiner Kameraden und spürte plötzlich die Verantwortung. Da fiel ihm die Legende von Tatuana ein und was der Lehrer dazu gesagt hatte. Er versuchte, die richtigen Worte zu finden, denn auch die Kleinen sollten ihn verstehen.

„Wir sind hier eingesperrt, aber das sind nur unsere Körper. Die haben Hunger, haben Durst. Unsere Körper sind müde, aber wir können nicht schlafen." José machte eine Pause. Er merkte, dass die Kinder ihm gebannt zuhörten. Keiner hatte ihn je so viel sagen hören. Er sprach weiter und die Worte schienen wie von jemand anderem zu kommen. „Jeder von uns hat eine Seele und die kann niemand einsperren. Diese Seele kann den Hunger überwinden, den Durst vergessen lassen, die Müdigkeit bezwingen. Unsere Seele gehört nur uns und ist niemand anderem hilflos ausgeliefert. Unsere Seele ist frei und unabhängig. Und weil das so ist, können auch wir frei und unabhängig werden."
Ein größerer Junge, von allen nur Chico genannt, rief aus der Gruppe: „Lass das Gefasel von Seelen und so. Mein Körper hat jetzt Hunger und Durst. Und jetzt müssen wir uns wehren!"
Viele Kinder wussten nicht, was eine Seele sein sollte. Aber Chicos Worte klangen richtig. Voller Verzweiflung und unter der Führung von einigen der Größeren trugen sie ihre Schlafmatratzen zusammen, schichteten sie vor der Tür auf und zündeten sie an. So wollten sie auf sich aufmerksam machen. Ihre Not war so groß, dass das Feuer ihnen wie ein Retter vorkam.
Dichter Rauch zog alsbald durch den Schlafsaal, das Feuer griff um sich. Der Feueralarm schrillte durch das alte Haus, die Kinder versuchten, dem beißenden Qualm zu entkommen. Die Türen waren jedoch versperrt, die Fenster vergittert.
Die Feuerwehrmänner leisteten Heroisches, um die Kinder zu befreien, doch für sieben von ihnen kam die Hilfe zu

spät. Ein Aufschrei ging durch die Medienwelt, selbst im fernen Europa war es eine Zeitungsnotiz wert.
Doch davon erfuhren die Kinder nichts. Sie wurden, nachdem sie in den umliegenden Krankenhäusern versorgt worden waren, auf andere Waisenhäuser aufgeteilt.
Die Polizei versuchte halbherzig, das Geschehene aufzuklären. Bei den Befragungen der Kinder kam auch Josés Rolle während der Revolte zur Sprache.
Von da an galt José als Unruhestifter und Rädelsführer, ein Ruf, der lange vor ihm im neuen Heim ankam. Entsprechend argwöhnisch behandelten ihn die Erzieher und der Direktor setzte alles daran, den Jungen wieder loszuwerden.
Eines Tages war es so weit. Im Büro des Direktors wartete ein Mann auf José. Er lächelte ihn an. „Na, du bist ja ein hübscher Junge." Er tätschelte Josés Wange.
In José zog sich alles zusammen. Instinktiv lehnte er den Mann ab.
Der Direktor lächelte ebenfalls. „Siehst du, José. Jetzt wird alles gut. Das ist dein neuer Vater. Er wird sich ab sofort um dich kümmern. Es wird dir gefallen."
José war wie erstarrt. Was lief denn hier? Dieser Mann hatte ihn noch nie gesehen. Dann tauchte in seiner Erinnerung das Bild aus dem Krankenhaus auf, in dem ihm Dolores erklärt hatte, dass man sein Herz einem anderen Jungen einpflanzen wollte.

15
PERU 1989

Bereits am ersten Tag an der Militärakademie in Lima, im Stadtteil Chorillos, wurde Ramon klar, dass es wieder von vorn losgehen würde. Hier war er nicht der Jahrgangsbeste seiner Schule, der fast alle Fächer mit der Höchstpunktzahl abgeschlossen hatte. Er war auch nicht der Anführer, der alle anderen zu Loyalität verpflichtet hatte. Er war nicht einmal vom selben Stand wie die anderen.

Die anderen, das waren Söhne von hohen Offizieren der peruanischen Armee, von mächtigen Politikern und von reichen Familien. Deren Dünkel schlug ihm mit Wucht entgegen, ähnlich einem Tsunami. Ramon war also mal wieder auf sich gestellt. Doch das störte ihn nicht. Damit konnte er umgehen.

Was ihn störte, war, dass ihn ständig Menschen umgaben. Es gab keinen Rückzugsraum, keine Privatsphäre. Er konnte nicht einmal sein Tagebuch ungestört führen. Darum war er froh, wenn er zum Wachdienst eingeteilt war. Dann war er allein auf seinem Posten, allein mit sich und seinen Gedanken.

Und mit einer Katze. Irgendwann war sie nachts auf seinem Wachturm aufgetaucht. Ein mageres, verwahrlostes Tier, dankbar für einen Schluck Wasser oder ein paar hingeworfene Brocken. Scheu und trotzdem anhänglich schien sie genau zu wissen, wann Ramon Wachdienst hatte. Dann tauchte sie mit Beginn der Nacht auf und strich um seine Stiefel, bis er sich erbarmte und sie fütterte. Manchmal fing sie Geckos und brachte sie ihm.

Die Ausbildung war hart und intensiv. Theorie wechselte sich ab mit Schießtraining und körperlichem Drill. Ramon arbeitete fleißig und diszipliniert. Wie schon in seiner Schulzeit gehörte er – außer beim Sport – zu den Besten des Jahrgangs. Das baute den Dünkel der anderen Offiziersschüler nicht ab, im Gegenteil. Sie schienen nur darauf zu warten, dass er versagte.

Und dann geschah es. Beim Training für den Häuserkampf sollten die Offiziersschüler eine Hauswand auf dem Übungsgelände erklettern. Zum Schutz vor Unfällen wurde jedem ein Sicherheitsgurt angelegt. Ramon war fast oben, als er danebengriff und abstürzte. Das Sicherungsseil fing ihn auf und so hing er wie ein Fisch an der Angel wenige Meter über dem Boden. Der Schüler, der das Seil hielt, ließ ihn extra lange baumeln. Der Spott und das Gelächter der anderen erschienen Ramon endlos und trafen ihn zutiefst.

Er kochte noch innerlich vor Wut und Scham, als er abends wieder auf Wache zog. Auf seinem gewohnten Wachturm stehend schmiedete er Rachepläne. Die Katze kam und strich um seine Beine. Einem Impuls folgend holte er mit dem rechten Fuß aus. Die Katze schaute hoch, als könne sie nicht fassen, was Ramon tun wollte. Er verpasste ihr einen Tritt, dass ihre Knochen knackten und sie in hohem Bogen vom Turm flog. Ihr Aufprall war nicht zu hören, aber ihr schmerzvolles Gewimmer. Es klang, als würde ein Kind weinen.

Ramon verspürte kein Bedauern. Eher eine gewisse Befriedigung. Aber das Gewimmer konnte so nicht bleiben. Was sollte er sagen, wenn die Ablösung kam?

Also stieg er von seinem Postenturm, suchte und fand die sterbende Katze in der Dunkelheit und erstach sie mit seinem Kampfmesser. Dabei spritzte das Blut des Tiers auf seine Hand und auf die Stiefel.
Er bemerkte es erst nach der Ablösung.

Am nächsten Tag rief ihn der Lehrgangsleiter, Hauptmann Colina, zu sich. „Stehen Sie bequem."
Ramon hatte sich ordnungsgemäß vor dem Schreibtisch des Hauptmanns aufgebaut. Jetzt nahm er eine etwas entspanntere Haltung an.
„Riveras, ich beobachte Sie schon eine ganze Weile. Mir gefällt Ihre Dienstauffassung. Sie sind motiviert, pünktlich und diszipliniert. Und Sie haben in fast allen Ausbildungsfächern Bestnoten."
„Jawohl, Herr Hauptmann."
„Allerdings haben Sie offensichtlich Probleme mit allem, was Sport beinhaltet." Ramon wollte widersprechen, aber der Hauptmann unterbrach ihn, kaum dass er Luft geholt hatte. „Halten Sie den Mund, Riveras. Sie finden sich heute Abend nach dem Abendappell in Sportsachen im Fitnesskeller ein. Da bekommen Sie von mir ein paar extra Lektionen."
„Jawohl, Herr Hauptmann." Ramon wusste nicht, ob er sich geehrt fühlen sollte. Oder war das eine Art Bestrafung?
Wie auch immer, er stand pünktlich im Keller. Hauptmann Colina kam ebenfalls in Sportsachen. Er musterte Ramons Figur. „Na ja", machte er abschätzig. „Dann lassen wir Ihnen mal ein paar Muskeln wachsen. Was war denn Ihre Lieblingsbeschäftigung als Kind?"

„Bücher lesen", sagte Ramon verlegen.
Der Hauptmann kam näher und schaute ihm tief in die Augen. „Schämen Sie sich niemals Ihrer Bildung oder Ihres Verstandes. Der Geist ist eine mächtigere Waffe als jede Kanone und jedes Gewehr. Intelligente Offiziere werden in unserer Armee ständig gebraucht. Mit all diesen reichen Söhnen, denen man auf Eliteinternaten vergeblich versucht hat, etwas Geist einzuflößen, kann man keine freie peruanische Nation aufbauen. Die denken doch alle nur an ihre Karriere. Keiner von denen verschwendet auch nur einen Gedanken an unsere stolze Nation oder gar daran, wie es gelingen kann, dass Peru wieder zu alter Größe wachsen kann." Der Hauptmann hatte sich in Rage geredet. „Wer war das Idol Ihrer Kindheit?", fragte er dann.
„Simón Bolívar."
Colina nickte. „Eine gute Wahl. Er war wichtig für die Entstehung der peruanischen Nation. Aber gut, jetzt sorgen wir erst mal dafür, dass Sie die Offiziersprüfung bestehen. Denn der größte Geist nützt nichts, wenn er nicht in der Lage ist, sich zu verteidigen."

16
PERU 2012

Inzwischen hatte es der Bus geschafft und fuhr in den Busbahnhof ein. Ein Taxi brachte David zum Hotel, das in der Seitenstraße einer belebten Einkaufsmeile lag. Aus dem Fenster schaute er auf ein anderes mehrstöckiges Gebäude, möglicherweise ebenfalls ein Hotel. Die Bauleute schienen nicht fertig geworden zu sein, denn die Fassade war zwar verputzt, die übrigen Außenwände aber nicht. Da sah man die rohen Ziegel.

Das Wetter war mäßig. Es war zwar angenehm warm, obwohl der Herbst vor der Tür stand, aber der Himmel war trüb, die Sonne hinter einer Art dichtem Hochnebel verborgen. Von wegen, „prima Klima in Lima"!

Maria wollte ihn am frühen Abend zum Essen abholen und hatte ihm ein besonderes Restaurant versprochen, das „Victoria". Hoffentlich war das nicht so ein Sterne-Gourmet-Tempel, in dem man sich nicht traute, laut zu reden, um das Knacken der Hummerschalen vom Nachbartisch nicht zu übertönen. David hatte gelesen, dass Peru angeblich inzwischen der Weltmittelpunkt der guten Küche war. Ansonsten wusste er allerdings nur, dass sie hier Meerschweinchen aßen. Bei dem Gedanken schüttelte er sich.

Erst einmal ging er unter die Dusche. Nach der Nacht im Bus eine echte Wohltat! Dann stand er vor dem Spiegel und schaute sich an. Was er sah, gefiel ihm. Ein Typ Mitte vierzig mit breiten Schultern, gut in Form und mit Dreitagebart. An den Schläfen begann er etwas grau zu werden. Also, dachte er, du hast der Frauenwelt schon noch was zu bieten.

Er erwischte sich dabei, dass er die ganze Zeit an Maria dachte. Jedes Mal, wenn sie lachte, machte sein Herz einen Hüpfer.
Dann plötzlich schimpfte er mit sich: „David Thomsen, reiß dich zusammen! Du bist hier, um zu arbeiten, da brauchst du einen klaren Kopf. Das Mädchen könnte fast deine Tochter sein."
Er zog sich an und setzte sich in die Lobby, um auf Maria zu warten. Eine Zeitung lag auf dem Tisch vor ihm. Die Überschriften schrien „Skandal": Es waren Tonbänder aufgetaucht, die belegten, dass Richter und Staatsanwälte Absprachen zugunsten prominenter Angeklagter getroffen hatten, und zwar für Geld.
Als Maria kam, sprach David sie darauf an. „Ach David", sagte sie resigniert, „das geschieht hier andauernd. Das interessiert schon niemanden mehr. Der Aufschrei findet in der Zeitung statt, müsste aber das ganze Land erfassen. Sonst kommen wir aus diesem Sumpf nie heraus. Aber lass uns nicht über die frustrierende Korruption sprechen, lass uns lieber essen gehen!"
Mit einem der Minibusse fuhren sie zum Restaurant „Victoria". „Das wird dir gefallen", sagte Maria. „Hier hat man sich früher zum Debattieren getroffen und es gibt einfaches, bodenständiges Essen, original peruanisch. Das Restaurant hat leider viel von seinem ursprünglichen Charme verloren, aber es ist immer noch ein Original."
Und so war es auch: Man saß an langen Holztischen ohne Tischdecke. Der Service war flink, die Getränke gekühlt und Meerschwein gab es auch. Allerdings am Nebentisch. Dort saß eine Gruppe Touristen und fotografierte mit

großem Hallo und Gelächter die Meerschweinstückchen und die Gesichter derer, die die Speise kosteten.
Maria lächelte, als sie das sah. „Meerschweinchen ist kein billiges Essen, deshalb gibt es das in Peru nur zu Feiertagen. Wir hatten vor Kurzem einen Feiertag, da wurde das sicher viel serviert."
„Ich habe mich schon gefragt, was die vielen Fahnen in den Straßen zu bedeuten haben."
„Das geht auf die Zeit der Militärdiktatur zurück", erklärte Maria. „Seit damals gilt in Peru die Beflaggungspflicht, eine Woche vor und eine Woche nach jedem Feiertag muss beflaggt werden. Bei Strafe!"
David grinste. „Das, die Wahlpflicht und die kaputten Straßen erinnern mich an die DDR."
Maria wollte antworten, aber da kam ihr Essen. Sie hatte sich Ceviche bestellt, David bekam Arroz con Pollo, Reis mit Huhn.
Maria schaute auf seinen Teller und lachte, wieder hüpfte Davids Herz. „Ist das nicht komisch, angeblich gibt es in Peru viertausend Sorten Kartoffeln, aber am liebsten essen wir Reis", sagte sie.
Nun lachte auch David.
Nach dem Essen ließ Maria peruanischen Wein kommen. Sie stießen die Gläser aneinander und schauten sich tief in die Augen. Und während David noch über diesen dämlichen Spruch, mit dem in die Augen gucken und den sieben Jahren nachdachte, hatte Maria einen Schluck getrunken.
„Du erwähntest die DDR", fragte sie dann. „Vermisst du sie?"

Auch David nahm einen Schluck und nutzte die Pause zum Nachdenken. Dann fragte er zurück: „Wie viel weißt du über die DDR?"
„Nicht viel, außer, dass es ein großes sozialistisches Experiment war, das schief gegangen ist."
„Ein Experiment." David wiederholte nachdenklich ihre Worte. „Ich will es mal mit den Worten eines linken Politikers aus Deutschland sagen: Die DDR hat politisch ausgegrenzt, sie war auch nicht demokratisch, sie war auch nicht freiheitlich, aber sie war sozial gerechter. Gerechter als das, was heute in Deutschland gelebt wird. Und insofern möchte ich die DDR nicht wiederhaben, aber ich vermisse bestimmte Aspekte des damaligen Zusammenlebens."
Damit war Maria nicht zufrieden. Sie fragte David ausführlich aus: Nach der Wirtschaft, der Pressefreiheit, der Korruption, den Rechten der Frauen. David gab ihr geduldig Antwort und erzählte, wie er es heute empfand. Dass die DDR eine Mangelwirtschaft gewesen war, deren zugrunde liegende Ideologie folgerichtig zum wirtschaftlichen Zusammenbruch führen musste, dass es offiziell keine Zensur gab, aber die meisten Journalisten eine Schere im Kopf hatten, die unliebsame Fakten wegschnitt.
Er erzählte auch von der alltäglichen Korruption mit Westgeld, wie die D-Mark genannt wurde und von der Gleichberechtigung der Frauen, die nicht nur auf dem Papier bestand. Aber er erzählte auch, dass die sozialen Unterschiede weniger deutlich waren, dass die Kriminalität den Menschen nicht den Schlaf raubte und dass jeder, der wollte, ein Dach über dem Kopf hatte. Von welcher Qualität auch immer.

So verging der Abend, der Flasche Wein folgte eine zweite und irgendwann bestellte Maria ein Taxi. Sie begleitete ihn noch zum Hotel, seine Einladung auf einen letzten Drink an der Bar lehnte sie jedoch leise lachend ab und gab dem Taxifahrer eine neue Adresse.

David hatte noch keine Lust, ins Bett zu gehen, also setzte er sich auf einen der Hocker am Tresen der Hotelbar. Er bestellte sich ein peruanisches Bier, trank davon, schüttelte sich und beschloss, beim Wein zu bleiben.
Da wurde er von hinten angesprochen. „Na, auch enttäuscht vom einheimischen Bier?“ Ein Mann, der Kleidung nach Geschäftsmann, hievte sich, ohne zu fragen, auf den Hocker neben David. „Bevor Sie noch einen Fehler machen: Ich bestelle uns mal was richtiges Einheimisches!“
Ein wenig ging er David jetzt schon auf die Nerven.
Der Typ bestellte zwei „Pisco Sour“ und während sie dem Barkeeper beim Hantieren zusahen, erzählte er wild gestikulierend drauflos. „Der Pisco ist eine Art Branntwein, der hier aus Peru, meist aus Ica, kommt. Das ist noch das Beste, was sie hier aus den Trauben machen können. Und es ist für die Peruaner das absolute Nationalgetränk.“
Die beiden Gläser kamen und sie prosteten sich zu.
„Wussten Sie, dass sich Peru und Chile darum streiten, wer den Pisco Sour erfunden hat?“, fragte der Typ dann.
David verneinte.
„Also, die Peruaner erzählen die Geschichte so: Ein britischer Barbesitzer in Lima hatte keinen Whisky mehr. Da nahm er eine Flasche aus der Ecke, die da schon eine ganze Weile stand. Er mixte einen Sour und hoffte, dass seine

Gäste den Unterschied nicht merkten. Was sie doch taten, allerdings schmeckte ihnen der neue Mix so gut, dass der Barbesitzer den nun fortan unter dem Namen ‚Pisco Sour' anrührte. Irgendwie ist das Rezept ins ‚Grandhotel Bolívar' gelangt, wo viele Prominente abgestiegen sind. Denen wurde es als das Nationalgetränk Perus verkauft."

David lachte. „Wenn die Geschichte stimmt, dann glaube ich, der Pisco Sour ist doch in Chile erfunden worden."

„Wieso?" Der Typ guckte verdutzt.

„Na, haben Sie schon mal einen britischen Barbesitzer kennengelernt, dem der Whisky ausgeht?"

Der Mann lachte dröhnend und hieb seine Hand auf Davids Schulter. „Sie gefallen mir, David Thomsen!"

David gefror einen Moment das Blut in den Adern. Jetzt war er wieder nüchtern und hellwach. Woher kannte der Typ seinen Namen?

Der lachte immer noch und schüttelte vergnügt den Kopf. „Den muss ich morgen meinen Kollegen erzählen!" Dann wandte er sich wieder David zu. „Ich habe mich noch nicht vorgestellt. Greene ist mein Name, hier meine Karte."

„Woher kennen Sie meinen Namen?"

„Ich arbeite in der amerikanischen Botschaft, für den Kulturattaché, da hört man so dieses und jenes."

David nahm die Karte. „G. Greene" stand darauf. Na, dachte er, ein Glück, dass wir nicht in Havanna sind.

„Wofür steht das G.? Graham?"

Greene guckte irritiert. „Nein, Gary."

„So, so", machte David nach einer kurzen Pause und steckte die Visitenkarte ein. „Sie arbeiten für den Kulturattaché?"

„Ja", sagte Greene und wartete offensichtlich darauf, dass David weitersprach.
„Da hört man meinen Namen?"
Wieder sagte Greene nur „Ja" und ließ David kommen.
„Da hat man doch sicher mit dem einen oder anderen Geheimdienst zu tun, bei denen man dann so dieses und jenes hört?"
Jetzt reagierte Greene. „David, Sie werden verstehen, dass ich nicht mehr sagen kann. Nur so viel: Die Vereinigten Staaten haben bestimmte Interessen in diesem Land."
„Da bin ich mir sicher." David kannte viele Geschichten, in denen die USA und insbesondere die CIA fremde Regierungen gestürzt oder neue installiert hatten. Je nachdem, welche Bodenschätze beispielsweise in dem jeweiligen Land lagerten. „Und was habe ich damit zu tun?", ging er nun zum Angriff über.
Doch Greene wich ihm aus und sagte mit Blick auf ihre beiden leeren Gläser: „Wissen Sie eigentlich, David – ich darf doch David sagen?"
David zuckte mit den Schultern, als wollte er sagen: „Ich kann es sowieso nicht verhindern."
„Also, David, wissen Sie, dass es vom Pisco Sour noch eine größere Version gibt? Doppelt stark und doppelt groß. Der Drink wird ‚Catedral' genannt. Kommen Sie, schauen wir mal, wie groß die Kathedralen in diesem Land sind." Der Barkeeper stand schon bereit.

„David, ich brauche Ihre Hilfe."
David bemühte sich, wach zu bleiben. Der Catedral hatte ihm wirklich den Rest gegeben.

„Sie werden die nächsten Tage wahrscheinlich in den Besitz oder in die Nähe von brisanten Informationen kommen. Die will ich haben", sagte Greene.
David strengte sich an, nicht zu lallen. „Was für Informationen?"
„Sie werden es wissen, wenn Sie sie sehen. Wenn Sie die Informationen haben, rufen Sie mich an. In dem Moment sorge ich für die Überweisung einer größeren Summe auf Ihr Konto. Außerdem stehe ich dann in Ihrer Schuld. Und glauben Sie mir, in diesem Teil der Welt können Sie jeden Freund brauchen, den Sie kriegen können."
„Klar", sagte David. „Warte, Gary, ich gebe dir meine Kontonummer. Ich darf doch Gary sagen?" Er nestelte demonstrativ an seiner Brieftasche, als wäre er auf der Suche nach seiner Kontonummer.
„David, deine Kontonummer habe ich schon."
„Klar hast du die, Gary." Trotz des Nebels in der Bar wurde David sarkastisch. Er erhob sich leicht schwankend von seinem Hocker. „Ich geh jetzt schlafen. Du machst das sicher mit der Rechnung?" Ohne die Antwort abzuwarten, ging er in sein Zimmer.

17
PERU 2012

David hatte das Schulterhalfter noch im Laden angelegt. Als er vor die Tür auf den Vorplatz des Waffengeschäfts im Viertel „La Victoria“ trat, spürte er ein leichtes Hochgefühl. Mit der Waffe am Oberkörper fühlte er sich nach den eigenartigen Ereignissen der letzten Nächte wieder etwas mehr Herr der Lage. Was hatte Greene gestern Abend geredet? Informationen? Kontonummer? Catedral?
Am späten Vormittag war er mit einem Kater erwacht, den er mittels einer Dusche, zwei Tassen Kaffee und einer Schmerztablette einigermaßen in den Griff bekommen hatte.
Aber der mysteriöse Zwischenfall im Bus und die Erzählungen Marias hatten ihn beunruhigt. Er wollte nun doch eine Pistole haben, um sich und seine Reisebegleitung sicher zum Flughafen zu bringen. Dann würde er die Pistole sowieso ablegen müssen, denn ins Flugzeug konnte man in Peru zwar Flüssigkeiten mitnehmen, aber Waffen waren verboten.
Also war er einkaufen gegangen, denn die Waffengesetze in Peru erlaubten zum Glück auch Ausländern den Waffenbesitz.
Jetzt schlängelte er sich vorsichtig durch das Chaos der Minibusse auf dem Platz. Man hatte ihn vor dem Stadtviertel gewarnt. Es gab hier eine unglaubliche Menge Textilien aller Art zu unwahrscheinlich günstigen Preisen. Hartnäckig hielt sich das Gerücht, dass das meiste Schmuggelware war oder „vom Lkw gefallen“. Außerdem gab es hier

wohl einiges an Bandenkriminalität. Die Leute an der Hotelrezeption hatten wörtlich gesagt: „Touristen haben in Victoria nichts, aber auch gar nichts zu suchen!"
Nun, er hatte eine Pistole gesucht und gefunden. Eine Sig Sauer, wie er sie kannte und liebte.
Nachdenklich ging er durch die gleißende Sonne zu einem Taxi. Ein lautes Knattern ließ ihn aufblicken. Zwei Motorräder jeweils mit Fahrer und Sozius kurvten durch das Verkehrschaos. Als David sich wieder umdrehte, um seinen Weg fortzusetzen, sah er gerade noch, wie die beiden Soziusse plötzlich kurze Maschinenpistolen in den Händen hielten. Reflexartig warf er sich hinter einen SUV, als auch schon die Kugeln über ihm einschlugen.
Dabei ging ihm ein dämlicher Spruch seines allersten Ausbilders durch den Kopf: „Wenn die Kugeln fliegen, bleibe liegen!" Der hätte ihm lieber sagen sollen: „Pistole im Laden laden, deshalb heißt es ja Laden!" David trug seine Patronen nämlich fein säuberlich getrennt vom Magazin in der Tasche, ein Umstand, den er jetzt verfluchte.
Die Motorräder kamen näher, es herrschte ein unbeschreibliches Chaos. Menschen schrien und versuchten zu flüchten, einige fielen getroffen zu Boden. Die Einschläge kamen näher. David verspürte einen harten Schlag gegen seine linke Schulter.
Plötzlich tauchte Maria neben ihm auf. Sie drückte ihm eine Pistole in die Hand und schoss mit einer anderen auf die Motorräder. Überrascht von der plötzlichen Gegenwehr drehten diese ab und so schnell, wie sie gekommen waren, verschwanden sie auch wieder.
Sie erhoben sich hinter dem SUV.

„Komm!“, sagte Maria nur und zog ihn mit sich fort.

Sie beeilten sich, den Platz und das Stadtviertel zu verlassen, dabei sah er sie immer wieder von der Seite an.

„Wo hast du schießen gelernt?“, fragte er.

„Später, lass uns erst verschwinden.“

18
DER VIERTE TAG

Gott hat einen Plan! Für jeden! Was ist dein Plan?

Guatemala 1998

José war auf der Flucht. Dieses war eines der besseren Viertel von Guatemala-City, die Straßen waren beleuchtet, die Gehwege gepflastert und gefegt. Er rannte, so schnell er konnte, einen dieser Gehwege entlang.

Wo sollte er hin? Er glaubte, den keuchenden Atem des Mannes hinter sich zu hören. Wer konnte ihm helfen? Die Polizei? Die würden ihn sofort wieder ins Waisenhaus stecken. Irgendwelche Fremden? Er war ein Straßenjunge, also Freiwild. Niemand würde ihn vermissen, wenn er tot wäre. Aber er wollte noch nicht sterben.

Rechter Hand war ein großes Gebäude, kein Wohnhaus, größer, die Tür nur angelehnt. Atemlos stürzte er darauf zu. Vielleicht konnte er sich dort verstecken.

Es roch seltsam in dem Gebäude. Er lief durch einen Vorraum, passierte eine zweite Tür. Ein dunkles Zimmer, dessen enorme Größe er kaum erahnen konnte. Ein paar Kerzen hellten die Dunkelheit ein wenig auf. José war in einer Kirche.

Er musste ein Versteck suchen. Als er das Quietschen einer Tür hörte, versteckte er sich in der dunkelsten Ecke hinter dem Altar und versuchte, leiser zu atmen. Doch er hatte das Gefühl, man müsste ihn im ganzen Kirchenraum hören. Sein Herz klopfte laut und schnell, kalter

Schweiß brach ihm aus. Er fing an zu zittern. Jetzt bloß nicht weinen!
Dann hörte er die langsamen, schlurfenden Schritte. Sie kamen immer näher. José hielt den Atem an, bis sich die Schritte zu entfernen schienen. Leise atmete er wieder aus. Es war still. War der Mann weg?
Vorsichtig, ganz vorsichtig schob sich José aus seinem Versteck. Er sah sich um – und erstarrte vor Schreck. Am Altartisch lehnte ein älterer Mann und guckte in seine Richtung. Josés erster Impuls war, wegzulaufen. Doch der alte Herr in dem langen schwarzen Gewand sagte nichts. Er sah auch nicht bedrohlich aus. So standen beide und schauten einander stumm an.
„Was willst du hier? Stehlen?" Der Mann, offensichtlich ein Priester, sprach ruhig, aber streng.
José schüttelte den Kopf, sagte aber nichts.
„Hier gibt es nichts zu stehlen. Was zu stehlen war, haben schon andere geholt."
Langsam wich die Panik und machte Empörung Platz. „Ich bin kein Dieb", sagte er nun.
„Und was willst du dann hier, um diese Zeit?"
„Ich …" José zögerte. Wie weit konnte er dem Padre vertrauen? Sollte er ihm alles erzählen? Er beschloss, nur das Offensichtliche zu offenbaren. „Ich bin vor einem bösen Mann weggelaufen und wollte mich verstecken. Er darf mich nicht finden, sonst bringt er mich um."
Vorsichtig löste sich der Priester vom Altartisch und kam langsam auf José zu. Als er nah genug war, um Josés Verletzungen erkennen zu können, sah der Mann ihn erschrocken an. „Wer hat dir das angetan?"

José spürte zwar die Anteilnahme des Padres, blieb aber misstrauisch. Unwillkürlich betastete er sein schmerzendes Gesicht. „Ich weiß nicht, wie der Mann heißt. Ich weiß nur, dass der Direktor des Waisenhauses Geld von ihm bekommen hat, und er sollte dann mein Vater werden."
„Und dieser Mann hat dich so geschlagen?"
„Ja." José nickte.
„Und weißt du, warum er dich so geschlagen hat?"
José überlegte. Wie sollte er einem Fremden erklären, was er selbst nicht verstand? „Am Anfang war er sehr freundlich. Es gab gutes Essen und ich hatte ein richtiges Bett. Aber dann kam er abends und legte sich zu mir und fasste mich überall an. Und dann wollte er, dass ich ihn anfasse."
José erzählte stockend. Er war immer noch zutiefst verwirrt und außerdem schämte er sich. „Als ich das nicht wollte, begann er, mich zu schlagen."
Den Priester schien es plötzlich zu frieren. Er erbebte regelrecht. „Und dann hast du ihn angefasst?"
José nickte und fing an zu weinen. „Er hat nicht aufgehört, mich zu schlagen."
„Und dann?"
José sprach sehr leise. Ekel und Scham bewirkten, dass auch er wieder anfing zu zittern. „Vorhin wollte er, dass ich sein Ding in den Mund nehme. Als ich nicht wollte, schlug er mich mit der Faust und zwang mich, den Mund aufzumachen. Und dann habe ich zugebissen."
Der Padre schaute den Jungen groß an. Er musste schlucken und fragte: „Du hast ihm in den Schwanz gebissen?"
„Ja." José schaute ängstlich. In den Augen des Priesters war so ein Funkeln. „Und dann bin ich weggerannt. Er hat

gebrüllt, er würde mich umbringen. Deshalb habe ich mich hier versteckt. Ich wollte bestimmt nichts stehlen!"
„Hab keine Angst. Der Mann wird dir nichts mehr tun. Ich glaube, es gibt keinen Mann auf der Welt, der nach so einem Erlebnis noch Kinder verfolgen kann."
José schaute hoffnungsvoll zu dem Geistlichen auf.
Der erwiderte den Blick. „Wo willst du denn jetzt hin?", fragte er.
José zuckte mit den Schultern.
Der Padre überlegte. „Komm mit, wir besorgen dir ein Bett für die Nacht", sagte er dann.
Zu zweit verließen sie die Kirche und liefen die Straße entlang, bis sie an ein imposantes Wohnhaus gelangten. José hatte sich den ganzen Weg lang immer wieder umgedreht, ob ihnen auch wirklich niemand folgte.
Der Padre klopfte an die Tür des Hauses, die kurz darauf geöffnet wurde. Eine ältere Dame stand in der Tür und nach kurzem Wortwechsel ließ sie die beiden herein.

19
PERU 1991

Der Jeep quälte sich schaukelnd den schmalen Weg bergauf, der ursprünglich nur ein Trampelpfad der Quechua gewesen war. Die Armee hatte ihn vor Jahren verbreitert und befestigt, aber Regenwasser und das strenge Klima in über 2000 Metern Höhe hatten ihm zugesetzt. Er war ausgewaschen und mit Schlaglöchern übersät.
Auf der Rückbank des Militärfahrzeuges saß Ramon und fluchte bei jedem Schlagloch. Er fluchte allerdings nur innerlich. Hinten im Auto empfand man die Stöße deutlich stärker als auf dem Beifahrersitz, den er sonst besetzte.
Heute nicht. Heute saß dort Hauptmann Colina.
Den Jeep lenkte, wie meistens, Unteroffizier Jesús Sosa.
Sie waren unterwegs zur Postenkontrolle. Die Provinz Ayacucho wurde dominiert von den Anden, nur wenige Menschen fanden in dem rauen Bergklima ihr Auskommen. Die dünn besiedelte Provinz war inzwischen fast vollständig in der Hand der Rebellenorganisation „Leuchtender Pfad“. Hier hatten sie mit der Verbrennung von Wahlurnen auch ihre ersten Aktionen gestartet.
Bis auf einige wenige Militärstandorte war der peruanische Staat hier nicht mehr präsent, aber einen dieser Militärstandorte leitete seit drei Monaten der frischgebackene Leutnant Riveras. Und heute war nun sein Mentor und Förderer Hauptmann Colina zur Visite gekommen und fuhr mit ihm im Jeep zur Postenkontrolle.
Riveras hasste Colina.
Der Hauptmann drehte sich zu Riveras um. „Ist das nicht

super? Wir zwei an der Front! Nach dem stumpfsinnigen Bürojob endlich mal wieder was los. Fehlen eigentlich nur ein paar Kommis, dann wäre der Spaß vollkommen."

„Na klar", sagte Riveras und zeigte ein freudestrahlendes Gesicht. Im Stillen dachte er: Du wirst dich noch wundern über die Kommunisten. Die Kämpfer des „Leuchtenden Pfades" sind keine Pappkameraden vom Schießstand. Nicht umsonst halten sie unsere Armee hier in der Provinz seit über zehn Jahren in Atem. Mit deiner Kriegsromantik würdest du hier richtig eine auf die Schnauze kriegen.

Das war ein weiterer Punkt, warum er Colina hasste.

Riveras verdankte Colina fast alles. Der Hauptmann hatte mit seinen Extrastunden Fitness dafür gesorgt, dass Ramon seinen Abschluss an der Militärakademie als Jahrgangsbester machte. Anschließend sorgte er dafür, dass der junge Leutnant sofort ein eigenes Kommando bekam. Eigentlich hätte Riveras dem Mann dankbar sein müssen.

Ein eigenes Kommando an vorderster Linie im Kampf gegen die Rebellen war eine riesige Chance. Und man konnte als kommandierender Offizier nichts falsch machen: Nahm deine Einheit Rebellen fest oder tötete sie (gern auch in der Reihenfolge), dann war der Kommandeur der Held. Starben ein paar der Soldaten, dann hatten sie offiziell keine Chance gehabt, aber heroisch gekämpft. Und wieder war der Leutnant der Held, der solche Aufopferung in seinen Untergebenen initiiert hatte.

Im Grunde musste man als Offizier nur am Leben bleiben, weshalb sich viele von ihnen mit den Rebellen arrangierten. Die Abkömmlinge aus gutem Hause mussten ein paar Jahre durchhalten, dann winkten ihnen Karrieren in Militär oder

Wirtschaft, dann mussten sie nicht mehr schlechtes Essen in Feldlagern in gottverlassenen Einöden erdulden.
Für Riveras kam eine Kollaboration mit den Rebellen nicht infrage. Die Rebellen waren ihm dabei herzlich egal und die wirren Ideen ihres Anführers Guzmán interessierten ihn nicht. Er bekämpfte sie, weil sie versuchten, ihn zu töten und weil er keine Chance hatte, seine Karriere voranzutreiben, ohne Rebellen zu töten. Das unterschied ihn von seinen Kameraden an der Militärakademie. Die er im Übrigen alle in der Hand hatte.
In den Monaten der Ausbildung hatte er genügend Material zusammentragen können. Drogenkonsum oder Handel mit Drogen, Alkoholexzesse oder sexuelle Übergriffe gegen Frauen oder Männer: Riveras wusste alles und hatte über jeden ein Dossier.
Außer über Colina. Und auch deshalb hasste er ihn.
Hauptmann Colina war ein mustergültiger Soldat, treuer Ehemann und Familienvater. Er trank fast nie, beteiligte sich nie an den Saufgelagen der Akademieführung. Colina war beliebt, denn er war streng, aber gerecht. Für die Lehrgangsteilnehmer war er so was wie eine Vaterfigur, der sich für jeden Zeit nahm und zuhörte, wenn jemand mal Kummer hatte. Sein Ruf war inzwischen legendär und auch zum engsten Berater des neuen Präsidenten gedrungen.
Vladimiro Montesinos war Chef des berüchtigten Geheimdienstes SIN - „Servicio de Inteligencia". Er hatte im Wahlkampf Fujimori geheimdienstliche Informationen über dessen Konkurrenten zur Verfügung gestellt, wodurch Fujimori seine erste Präsidentschaft gewonnen hatte. Montesino war einige Monate bei den Amerikanern in die

Lehre gegangen. In der berüchtigten „School of the Americas“ lernte er Foltertechniken und hybride Kriegsführung gegen Guerillabewegungen.
Jetzt suchte er weitere geeignete Kandidaten, die diese Praktiken in die Tat umsetzen sollten. Dafür hatte man ihm Colina empfohlen. Und er hatte ihn eingeladen.
Am Abend vor ihrer gemeinsamen Postenkontrolle hatte Colina Riveras von dieser Einladung erzählt. Damit unterschrieb er unwissentlich sein Todesurteil. Riveras wollte ihn loswerden und gleichzeitig als Held in die Einladung eintreten. Dafür schmiedete er einen abenteuerlichen Plan, in den er nur Unteroffizier Jesús Sosa eingeweiht hatte.
Unteroffizier Sosa war ihm sofort aufgefallen. Der Mann schien jeden zu kennen und war mit jedem gut Freund. Das weckte Riveras’ Argwohn. Und richtig, es dauerte nicht lange, da wusste der Leutnant, dass Sosa der Chefdealer der Truppe war. Viele der Soldaten nahmen Drogen, um mit ihrem Alltag klarzukommen. Die ständige Todesgefahr, wenn sie Dienst auf den vorgeschobenen Posten taten, zu wenig Schlaf, das raue Klima der Berge – das alles zerrte an den Nerven. Und Sosa half ihnen.
Riveras nahm ihn beiseite und unterhielt sich lange mit ihm. Danach waren sie sich einig: Sosa würde weiter für die Moral der Truppe sorgen, Riveras würde wegschauen. Sosa bot ihm eine Beteiligung an den Geschäften an, aber Riveras wollte sich nicht erpressbar machen. Noch nicht.
Immer noch schaukelte der Jeep von Schlagloch zu Schlagloch. Und immer noch lächelte Riveras.
Er hörte Colina zu, der nicht aufhörte, den neuen Präsidenten zu loben. „Das ist endlich ein Mann, der versteht, was die

peruanische Nation braucht. Der kommt aus einfachsten Verhältnissen. Seine Eltern waren Baumwollpflücker. Sie stammen doch auch aus einfachen Verhältnissen, Riveras."
Riveras hätte kotzen können. Oder Colina erwürgen.
Der merkte das nicht und redete weiter. „Er hat diese ganze Verstaatlichungsorgie beendet und die Amerikaner eingeladen, wieder in unserem Land zu investieren. Und so dürfen uns die Gringos helfen, unsere Nation wieder groß zu machen. Ist doch schlau von ihm. Finden Sie nicht auch, Riveras?" Colina drehte sich wieder zu Riveras um und der grinste erneut pflichtschuldig.
Sie näherten sich dem äußersten Posten, der aus einer ausgebauten Schützenstellung bestand, geschützt durch einen Wall aus Sandsäcken. Auf einer Erhöhung gelegen, hatten die Soldaten einen guten Überblick über alles, was sich im Tal abspielte. Besetzt war der Posten routinemäßig mit vier Soldaten, die alle 24 Stunden abgelöst wurden. Es folgten 24 Stunden Freizeit und dann wieder 24 Stunden Wache.
Colina wies den Unteroffizier an, den Jeep etwas außerhalb der Sichtweite des Postens abzustellen. Den Rest des Weges wollte er zu Fuß gehen.
„Ich geh voraus, Sie folgen mir in fünf Minuten. So kann ich mir ein objektives Bild von der Truppe machen."
Riveras empfand das ganze Prozedere als Demütigung. Als hätte der Hauptmann kein Vertrauen in seine Führungsqualitäten. Aber er widersprach nicht.
Als der Hauptmann verschwunden war, nickte Riveras Sosa zu. Der ging zum Kofferraum des Militärfahrzeuges und holte eine Maschinenpistole Marke AK-47 hervor, die Standardwaffe aller Terroristen und Rebellen der Welt. Riveras über-

prüfte das Magazin, lud die Waffe durch und sicherte sie. Dann hängte er sie sich über die Schulter und folgte Colina. Als er sich dem Posten näherte, sah er, dass Colina die vier Soldaten hatte antreten lassen und ihre Ausrüstung überprüfte. Riveras war sehr nahe herangekommen, als Colina ihn endlich bemerkte.

„Da sind Sie ja, Leutnant." Dann sah er die fremde Waffe auf Riveras' Schulter. „Was zum Teufel …"

Weiter kam er nicht. Riveras hatte die Waffe unter dem Arm hervor wirbeln lassen, entsichert und einen kurzen Feuerstoß in die Brust des Hauptmanns gejagt. Der brach sofort zusammen, die vier Soldaten standen wie versteinert. Riveras schoss das ganze Magazin leer, bis sich keiner der Männer mehr rührte. Dann wechselte er das Magazin gegen ein volles und beugte sich über Colina.

Der Mann lebte noch. Aus seinem Mund quoll blutiger Schaum. „Du willst sicher wissen, warum?", fragte Riveras höhnisch. „Es ist nichts Persönliches. Du stehst mir nur im Weg." Damit schoss er seinem Opfer in den Kopf. „Nun nicht mehr."

Unteroffizier Sosa hatte sich genähert. Riveras gab ein paar Anweisungen. Zu zweit drapierten sie die Leichen neu und gaben aus deren Waffen Schüsse ab. Jetzt sah es so aus, als hätten sich Colina und die Soldaten gegen einen Überfall der Rebellen gewehrt.

Dann kam das Schwierigste. Riveras drückte Sosa die Kalaschnikow in die Hand. „Mach einen Helden aus mir. Nicht zu nahe, dass es keine Schmauchspuren gibt. Und versuch, mich leben zu lassen."

20
DER FÜNFTE TAG

Am fünften Tag schuf Gott die Fische und die Vögel. „Seid fruchtbar und mehret euch" sagte er: Sie sollten Kinder kriegen, auf dass diese das Leben weitertragen. Und so unwissend diese auch sind, verstehen sie doch, dass Kinder Zukunft sind. Kein Tier tut seinen Kindern an, was der Mensch seinen antut.

Guatemala 1999

„José, komm essen." Obwohl die Worte streng und bestimmt klangen, waren sie doch Musik in seinen Ohren.
Seit einigen Wochen lebte er nun schon im Haus der Witwe Martha Jofré. Sie hatte ihn in der denkwürdigen Nacht bei sich aufgenommen, als er in der benachbarten Kirche Zuflucht gesucht hatte. Der Padre hatte ihn zu ihr gebracht und sie darum gebeten, das misshandelte und verängstigte Kind für eine Nacht aufzunehmen. Aus einer Nacht waren viele geworden und beide, José und die Witwe, hatten Gefallen an dem Arrangement gefunden.
José half im Garten und im Haus und die Witwe kümmerte sich rührend um ihn. Sie hatte ihm erzählt, dass ihr Mann Richter in Guatemala-City gewesen und vor zwei Jahren gestorben war. Seitdem lebte Martha allein und füllte ihre Tage mit viel Engagement für andere, ärmere Menschen. Das hatte sie auch schon früher gemacht, aber jetzt gab es ihrem Leben neuen Sinn und ihr Lebensmut.

José nahm am Tisch Platz. Martha sprach das Tischgebet, beide bekreuzigten sich und fingen an zu essen.
„Es ist immer eine Freude, dir beim Essen zuzusehen. Mein Mann hat auch – fast - alles gegessen, was ich ihm vorsetzte", sagte Martha, während sie José beim Essen betrachtete.
Der nickte nur. Nach den Jahren im Waisenhaus war er dankbar für das, was sie ihm kochte.
Seine äußerlichen Wunden waren verheilt, in ihm drin dagegen sah es ganz anders aus. Jede Nacht durchlebte er wieder und wieder die schrecklichen Erlebnisse der letzten Jahre. Er wusste, dass Martha sich wegen seiner Albträume sorgte. Wenn sie ihn danach fragte, antwortete er oft nur sehr einsilbig. Er ahnte, dass es ihr Kummer bereitete, aber er wollte einfach nicht darüber reden.
Nach dem Essen begann die Witwe, das Geschirr zusammenzustellen. Dabei sprach sie mehr zu sich, als zu José. „Irgendwann musst du mir erzählen, woher du die weißen Haare hast."
Diesmal wollte José antworten, wollte der gutmütigen Frau zumindest ein wenig Information geben. „Vermutlich, weil ich bei der Ermordung meiner Eltern dabei war und nur knapp überlebt habe", sagte er.
Martha stellte das Geschirr auf den Tisch zurück, zog sich einen Stuhl heran und setzte sich dicht vor ihm hin. Vorsichtig ergriff sie mit ihrer rechten eine seiner Hände, mit der anderen strich sie ihm über seinen schlohweißen Schopf. „Willst du mir davon erzählen?", fragte sie sanft.
José nickte und die Traurigkeit eines langen Lebens übermannte ihn. Dann erzählte er: Von seinem sechsten Geburtstag, von dem roten Ball, von seinen Freunden.

Er beschrieb die Angst der Dorfbewohner, ihr Beten und Sterben. Und er beschrieb, was er sich von Aussehen und Sprache der Mörder gemerkt hatte. Als er geendet hatte, merkte er, dass Martha seine Hand schmerzhaft drückte. Er schwieg erschöpft.
Martha stand langsam wortlos auf und trug das Geschirr in die Küche. José folgte ihr und half, die Küche aufzuräumen. Als der Geschirrspüler lief, verschwand die Witwe so wortlos, wie sie die ganze Zeit hantiert hatten, im Arbeitszimmer ihres verstorbenen Mannes.
José setzte sich in den Garten und versuchte, seine Erinnerungen mit dem Lesen eines Buches zu verdrängen. Es gelang ihm nicht. Er hatte gehofft, wenn er darüber redete, würde er besser mit dem Tod seines Dorfes umgehen können. Doch er verspürte keine Erleichterung. Im Gegenteil, er war innerlich sehr aufgewühlt.
Martha Jofré kam und setzte sich zu ihm. In der Hand hielt sie ein paar Papiere. „Ich habe mich bei deiner Erzählung an etwas erinnert. Mein Mann hat von dem Massaker erzählt."
José war elektrisiert. Er legte sein Buch beiseite, sein Atem ging schneller. „Und, was wusste er?", fragte er.
„Das war damals eine ziemlich chaotische Zeit. Überall gab es bewaffnete Befreiungsbewegungen, auch bei uns, in Guatemala. Polizei und Militär gingen brutal gegen die Rebellen und alle vor, die im Verdacht standen, die Rebellen zu unterstützen. Viele Tausend Menschen starben. Die meisten Morde wurden bis heute nicht aufgeklärt, geschweige denn gesühnt."
José hörte gebannt zu.

„Mir ist dieses Massaker allerdings im Gedächtnis geblieben, weil es eine Besonderheit gab: Es waren nämlich nicht unsere eigenen Leute, die es verübt hatten", erzählte Martha weiter. „Aus irgendeinem Grund, ich weiß nicht, warum, waren peruanische Soldaten im Land. Und die zogen eines Tages los, angeblich, um Rebellen zu jagen. Dabei verübten sie dann das Massaker an deinen Leuten."
„Hat man sie bestraft?"
„Nein."
„Warum nicht, wenn doch alles bekannt war?"
„Ich erinnere mich noch, wie mein Mann eines Tages völlig aufgebracht nach Hause kam. Er hatte von ganz oben die Order bekommen, die Ermittlungen einzustellen. Die Peruaner zogen unbehelligt ab und der ganze Vorfall wurde vertuscht. Mein Mann hat das hier alles aufgeschrieben."
„Steht darin, wer der Anführer war?"
„Leider nein, José. Es wird wohl für immer ungesühnt bleiben."
Das war zu viel für den Jungen. Unvermittelt brach er in Tränen aus. „Meine Eltern wurden ermordet, meine Freunde sind alle tot, alle Leute aus dem Dorf sind gestorben und der Offizier, der das befohlen hat, schläft jeden Tag zu Hause in seinem Bett. Vielleicht hat er eine Familie und Kinder? Die bringt er abends zu Bett, die gehen zur Schule. Niemand bestraft ihn? Ist das so, weil es nur ein paar arme Bauern waren oder weil es auf ein paar Indios nicht ankommt? Haben wir nicht das gleiche Recht zu leben, wie andere auch?"
Die Witwe schwieg. Was sollte sie auch sagen.

In den Tagen danach war José noch schweigsamer als sonst. Fleißig erledigte er seine Aufgaben und abends las er in den Büchern, die er in der Bibliothek des Richters fand. Die Witwe hatte ihm erlaubt, in den umfangreichen Bücherregalen zu stöbern und ihm auch angeboten, zu erklären, was er womöglich nicht verstand. Und so las José nahezu wahllos fast alles, was er in die Finger bekam. Einzig spezielle juristische Texte mied er, denn die Sprache war kompliziert und auch Martha konnte ihm nicht helfen.

Am Sonntag nach der Messe hörte José, wie der Priester die Witwe ansprach. „Wie macht sich unser Schützling?", fragte er.

Martha Jofré lobte José beim Padre für seinen Fleiß und seinen Wissensdurst. Und dann erzählte sie ihm von dem Gespräch vor einigen Tagen und wie der Junge reagiert hatte, als er erfuhr, dass der Tod seiner Eltern vertuscht worden war.

Der Priester schien beunruhigt. Er rief José zu sich und setzte sich mit ihm in eine der letzten Bankreihen in der Kirche. „Wie geht es dir, mein Junge?"

José zuckte mit den Schultern und antwortete nicht. Dem Blick des Geistlichen wich er aus.

„Du hast mit der Witwe über den Tod deiner Eltern gesprochen."

Jetzt schaute José schräg von unten hoch, blieb aber weiterhin still.

„Geht es dir besser, jetzt, wo du es erzählen konntest?"

José zuckte wieder mit den Schultern. Er überlegte. Dann gab er sich einen Ruck und fragte: „Stimmt es, dass Gott für jeden Menschen einen Plan hat?"

Der Padre überlegte. „Ja, so heißt es wohl. Ich persönlich bin der Meinung, dass jeder denkende Mensch einen freien Willen hat. Er hat nicht immer die Möglichkeit, seinen Willen durchzusetzen, aber erst einmal ist jeder frei in seinen Entscheidungen."

José musste an Dolores, die Nonne aus dem Krankenhaus denken. „Also gibt es keinen Plan Gottes für mich?"

„An was für einen Plan denkst du?"

„Ich will den Tod meiner Eltern rächen."

Der Padre hatte offensichtlich so etwas schon geahnt. „Was soll ich dir darauf antworten? Was Paulus den Gläubigen gesagt hat: Die Rache ist mein, sprach der Herr? Oder soll ich dir von Jesus erzählen, der von Vergebung sprach? Oder davon, seine Feinde zu lieben?"

José schaute den Priester finster an: solche Überlegungen gefielen ihm überhaupt nicht. Der Padre schien das zu merken.

„Weißt du, José, denk nicht an Rache. Dieses Gefühl zerstört die Menschen. Ich kenne keinen moralisch denkenden Menschen, der sich nach vollzogener Rache besser gefühlt hat. Das Gefühl der Rache, des Hasses, raubt dir den Verstand. Es macht dich einsam und verbittert. Sprich lieber von Gerechtigkeit."

Jetzt war José verwirrt und enttäuscht. Er war sich sicher gewesen, dass Gottes Plan für ihn darin bestand, sich an dem peruanischen Offizier zu rächen. Nun aber sagte der Priester, dass das nicht richtig war. Was also sollte er tun?

In den Tagen nach diesem Gespräch begann ein Plan in José zu reifen. Er wollte Gerechtigkeit – so wie es der Padre gesagt hatte. Zwar wusste er noch nicht, wie diese „Gerechtigkeit"

aussehen würde, aber so wie es war, konnte es nicht bleiben. Im Arbeitszimmer des Richters fand er Karten und Bücher über Peru und andere Länder Lateinamerikas. Er wollte nach Peru. Dort würde er den Mörder seiner Eltern ausfindig machen. Und dann …
Er hatte keine Vorstellung, was dann passieren würde. Aber vielleicht würde er Freunde finden, die ihm halfen, Gerechtigkeit zu erlangen. Zuerst musste er nach Peru, der Rest würde sich schon irgendwie ergeben.
Die Karten konnten ihm keine rechte Vorstellung vermitteln, wie lange er für seine Reise brauchen würde, aber dass es lange dauern würde, war ihm klar. Er fing an, Lebensmittel zu horten, und packte sich ein Bündel mit Sachen zusammen.
Irgendwann war er der Meinung, dass es genug der Vorbereitungen waren, es war Zeit für den Abschied. Es zerriss ihm das Herz und bei dem Gedanken, welchen Schmerz er der Witwe bereiten würde, brach er in Tränen aus. Sie war so gut zu ihm gewesen. Sie hatte ihn aufgenommen, ohne Fragen zu stellen. Sie hatte im vertraut, ja ihn bedingungslos geliebt. Und dabei war er doch nur ein Waisenkind.

Wie jeden Abend hatte er mit der Witwe gemeinsam gegessen. Dann waren sie zu Bett gegangen. Er wartete, bis er sicher sein konnte, dass sie eingeschlafen war, dann verließ er leise das Haus, um nie zurückzukehren. Aber vorher hinterließ er ihr noch einen Brief, denn er wollte nicht, dass diese so gütige Frau allzu traurig war oder sich um ihn sorgte.

„Liebe Frau Jofré, wenn Sie das hier lesen, bin ich schon weit weg. Ich bin unterwegs zur Gerechtigkeit. Der Padre weiß, was ich damit meine. Sie waren sehr lieb zu mir, obwohl Sie mich gar nicht kannten. Es tut mir weh, Sie jetzt zu enttäuschen. Darum bin ich auch so heimlich gegangen, Sie sollten meine Tränen nicht sehen.
Leben Sie wohl. Sie sind eine Heilige.
Ihr José“

21
PERU 2012

Maria war mit David zum Hotel gefahren, aber nicht mit ausgestiegen. David machte ihr zwar deutliche Avancen und sie war auch nicht völlig abgeneigt, aber erstens fand sie ihrer beider Beziehung noch nicht reif für mehr und zweitens waren sie beide vom Rotwein zu sehr aufgeheizt. Maria hasste den Kontrollverlust, der mit zu viel Alkohol einherging.

Allerdings ließ sie das Taxi nur um die Ecke fahren und stieg aus. Gegenüber vom Hotel war eine kleine Baumgruppe. In deren Schatten stellte sich Maria und begann zu beobachten. Von hier aus konnte man sehr gut in den Barbereich des Hotels sehen, wo sich David mit einem Gringo unterhielt. Sie tranken mehrere Mixgetränke und am Ende nahm David die Visitenkarte des Mannes entgegen.

Ein paar Meter neben dem Eingang parkte ein dunkler Wagen. Einer der Insassen war ausgestiegen, um zu rauchen. Maria sah das Glimmen seiner Zigarette. Als das Licht aus einem vorbeifahrenden Auto auf sein Gesicht fiel, machte sie ein Foto mit dem Handy. Vielleicht würde die Senatorin ihn wiedererkennen.

Als David leicht schwankend den Barbereich verließ, beschloss sie, am nächsten Morgen zeitig wieder ihren Posten vor dem Hotel zu beziehen. Offensichtlich hielt der Deutsche doch noch ein paar Überraschungen parat.

Der Morgen begann, wie meist in Lima, grau in grau. Die Wolken sollten jedoch im Laufe des Tages aufreißen, sodass

heute die Chance auf Sonnenschein bestand. Als David vor den Hoteleingang trat, sah man ihm den gestrigen Abend nicht an. Trotz der Menge Alkohol hielt er sich verdammt gut.
Maria folgte ihm im Taxi bis nach La Victoria. Sie kannte das Viertel gut, denn ihre Gruppe hatte es manchmal als Rückzugsmöglichkeit genutzt. Hier bekam man einfach alles: Waffen, Bargeld, neue Papiere. Trotzdem war es auch für sie ein gefährliches Pflaster. Umso mehr wunderte es sie, dass es David hierherzog. Hatte das etwas mit dem Treffen mit dem Gringo gestern Abend zu tun?
Als David aus einem Geschäft wieder in die Sonne trat, lächelte er. Offensichtlich war er zufrieden. Dann schlenderte er über den Platz. Erst im letzten Moment bemerkte er die Gefahr, die auf zwei Motorrädern auf ihn zu kam. Maria war da längst in Deckung gegangen. In diesem Viertel musste man immer mit allem rechnen.
Einen Augenblick lang hatte sie David aus den Augen verloren, dann sah sie ihn wieder. Er duckte sich hinter dem Motorblock eines großen SUV. Das war schlau von ihm. Normales Autoblech wird von Kugeln durchschlagen, der einzige Ort, an dem man ein wenig Schutz vor Schüssen findet, ist der Motorblock. Aber lange würde es nicht dauern, bis die Motorradfahrer ihn erreichten. Sie musste handeln!
Maria zog eine Pistole aus dem Jeansgürtel und eine zweite aus dem Knöchelhalfter. Dann rannte sie, so schnell sie konnte, über den Platz zu David. Schreiende und blutende Menschen kamen ihr entgegen. Sie hatte keine freie Sicht auf die Angreifer. Erst kurz bevor sie David erreichte, konnte sie schießen. Sie traf einen der Soziusse. Der schrie auf und

als sie bei David war und ihm eine Pistole zuwarf, war der ganze Spuk schon vorbei.
Sie zog David mit sich. Er stand offensichtlich unter Schock, ließ es aber geschehen. Als er nach der Polizei fragte, bemerkte sie die Wunde an seinem Arm. Sie fand seine Frage so töricht und weltfremd, dass sie ziemlich knapp antwortete. Erst einmal mussten sie hier weg.
Sie brachte ihn in die Umkleidekabine eines Bekleidungsgeschäftes. Ein wenig sorgte sie sich, dass er vielleicht durch den Blutverlust ohnmächtig werden könnte, aber er hielt durch. Sie sollte seine Kondition nicht unterschätzen.
Maria brachte ihm ein frisches Hemd. Als sie sein zerfetztes und blutiges Hemd aufknöpfte, kam sein muskulöser Oberkörper zum Vorschein. Nicht so ein aufgepumpter Muskelberg wie aus einem der testosteronverseuchten Fitnessstudios. Wohlproportioniert und durchtrainiert zeigte er, dass David auf seinen Körper achtete. Seine Brust und Achseln waren sauber rasiert und der Duft verriet, dass er möglicherweise am Morgen eine Bodylotion benutzt hatte.
Die Anspannung der gemeinsam überstandenen Gefahr war immer noch präsent. Sie bemerkte seinen Blick auf ihren Brüsten, er atmete schneller und fing leicht zu schwitzen an. Er roch so gut und sie genoss seine Blicke.
Aber schnell rief sie sich zur Ordnung, verband seine Wunde, wie man es sie gelehrt hatte, und ging mit ihm zu Manolos Restaurant.
Im Kennedypark erzählte er ihr vertrauensvoll von seiner Arbeit für die UNO. Langsam bekam sie ein Gefühl dafür, was der Mann für ein Mensch war. Er machte auf sie den

Eindruck, als wäre er innerlich zerrissen. Einerseits hing er noch seinen alten Idealen von Gerechtigkeit und Frieden für alle an, andererseits lebte er im Hier und Jetzt und war kein Träumer oder sozialromantischer Spinner.
Als die Musik herüberschallte, ergriff sie seine Hand und zog ihn zum Tanzen. Er wehrte sich nicht und machte auch nicht dieses typische Männertheater: Ich kann nicht tanzen! Er konnte es nicht, das sah sie sofort, aber er gab sich alle Mühe. Und mehr konnte man doch kaum verlangen.
Als die Musik langsamer wurde, tanzten sie eng. Sie fand es wohltuend, dass er die Gelegenheit nicht ausnutzte. Er hielt seine Hände im Zaum und so lehnte sie sich ganz ruhig an ihn. Er hielt sie fest und sie hatte das Gefühl, dass sie bei ihm sicher und behütet war. David würde sie immer auffangen.

22
PERU 2012

Atemlos hielt Maria an. „Bist du verletzt?"
Jetzt begann David den Schmerz zu spüren. „Nur ein Kratzer." Aus seinem linken Ärmel tropfte Blut auf die Straße.
„Komm, das müssen wir verbinden!"
David wollte protestieren. „Sollten wir nicht auf die Polizei warten?"
Doch Maria schob seinen Einwand beiseite. „Erstens blutest du, und zweitens kann es passieren, dass wir an korrupte Polizisten geraten. Und was dann passiert, können wir nicht wissen. Für so was ist keine Zeit!"
Sie liefen los und gelangten in ein Stadtviertel mit vielen kleinen, bunten Geschäften. Maria klärte David auf, dass dies der Hexenmarkt von Lima sei. David war belustigt und neugierig zugleich. Natürlich glaubte er nicht an solchen Nonsens wie Hexen und Schamanen. Aber angucken wollte er sich so was schon immer mal. Aber ausgerechnet jetzt?
„Was wollen wir hier? Willst du uns die Karten legen lassen?"
„Was? Nein! Mach einfach, was ich dir sage! Auf dem Hexenmarkt bekommst du nicht nur Kräuter oder mumifizierte Lamaföten, sondern auch alles Mögliche gegen Krankheiten oder bei Verletzungen."
David war neugierig. „Was macht man denn mit mumifizierten Lamaföten?"
„Wenn du ein Haus bauen willst, wird an jeder Ecke ein Fötus vergraben. Das soll Unheil vom Haus und seinen Bewohnern fernhalten."

„Und wo kommen diese Lamaföten her?“ David hatte keine Vorstellung, woher mumifizierte Lamaföten kommen sollten.
„Bei dem rauen Klima in den Bergen, da wo die Lamas fast wild leben, gibt es viele Totgeburten. Die liegen dann dort und durch Luft und Sonne werden sie mumifiziert. Die Bewohner der Berge brauchen sie nur aufzusammeln“, erläuterte Maria.
„Kann man sich hier auch die Karten legen lassen?“
„Du meinst Tarot oder so?“
„Ja.“
Maria schüttelte den Kopf. „Wahrsager oder Schamanen findest du hier nicht. Das sind alles Geschäfte mit für deine Augen ungewöhnlichen Waren, aber für uns ist das kein Hokuspokus. Und wie gesagt, wir bekommen hier alles, um deine Blutung zu stillen und deine Wunde sauber zu verbinden. Möchtest du vielleicht noch eine chinesische Salbe?“ Maria lächelte ihn schelmisch an.
Eine Straße weiter zog sie David in ein Bekleidungsgeschäft und schob ihn in eine einfache Umkleidekabine. Sie verschwand und brachte ihm kurz darauf ein neues Hemd.
„Verhalte dich ruhig und tu nichts, ich bin gleich wieder da“, sagte sie.
Nach einigen Minuten kam sie wieder, zog den Vorhang der kleinen Kabine hinter sich zu und begann, Davids Hemd aufzuknöpfen. Der spürte, wie sein Puls schneller zu schlagen begann. Er schaute auf sie herunter, auf ihr Haar, ihre Ohren, den Ansatz ihrer Brüste. In ihrem Ausschnitt bildeten sich kleine Schweißtropfen.
Sie reinigte mit dem mitgebrachten Material, so gut es ging, seine Wunde und die Haut von Blutresten. Dabei arbeitete

sie schnell und konzentriert, ja fast professionell. Sie machte so etwas offensichtlich nicht zum ersten Mal. Trotz des Schmerzes wünschte er sich, sie würde langsamer, genüsslicher an ihm herumreiben. Wenn ihre bloßen Hände seine Haut berührten, jagte ihm das kleine elektrische Impulse durch den Körper, kleine Schauder der Lust.

Als würde sie es spüren, lächelte sie zu ihm hoch. „Geht's?"

Nachdem sie seinen Verband angelegt hatte, half sie ihm, sein neues Hemd anzuziehen, steckte ihm ein paar kleine graugrüne Blätter in den Mund und kam seinem Ohr sehr nah.

David spürte ihren warmen Atem, als sie ihm zuraunte: „Kau das, dann wird es mit den Schmerzen schnell besser."

Es waren Kokablätter, wie sie die Indios nicht nur im Hochland kauten. Dort benutzte man sie angeblich gegen die Höhenkrankheit. Er merkte nur, dass nach ein paar Minuten seine Zunge ein wenig taub wurde. Trotzdem kaute er weiter auf den Blättern, die bald einen unangenehm krümeligen Brei in seinem Mund bildeten.

Maria schien zu fühlen, wie es ihm ging. „Spuck es ruhig aus", sagte sie. „Lass uns zu Manolo gehen. Da kannst du dich etwas ausruhen und wir essen eine Kleinigkeit."

Sie liefen los und kamen kurz darauf zu einem Park. Maria sagte ihm, dass das der Kennedypark sei, irgendwo hier stehe auch eine Büste des ehemaligen amerikanischen Präsidenten, aber die war nicht ihr Ziel. Sie steuerten auf ein kleines Restaurant am Rand des Parks zu.

„Bei Manolo gibt es die besten Churros der Stadt. Kennst du Churros?"

David bejahte Marias Frage. Er hatte sie ein paar Mal in Spanien gegessen, diese leckeren Teigstäbchen, dazu einen dieser hervorragenden spanischen Kaffees, dann war schon morgens der Tag schön.
„Die Spanier haben dieses ungesunde Gebäck erfunden", klärte Maria ihn auf. „Aber die Peruaner haben es noch ungesünder gemacht. Sie haben den Teig mit einer leckeren Creme, Schoko oder Vanille, gefüllt. Na, du wirst ja gleich sehen!"
Sie setzte David auf eine Bank und ging zu Manolo. David fühlte sich angesichts seiner Verwundung und des Schrecks über den Angriff überraschend wohl. Vielleicht taten ja die Kokablätter ihr Werk, oder es war, weil die Anspannung von ihm abfiel. In Marias Gegenwart fühlte er sich sicher und behütet.
Und hatte sie ihm nicht gerade das Leben gerettet? Wer mochten diese Motorradfahrer sein und warum wollten sie ihn erschießen? David fing an zu grübeln. Das Ganze ergab keinen Sinn. Sie hätten ihn doch schon im Gedränge des Marktes erledigen können. Warum das Risiko eingehen, ihn auf offener Straße anzugreifen? Seine Waffe hätte schon geladen sein können!
Maria kam mit Tüten und setzte sich zu ihm. Während sie aßen, teilte ihr David seine Überlegungen mit. Sie hörte mit dem Essen auf und sah ihn ernst an. „Weißt du überhaupt, dass du seit deiner Ankunft in Peru beobachtet wirst?"
Jetzt fiel David aus allen Wolken. Er hatte sich doch immerzu umgesehen! „Was? Von wem? Und warum?"
„Das weiß ich nicht. Es waren wechselnde Teams, mit und ohne Auto. Gute technische Ausstattung. Keine Amateure.

Ich vermute Geheimpolizei oder militärischer Geheimdienst. Es kann aber auch eine andere Gruppe sein."
„Und die meinten ganz sicher mich?"
„Ganz sicher! Ich bin ihnen seit Chiclayo gefolgt."
David konnte es nicht fassen. „Du warst auch die ganze Zeit hinter mir her?"
„Ja klar, die Senatorin wollte schließlich wissen, wen die Blauhelme ihr da schicken. Die Geschichte von dem international tätigen Sicherheitsspezialisten glaubte sie keine Minute lang."
Okay, dachte David, so viel zum Plan des Generals. Er war definitiv aufgeflogen.
„Wer bist du, David Thomsen?", fragte Maria jetzt direkt. „Was machst du bei den Blauhelmen? Und wie bist du dazu gekommen?"
David überlegte. „Wo fange ich an? Das ist eine lange Geschichte."
Maria lächelte. „Soll ich noch ein paar Churros holen? Damit wir während deiner Geschichte nicht hungers sterben?"
Jetzt lachte auch David. „Nein, nein, ich schaff das schon. Wie du bereits weißt, bin ich in einem Land aufgewachsen, das es nicht mehr gibt."
„In Ostdeutschland?"
„Richtig, in der DDR. Ich hatte eine gute Kindheit, ohne Hunger oder Angst vor der Zukunft. Ich erhielt eine gute Schulbildung, meine Eltern hatten immer Arbeit. Wir hatten ein kleines, aber schönes Zuhause. Nach dem Abitur entschloss ich mich, meinem Land etwas zurückzugeben."
„Was ist Abitur?"
David überlegte. „Das Schulsystem in deinem Land ist mit

dem in der DDR nur schwer vergleichbar. Vielleicht so: Das Abitur war die Zugangsvoraussetzung für ein Studium an der Universität oder Hochschule. Und bitte nicht Hochschule mit High-School verwechseln."
„Ich verstehe. Und du hast dann studiert?"
„Richtig. Ich war gerade 18 geworden, als ich ein Offiziersstudium an der Militärakademie begann. Während des Studiums fiel ich nicht nur durch gute Leistungen auf, sondern auch wegen meines Idealismus und meiner Loyalität. Daher wurde ich am Ende des Studiums befördert und als Militärberater nach Angola geschickt. Ich hielt das für eine besondere Ehre, dabei war man sich bei der Stasi wohl einfach nur ziemlich sicher, dass ich keinen Landesverrat begehen würde."
„Stasi war …?", fragte Maria.
„… der Geheimdienst der DDR, zuständig für Auslandsspionage, Spionageabwehr, aber auch und vor allem für die Überwachung der eigenen Bevölkerung." David schüttelte sich innerlich: Oft hatten die Stasileute versucht, ihn anzuwerben. Er hatte es stets abgelehnt, für diese Typen zu arbeiten.
„Und was war deine Aufgabe in Angola?"
„Ich war dem Militärattaché der DDR-Botschaft zugeordnet. Dort hatte ich zwei Aufgaben: Verbindung zu unseren Ausbildern zu halten, die die Kämpfer der MPLA ausbildeten. Und in Kontakt zu den Kubanern zu bleiben, die in Angola ein großes Kontingent an Soldaten stationiert hatten."
„Wie muss ich mir das vorstellen?"
„Es hatte in Angola 1988 eine große Schlacht zwischen den verfeindeten Gruppen MPLA und UNITA gegeben. Ein

paar Tage später traf ich in Luanda ein. Inzwischen wurde, nach dem Sieg der MPLA über die UNITA, über den Abzug der kubanischen Truppen verhandelt, unter Mithilfe der UN. Die UN schickte dann Blauhelmtruppen unter General Moro, die das Ganze überwachen sollten. Wir mussten nun einschätzen, was das für unsere Ausbilder bedeuten würde. Bei der Gelegenheit lernte ich auch Moro kennen. Ja, und dann kam die Wende in Deutschland. Schnell war klar, dass die NVA vollständig aufgelöst werden sollte. Die Offiziere waren die ersten, die gehen mussten. Ich wurde noch schnell zum Hauptmann befördert und dann vergessen."

„Wie, vergessen?", fragte Maria erstaunt nach.

David erinnerte sich noch genau an diese chaotischen Tage. „Es gab plötzlich keinen Ansprechpartner mehr für mich in der Heimat. Die Ausbilder hatte man zurückberufen, aber ich war ja kein Ausbilder. Ich bin dann in der Botschaft gewesen, beim Botschaftssekretär. Der sah mir nicht mal in die Augen, als ich ihn fragte, was nun mit mir werden würde.

‚Jetzt kommen alle bei mir an, ich soll allen helfen. Ich kann Ihnen nicht helfen', polterte er damals los. Das hieß so viel wie: Kümmer dich um dich selbst. Er musste selbst erst mal mit dem Arsch an die Wand kommen. Das tat unglaublich weh, weißt du, die mangelnde Wertschätzung, die sich darin widerspiegelte. Und welche Möglichkeiten hatte ich denn nun?"

David machte eine kleine Pause. Dieses Gespräch damals war der letzte Tropfen gewesen, der das Fass zum Überlaufen gebracht hatte. Seitdem sah er die „große Sache" mit anderen Augen, desillusionierter. „Ich ging dann zu Moro und bot ihm meine Dienste an. Der nahm mich mit Kusshand, denn aufgrund meiner Kontakte zu Einheimischen und Kubanern hatte er nun neben den offiziellen auch inoffizielle Kanäle, um seinen Auftrag zu erfüllen."

„Und wie ging es dann weiter?"

„Die Kubaner zogen ab, Moro verschwand und ich ging zurück nach Dresden und suchte mir dort einen Job. Ein paar Monate später rief Moro wieder an. Er hatte einen wichtigen Auftrag für mich, in Mosambik. Auch dort tobte ein Bürgerkrieg und die Verhandlungen waren von großem Misstrauen geprägt. Darum schaltete sich der neue UN-Generalsekretär Boutros-Ghali persönlich ein, was Moro unter Druck setzte. Denn einer der wichtigsten Warlords der oppositionellen Rebellen, ein brutaler, aber wichtiger Mann, hatte keine Lust, an den Verhandlungstisch zu kommen. Und wie willst du mit jemandem verhandeln, der keine Lust hat, mal eben vorbeizukommen? Also sollte ich ein Team zusammenstellen und ihn von der Notwendigkeit seines Erscheinens überzeugen. Und glaub mir, so ein Sack über dem Kopf ist ein überzeugendes Argument."

„Ihr habt ihn entführt?" Maria war halb entsetzt, halb belustigt.

„Ja, wenn du das so nennen willst." David grinste breit. „Am Ende wurden die Verhandlungen ein voller Erfolg. Natürlich wusste Boutros-Ghali nichts von unserer Überzeugungsarbeit. Und Moro bucht mich und mein Team seitdem öfter."

„Was ist das für ein Team? Blauhelme?"

„Aber nein, wir laufen eher unter dem Radar. Wir bekom-

men unsere Einsatzbefehle direkt von Moro. Ja, und das Team …" David stockte und musste bei dem Gedanken an den wilden Haufen lächeln. „Das Team konnte ich mir selbst zusammenstellen. Das können bis zu 15 Kämpfer, Männer und Frauen, sein, aus verschiedenen Ländern. Jeder Spezialist auf seinem Gebiet. Der Kern sind fünf, sechs Leute aus Deutschland."
„Und ihr macht öfter solche Entführungen?"
„Nein, das kommt eher selten vor. Wir befreien Geiseln, beschaffen Informationen oder schützen auch mal Zeugen oder hochrangige Politiker. Wir sind keine Killertruppe."
„Aber ihr habt schon auch Menschen getötet."
David sah sie lange an. „Das kommt vor. Aber versuch bitte, mir zu glauben: Wir tun das aus Notwehr oder um Personen vor dem Tod zu schützen."
Maria dachte nach. „Dann bist du ja eigentlich doch so etwas wie ein international tätiger Sicherheitsspezialist."
Sie lachte, sprang plötzlich auf und zog David hinter sich her. Sie kamen zu einer Art kleinem Amphitheater. Irgendjemand hatte eine Lautsprecherbox aufgestellt und es ertönte Musik. Einige Paare tanzten im Licht der umstehenden Laternen. Maria nahm seine Hand und zog ihn auf die Tanzfläche.
Er fühlte sich am falschen Ort, aber es war schön. Maria wurde zum rhythmischen Wirbelwind, David gab eher den tanzenden Derwisch. Trotzdem spürte er, wie ihn eine Welle erfasste und trug. Plötzlich verlor er die Distanz: zur Musik, zum Land und seinen Menschen, zu seinem Auftrag.

23
PERU 2012

Diesmal stieg Maria aus dem Taxi und ging mit in das Hotel. Sie wolle sichergehen, dass es David gut gehe, sagte sie. Schon vor der Zimmertür küssten sie sich leidenschaftlich und David schaffte es kaum, die Tür zu öffnen und Maria mit hineinzuziehen.
Er wollte sie hochheben und auf das Bett legen, doch seine verletzte Schulter meldete sich mit einem stechenden Schmerz. Mit einem leisen Stöhnen stellte er Maria wieder auf die Füße. Einen Moment lang war er frustriert, doch Maria küsste ihn und begann zum zweiten Mal an diesem Tag, sein Hemd aufzuknöpfen und es ihm auszuziehen. Sie bedeckte seinen ganzen Oberkörper mit Küssen, gab ihm einen spielerischen Schubs, sodass er rücklings aufs Bett fiel und begann, ihm die Hose auszuziehen.
Schließlich lag er nackt vor ihr auf dem Bett und sie konnte seine ganze Erregung wahrnehmen. Jetzt trat sie einen kleinen Schritt zurück und begann, sich langsam selbst zu entkleiden. Seine Lust war ins fast Schmerzvolle gestiegen, als sie endlich vor ihm stand, wie Gott sie geschaffen hatte. Und, musste David feststellen, Gott hatte einen verdammt guten Job gemacht.
Maria stieg auf seinen Schoß und glitt über ihn. Sie begann ein aufregendes Spiel mit ihren Hüften, er streichelte ihre Brüste. Sie liebten sich mit der Gier von Verdurstenden beim Erreichen der Oase. In ihrem Einssein lösten sich explosionsartig die aufgestauten Emotionen des ganzen Tages, die gemeinsam überstandene Lebensgefahr, das Auf und Ab der Gefühle.

Maria kam schnell und heftig, ihr Orgasmus war ein Naturereignis, ihr ganzer Körper erbebte und schüttelte sie minutenlang durch. David kam direkt danach. Atemlos rutschte sie an seine rechte Seite, kuschelte sich an ihn und schlief ein.
Er betrachtete sie unendlich zärtlich. Sein Herz quoll über vor Glück. Und plötzlich fühlte er sich, als hätte er einen Kokon verlassen, er traute sich wieder, bedingungslos zu lieben. Er konnte kein Schmetterling werden, aber mit Maria zusammen würde er wieder fliegen können. Mit dieser Frau an seiner Seite gab es nichts, was ihn stoppen konnte.

David erwachte, weil sein rechter Arm eingeschlafen war und sich schmerzhaft taub anfühlte. Maria lag noch immer unbeweglich an seiner Brust. Im Schlaf schien sie ihm noch schöner. Das tiefschwarze, lange Haar floss ihren makellosen Rücken herunter, er spürte ihre Brüste an seinem Oberkörper und sah zwei Grübchen oberhalb ihres Pos. Vorsichtig versuchte er, möglichst ohne sie zu wecken, den Arm unter ihr hervorzuziehen.
Maria spürte die Bewegung und wurde wach. „Tu ich dir weh?"
„Nein, nein, mir ist nur der Arm eingeschlafen."
Jetzt öffnete sie die Augen. „Ich habe Durst", sagte sie, und stand auf, um zum Minikühlschrank zu gehen.
„Ja, ich nehme auch einen Schluck Wasser." Sie teilten sich, auf dem Bettrand sitzend, eine dieser kleinen Flaschen, die es wohl in jedem Hotelzimmer auf der Welt gibt.
David konnte seine Hände nicht von ihr lassen. Er streichelte

ihren Rücken, fuhr mit den Fingern durch ihre Haare und küsste ihr Ohrläppchen. Dabei fing sie an, wie eine Katze leise zu schnurren.

Dann stellte David die Frage, die ihn schon seit Stunden brennend interessierte. „Wie heißt eigentlich der Mann, der dir das Schießen beigebracht hat?“ In dem Moment, als er die Frage aussprach, wusste er, dass er ein Idiot war. Wie konnte er nur in diesem intimen Augenblick über einen anderen Mann sprechen?

Das Schnurren hatte aufgehört. Maria saß regungslos auf der Bettkante und schien einen Moment wie erstarrt. Dann gab sie sich sichtlich einen Ruck. „Er hieß Julio“, erklärte sie. „Und ich habe ihn geliebt.“

Jetzt war David eifersüchtig. Dass sie jemanden vor ihm gehabt hatte, war ihm, na, nicht egal, aber klar. Aber sie hatte ihn geliebt! Würde sie das auch über David sagen?

„Wer war er? Und wo ist er jetzt?“, fragte er nach einem Moment.

Maria sah ihn an und zog die Decke über ihre Brüste. „Er ist tot. Er wurde erschossen, von seinen eigenen Leuten, von den Rebellen vom ‚Leuchtenden Pfad‘.“

David fröstelte es auf einmal. „Er war beim ‚Leuchtenden Pfad‘? Was ist passiert?“

Maria seufzte schwer. „Ich war im ersten Jahr an der Uni und für alle ‚Erstis‘ gab es immer eine Willkommensparty, so auch für uns. Mir war klar, dass die älteren Semester diese Feier auch ‚Frischfleischparty‘ nannten, weil eben viele neue, unerfahrene Mädchen dort waren.“

David nickte. Von solchen Feiern hatte er auch schon aus Deutschland gehört.

„Ich hatte an dem Abend alle Hände voll zu tun, mir unliebsame Verehrer vom Leib zu halten. Bis Julio auftauchte. Er war etwas älter als die meisten, dreißig, und ein echter Hingucker, groß, breite Schultern, intelligent – fast wie du." Ein Anflug von einem Lächeln und ein Blick in seine Richtung.
„Und er war sozial engagiert", fuhr sie dann fort. „Wir diskutierten den ganzen Abend über Politik, Korruption und soziale Fragen. Seine Ansichten gefielen mir, ich hörte viele neue Argumente. Und wir landeten bereits an diesem ersten Abend im Bett."
David versuchte krampfhaft, sich nicht vorzustellen, wie Maria in den Armen eines anderen Mannes lag.
„Wir hatten eine schöne, unbeschwerte Zeit. Und dann rekrutierte er mich für den ‚Leuchtenden Pfad'."
Warum überraschte das David jetzt nicht? Die Stasi hatte auch oft und gern Liebesbeziehungen benutzt, um Agenten anzuwerben.
Als hätte Maria seine Gedanken erraten, fuhr sie fort: „Er tat das nicht aus Berechnung, er liebte mich wirklich!"
David zog eine Augenbraue hoch, um seinen Zweifel auszudrücken, sagte aber nichts.
„Julio wurde mein Agentenführer. Der ‚Leuchtende Pfad' war nicht nur im Dschungel aktiv. Es gab viele Zellen in den Städten, die unabhängig voneinander agierten. Sie wurden geführt von Guzmán, dem Anführer, Gründer und Chefideologen des ‚Sendero Luminoso' und seinen Offizieren. Julio hatte die Aufgabe, eine Zelle in Lima aufzubauen, die langfristig agieren sollte. Also Leute mit Potenzial, die irgendwann einmal Karriere machen, beim Militär, bei der

Polizei, als Arzt oder Politiker. Innerhalb der Zelle kannten wir uns, von anderen Zellen kannten wir niemanden.
Durch Julio und seinen Stellvertreter Alejandro lernte ich schießen, Nahkampf und wie man bemerkt, wenn man beschattet wird. Kurz: Alles, was man als Stadtguerilla zum Kämpfen braucht. Das hat mir Spaß gemacht. Ich war zwar nur ein kleines Zahnrad in einer größeren Maschinerie, aber ich fühlte mich wichtig und gebraucht. Vor allem konnte ich so etwas tun, um das Leben der Menschen zu verbessern.
Erste Zweifel kamen mir, als ich in einem Ausbildungscamp der Organisation war. Es war irgendwo in den Bergen um Ayacucho. Ich war mehrere Wochen dort, lernte, mit Sprengstoff umzugehen, tote Briefkästen zu nutzen und vieles mehr. Aber das Wichtigste in dem Camp war die tägliche Gehirnwäsche. Sie nannten es Politunterricht, es war aber nichts weiter als Indoktrination. Ich wehrte mich innerlich dagegen, aber den meisten anderen gelang das nicht. Am Ende kannten sie nur noch ein Ziel: Alle zu töten, die der Revolution im Weg standen.
Im Camp waren auch etliche andere Frauen und Kinder. David! Da waren zwölfjährige Kinder, die an der Waffe ausgebildet wurden. Die waren ursprünglich nicht freiwillig zum ‚Sendero Luminoso' gegangen. Man hatte sie ihren Familien weggenommen, hatte ihre Eltern eingeschüchtert und bedroht."
David nickte still. Er kannte das Problem. Es gab nicht wenige sogenannte Befreiungsorganisationen, die Kindersoldaten für ihre Zwecke missbrauchten.
„In dem Camp war auch eine Kommandozentrale. Mehrere Offiziere der Organisation hielten sich dort ständig auf.

Wenn sie uns nicht ausbildeten, hatten wir wenig mit ihnen zu tun. Trotzdem gab es so was wie Liebespaare zwischen anderen Frauen, die mit mir in der Ausbildung waren und den Offizieren. Mich störte das nicht, es waren schließlich alles erwachsene Menschen. Allerdings wechselten die Offiziere ihre Freundinnen öfter als ihre Hemden, das waren alles Machos. Einer der Männer hatte ein Auge auf mich geworfen und obwohl er wusste, dass ich mit Julio zusammen war, bedrängte er mich. Ich hielt ihn erfolgreich auf Abstand."

Das kannte David inzwischen. Maria bestimmte selbst, mit wem und wann sie mit jemandem ins Bett ging.

„Und dann passierte es. Es waren viele Kommandeure – auch Julio - aus dem ganzen Land angereist. Den ganzen Tag berieten und abends feierten sie. Dabei wurde wohl sehr viel getrunken, denn wir sahen ein paar sturzbetrunkene Männer aus der Kommandohütte torkeln. Ein paar andere holten sich Frauen zum Mitfeiern und wer weiß was noch. Ich ging da nicht mit, obwohl ich Julio gern wiedergesehen hätte.

Die Feier wurde immer wilder. Dann kam der Offizier, der mich schon die ganze Zeit bedrängt hatte, zerrte mich aus der Frauenhütte und versuchte, mich zu vergewaltigen. Ich schrie und wehrte mich. Er versuchte, mir die Kleidung vom Leib zu reißen. Ich trat und biss und kratzte, trotzdem hätte er es vielleicht geschafft, wenn nicht Julio dazu gekommen wäre. Er riss den Offizier von mir weg und schlug ihn bewusstlos. Noch am selben Abend verließ ich mit ihm das Camp.

Ich weiß noch, auf der Fahrt zurück nach Lima diskutierten wir heftig. Ich machte ihm Vorwürfe, dass die Leute des

‚Leuchtenden Pfades' auch nicht besser seien als die, die sie bekämpften. Weißt du David, die DINCOTE, die Anti-Terroreinheit der peruanischen Polizei, darf Verdächtige 15 Tage lang festhalten, ohne dass ein Rechtsanwalt oder gar Angehörige Zugang zu ihnen haben. Frauen werden in deren geheimen Gefängnissen regelmäßig vergewaltigt und anderweitig gefoltert."

Maria schwieg einen Moment, dann fuhr sie fort: „Die Prügelei mit dem Offizier hatte für Julio offensichtlich Konsequenzen. Im Nachhinein glaube ich, dass man ihn loswerden wollte. Wir hatten inzwischen beide unsere Zweifel, ob der Weg der Rebellenorganisation der richtige war.

Dann häuften sich die Nachrichten von Massakern, die durch den ‚Leuchtenden Pfad' an Bauern verübt wurden. Es wurde berichtet, dass Drogen geschmuggelt und Menschen entführt und Lösegeld erpresst wurde. Alles, um den Guerillakampf zu finanzieren. Zuerst hielten wir das für Lügen, aber dann erhielt Julio den Befehl, eine Kooperative im Umland von Peru zu überfallen und Verräter, wie sie genannt wurden, zu exekutieren. Als er sich weigerte, wurde er wegen Abweichlertums vor einem sogenannten Volksgericht des ‚Leuchtenden Pfades' angeklagt, verurteilt und sofort hingerichtet."

Jetzt brach ihre Stimme, sie fing an zu zittern. David legte zögerlich den Arm um sie; er fürchtete, sie würde ihn abschütteln. Aber sie ließ es geschehen, räusperte sich, schluckte ihre Tränen hinunter und erzählte weiter.

„Alejandro übernahm die Zelle und führte den Befehl aus. Allerdings war das Ganze eine Falle. Alle Guerilleros starben, weil eine Todesschwadron schon auf sie gewartet hatte." Maria schwieg erschöpft.

David war erschüttert. Doch dann musste er nachfragen. „Und was war mit dir? Warst du nicht bei der Aktion der Zelle dabei?“
„Nein. Eine Kameradin hatte mich gewarnt, dass Alejandro vorhatte, mich wegen meiner Beziehung zu Julio zu beseitigen. Er wollte mich bei dem Einsatz töten und es wie einen Unfall aussehen lassen, Friendly Fire. Ich tauchte rechtzeitig unter und lebte monatelang im Untergrund. Bis ich erfuhr, dass mich alle für tot hielten. Die Senatorin half mir, wieder in ein ordentliches Leben zu finden.“
„Hast du keine Angst, dass der ‚Leuchtende Pfad‘ dich noch immer verfolgt?“ David war besorgt.
„Die haben im Moment ganz andere Sorgen.“
Eine Weile war es still zwischen den beiden, dann brach es aus ihm heraus. „Ich bin als Weißer geboren, weiß und männlich. So bin ich aufgewachsen und sozialisiert worden, ich habe nicht die geringste Vorstellung davon, wie es ist, als Indigener oder als Frau zu leben, und dann womöglich noch im Untergrund, im Widerstand.“
Maria kam zu ihm heran und legte ihm den Finger auf den Mund. „Das musst du auch nicht. Ich bin froh, dass es vorbei ist! Und froh, es dir erzählt zu haben!“ Jetzt streichelte sie mit ihrer ganzen Hand sein Gesicht, begann unendlich zärtlich an seinem Ohr zu knabbern und drängte sich ganz dicht an ihn heran. „Komm, liebe mich noch mal.“
Beim zweiten Mal ließen sie sich Zeit, mit allen Sinnen den anderen zu genießen. Sie spürten Haut und Atem des anderen, genossen den Anblick ihrer nackten Körper, fühlten ihre Erregung und nahmen sie auf. Erschöpft schliefen sie bei Tagesanbruch ein.

24
DER SECHSTE TAG

Denn wen der Herr liebt, den züchtigt er; / er schlägt mit der Rute jeden Sohn, den er gern hat. Hebr. 12,6

Peru 2001

Das Grandhotel Bolívar in Lima hatte seine größten Zeiten lange hinter sich. Erbaut 1924 als eines der ersten Gebäude an der Plaza San Martin dominierte es mit seiner beeindruckenden Fassade im Stil des spanischen Barocks fortan den gesamten Platz. In den Vierziger- und Fünfzigerjahren des letzten Jahrhunderts waren es Hollywoodgrößen wie Ava Gardner, Orson Welles und John Wayne, die Glanz in das Haus brachten, während sie Pisco Sour an der Bar schlürften. Ungezählte gekrönte und ungekrönte Staatsoberhäupter machten hier Rast oder feierten rauschende Feste. Dabei waren sie umgeben von Möbeln, die man direkt in London eingekauft hatte, um europäischen Luxus nach Südamerika zu holen.

Doch diese Zeiten waren lange vorbei. Die internationale High society zog weiter und das Haus verlor seine Bedeutung und seine Kunden. Kurze Zeit stand es leer, bevor eine Gruppe von Angestellten eine Genossenschaft gründete und das Hotel, einfacher und bescheidener, weiter betrieb.

Von all dem wusste José nichts. Es hätte ihn vermutlich auch nicht sonderlich interessiert. Er hatte, wie so oft, einen Beobachtungsposten gegenüber dem Hotel bezogen und wartete auf potenzielle Beute. Die „Piranhas“ waren berüchtigt für ihre Überfälle auf Touristen, bei denen diese

bis auf die Unterwäsche ausgeraubt wurden.
José hatte ein Basecap über seine weißen Haare gezogen, die doch einen zu hohen Wiedererkennungswert hatten. Schließlich machte die Polizei schon Jagd auf die „Piranhas".
„Piranhas", das waren etwa dreißig Jungen und ein paar wenige Mädchen im Alter von sechs bis 16 Jahren. Ihr Quartier hatten sie am Hafen in einem alten Lagerhaus. Auf mehreren Etagen waren dort früher vor allem Säcke gelagert worden, aber seit es Container gab, spielten Säcke als Transportmittel immer weniger eine Rolle, also hatte man schon vor Jahrzehnten das Lagerhaus auf- und es dem Verfall preisgegeben. Am Anfang hatten nur Ratten dort gewohnt, aber vor ein paar Jahren waren auch die „Piranhas" eingezogen.
Die Kinder hatten versucht, das verfallende Gebäude mit allem, was sie in die Hände bekamen, wohnlich zu gestalten. Mit Planen, Folien und Decken wurden Schlafabteile abgetrennt, sodass es so etwas wie Privatsphäre gab. Zumindest die Älteren legten Wert darauf, die Kleineren dagegen wollten nicht allein sein. Traumatisiert, weil sie von ihren Eltern verstoßen worden waren, brauchten sie jemanden, an den sie sich anlehnen konnten.
So hatte José die „Piranhas" vorgefunden, als er vor einem Jahr zu der Gruppe gestoßen war. Damals herrschten in der Bande ein rauer Ton und das Gesetz des Stärkeren. Ein paar der Älteren bestimmten, wer wo schlief und wer wie viel zu essen bekam. Josés Gerechtigkeitssinn rebellierte vom ersten Tag an dagegen. Er stellte sich schützend vor die Schwachen, Kranken, Jüngeren und geriet so sehr schnell in Kon-

flikt mit den Jungen, die sich als Anführer fühlten. Als sie ihn eines Tages fertigmachen wollten, zeigte sich, was José auf seiner langen, harten Reise von Guatemala nach Lima gelernt hatte.

Mit blutigen Nasen und gebrochenen Knochen zogen sie den Kürzeren und verschwanden bald darauf völlig aus der Gruppe. José hatte es zwar nicht so geplant, aber ab dem Zeitpunkt war er für die übrigen Kinder der alleinige Anführer.

Manchmal, wenn er an seine Heimat zurückdachte, packte ihn das Heimweh. Dann wünschte er sich die grünen Berge und fruchtbaren Hänge zurück. Seine Freunde und auch seine Eltern waren nur noch blasse Erinnerungen, aber die üppige Natur mit den Pflanzen und Tieren des Regenwaldes hatte er nicht vergessen.

Der übergewichtige Gringo, der aus dem Hotel trat, schwitzte jetzt schon, obwohl er doch im klimatisierten Gebäude gewesen war. José musste unwillkürlich grinsen, als er sich vorstellte, wie der Mann wohl in seinem Heimatdorf mitten im Regenwald ausgesehen hätte. Er löste sich von dem Laternenpfahl, an dem er gelehnt hatte, und folgte dem Mann.

Der Gringo hatte einen leicht schwankenden Gang. Vermutlich war er dem Mythos des Pisco Sour gefolgt und hatte an dem vermeintlichen Ursprungsort des peruanischen Nationalgetränks einige der Cocktails geleert. Er war das ideale Opfer.

Die Bande hatte ihr eigenes System, potenzielle Beute zu verfolgen. Einige Jungen hatten sich weiträumig im Stadtteil verteilt und verständigten sich per Zeichen oder Pfiffen.

Damit wurde das Opfer nicht vorzeitig gewarnt, während das Rudel den Kreis immer enger zog.
Manchmal standen drei Jungen mitten auf dem Weg des Touristen und spielten auffällig mit ihren Messern, sahen gefährlich aus. Dann wechselten die Arglosen furchtsam die Richtung und gingen dahin, wohin die „Piranhas" sie haben wollten. Wenn die Straße dann ruhig und überschaubar wurde, fielen fünf bis zehn Kinder über sie her. Gegen die flinke, entschlossene Übermacht hatten selbst trainierte, nüchterne Männer keine Chance.
Genauso wie die Piranhas im Orinoko es selbst mit weitaus größeren Beutetieren aufnahmen, griff auch die Kinderbande an. Stück für Stück zerstörten sie Stolz und Selbstbewusstsein ihrer Opfer, ständige Angriffe zermürbten die Überfallenen und wenn sie erst am Boden lagen, verloren sie nicht nur ihre Geldbörse, sondern auch die Hose, in der sie gesteckt hatte.
Der Gringo war unterdessen in den Jiron Oconia eingebogen und ging nun an der Seite des „Bolívar" entlang. Das Hotel war nicht nur ein Grandhotel, es war auch ein großes Hotel. Zu seinen besten Zeiten befanden sich allein im ersten Stock über zweihundert Zimmer und das Gebäude nahm immer noch die Fläche eines ganzen Blocks ein.
José folgte dem Gringo in einiger Entfernung und nahm Kontakt zu seinen Mitstreitern auf. Diese wussten nun, wen ihr Anführer ausgewählt hatte. José würde dem schwitzenden Mann noch bis zum Ende der Seitenfassade des Grandhotels folgen und sich dann absetzen.
So der Plan. Auf der Hälfte der Strecke zur nächsten Querstraße wich der Mann einem den Gehweg versperrenden

Stapel von großen Paketen aus. Als José den Stapel erreichte, stockte sein Schritt, denn lautes Weinen drang an sein Ohr. Auf einem der Pakete saß ein Mädchen von vielleicht 14 Jahren und weinte verzweifelt. Ihr hübsches Gesicht war tränenüberströmt.

José schaute sich vorsichtig um. Das Mädchen war allein, am Ende des Blocks verschwand der Gringo aus seinem Blick. Das war in Ordnung, die anderen hatten längst übernommen. Er konnte sich darauf verlassen, dass der Mann in Kürze ohne Hose dastand.

„Warum weinst du?", fragte er.

Das Mädchen schreckte hoch, als es plötzlich angesprochen wurde und hörte zu weinen auf. „Ich weine gar nicht." Mit dem Ärmel wischte sie die Tränen aus ihrem Gesicht.

„Brauchst du Hilfe?" José deutete auf den Stapel Pakete, die, wie er jetzt sah, Hotelwäsche enthielten.

Das Mädchen schüttelte trotzig den Kopf. „Nein."

Jetzt wollte José weitergehen. „Na, wenn du keine Hilfe brauchst, dann ist ja alles in Ordnung."

„Warte! Du kannst mir doch helfen." Atemlos stieß das Mädchen die Worte hervor. Er durfte also doch nicht einfach so weggehen. José lächelte in sich hinein. „Ein bisschen, vielleicht."

Betont gleichgültig dreht er sich dem Mädchen zu. „Was soll ich tun?"

„Kannst du bitte auf die Pakete aufpassen, während ich die anderen Stück für Stück ins Hotel trage? Ich möchte nicht, dass welche verschwinden. Dann bekommt die Tante Ärger."

„Warum hat der Lieferant sie nicht gleich selbst ins Haus gebracht?"
Das Mädchen war offenbar schon wieder den Tränen nah. „Der hat mich kaum gesehen, da hat er behauptet, er hätte keine Zeit und müsste gleich weiter. Der hat mich doch gar nicht ernst genommen."
Mit diesen Worten griff sie sich eines der großen, schweren Pakete und wollte es ins Hotel schleppen. José hielt sie auf, indem er sie am Arm fasste und ihr das Paket abnahm.
„Lass mich mal machen." Dann, als er das Paket schulterte, fragte er: „Wie heißt du?"
„Sonia", war die schüchterne Antwort. „Und du?"
„José."
José ging noch einige Mal mit den Paketen. Immer wenn er wieder aus dem Hotel zu Sonia kam, lief er langsamer. Er genoss ihre Blicke und schaute auch selbst. Sie war ein so hübsches Mädchen! Die langen blauschwarzen Haare zu zwei Zöpfen geflochten, ausdrucksstarke schwarze Augen, dunkle Haut: ein typisches Quechua-Mädchen. Eines Tages würde sie zu großer Schönheit erblühen. Schon jetzt begann sich unter ihrer Kleidung ein fraulicher Körper abzuzeichnen, der ihm gefiel und ein noch unbestimmtes Verlangen in ihm weckte. Er wollte sie kennenlernen, wollte sie berühren und vielleicht von ihr berührt werden.
Als er das letzte Paket ins Hotel brachte, begleitete sie ihn. An der Tür stellte sie sich auf die Zehenspitzen und hauchte ihm einen Kuss auf die Wange. „Danke, José!"
Ihm schoss die Röte ins Gesicht und er fing fast an zu stottern. „Soll ich dich nachher abholen und nach Hause bringen?", fragte er.

Sonia lächelte schelmisch, flötete ein „Vielleicht“ und schlüpfte an ihm vorbei in das Gebäude.
Das war schon mal kein Nein, aber wann sollte er sie treffen? José war ratlos. Er wusste nicht, wie lange Sonia arbeiten musste. Also beschloss er, jetzt gleich auf sie zu warten. Zeit hatte er genug und er wollte sie unbedingt wiedersehen.
Äußerlich ruhig wartete er vor dem Hotel. Innerlich tobten seine Gefühle: Würde sie kommen? Und was dann? Normale Paare gingen ins Kino. Konnte er sie dahin einladen? Aber vielleicht war es zu früh fürs Kino. Sollten sie sich nicht erst mal besser kennenlernen? Hauptsache war, sie würde kommen und mit ihm gehen.

Irgendwann trat Sonia auf die Straße. Inzwischen war es dunkel geworden. Ihr Blick suchte den großen Jungen mit den weißen Haaren. Als sie José entdeckte, hob sie verstohlen die Hand ein wenig, denn sie wollte nicht auffällig winken. Das geziemte sich bestimmt nicht.
José kam auf sie zu und blieb sichtlich verlegen vor ihr stehen. Irgendwie schien er sich das alles einfacher vorgestellt zu haben. Sie spürte seine Unsicherheit und nahm seine Hand. „Komm. Wir müssen da lang.“
José fragte Sonia, warum sie bei ihrer Tante lebte und sie erzählte ihm von ihrer Familie, die in Junin gewohnt hatte. Wie sich Mama und Papa auf das Brüderchen für sie gefreut hatten und wie dann Papa ganz allein und gebrochen aus dem Krankenhaus zurückgekommen war.
Sie erzählte, dass ihr Vater Bergarbeiter war, wie viele der Nachbarn, und dass er jeden Morgen zur Arbeit musste. Bis zu dem Tag, an dem die Sirene vom Schacht zu ungewöhn-

licher Zeit ertönte und Papa nicht wieder heimkam. Stattdessen kam die Tante und holte Sonia zu sich nach Lima. Seit sie die sechste Klasse abgeschlossen hatte, half sie für ein wenig Geld im Hotel.

José hörte zu und stellte nur wenig Fragen. Als sie von ihrer toten Familie erzählte, hielt er ihre Hand ganz fest und drückte sie, wenn ihr bei ihrer Erzählung die Stimme versagte.

Sie waren die ganze Strecke zur Wohnung der Tante gelaufen und hatten geredet. Dabei hatten sie nicht auf den Weg geachtet. Nun aber standen sie vor der Tür und es war Zeit, sich zu verabschieden.

José fasste sich ein Herz und fragte: „Sehen wir uns morgen?"

Sonia sagte laut: „Ja, gern." Darüber war sie ganz erschrocken. Sie hatte das bestimmt viel zu laut und zu schnell gesagt, jetzt würde er womöglich denken, sie wäre leicht zu haben. Doch ein Blick in sein Gesicht sagte ihr, dass er keinesfalls so etwas dachte. Er wirkte nur unendlich froh und erleichtert, dass sie ihn wiedersehen wollte.

José kehrte in das Quartier der Bande zurück. Einige der jüngeren Kinder schliefen schon, ein paar der älteren spielten Karten oder schnüffelten Klebstoff, bis der Rausch sie vom harten Tag eines Straßenkindes in eine Traumwelt entführte.

Er zog sich in seine Ecke zurück und versuchte, sich über seine Gefühle für Sonia klar zu werden. Da war einerseits ein Instinkt in ihm, sie wie eine kleine Schwester zu beschützen. Aber da war auch mehr. Seine erwachende Männ-

lichkeit wollte Sonia umarmen, küssen, entkleiden und überall berühren. Neugier und Lust dominierten seine Gedanken. Er wollte sie besitzen, wie ein richtiger Mann eine Frau besitzt.
Fiebrig schlief er ein.

Die nächsten Tage entwickelte sich zwischen Sonia und José so etwas wie ein Ritual, eine liebe Gewohnheit. Er holte sie abends am Hotel ab und brachte sie nach Hause, dann erzählte sie ihm von ihrem Tag oder von der Telenovela, die sie mit der Tante geschaut hatte. Er hörte zu und stellte manchmal Fragen. So lernte er Sonia und ihre Welt kennen. An der Tür zur Wohnung der Tante gab sie ihm einen Kuss auf die Wange und verschwand im Haus.
Eines Abends war es jedoch anders. Bevor sie das Haus der Tante erreichten, zog er Sonia in einen kleinen Park und dort zu einer versteckt stehenden Bank. Sie setzten sich und vorsichtig legte er den Arm um ihre Schultern.
„Sieh mal, die vielen Sterne!" Sonia drückte sich leicht an José und schaute fasziniert nach oben.
José hatte außerhalb Limas auf seiner Reise von Guatemala nach Peru oft den Sternenhimmel gesehen. Von Mitreisenden hatte er etwas über Sterne und Sternbilder gelernt und so konnte er Sonia den „Großen Hund" zeigen, das Kreuz des Südens und, als sich ihre Augen an die Dunkelheit gewöhnt hatten, die Milchstraße mit ihren scheinbar unendlich vielen Sternen.
So sahen sie gemeinsam in den nächtlichen Himmel über Lima, ihre Köpfe näherten sich und ihre Lippen fanden sich zu einem ersten, langen, sinnlichen Kuss. Atemlos ließen

sie voneinander ab, blickten sich in die Augen und küssten sich wieder und wieder.
José war glücklich. Zum ersten Mal im Leben war er restlos glücklich. Auch Sonia war glücklich, sagte sie. So hatte sie sich das manchmal vorgestellt, wenn sie mit der Tante romantische Filme im Fernsehen sah. Wenn sie genau nachdachte, war es sogar noch schöner, als sie es sich erträumt hatte. José war stolz und dankbar, dass sie ihre Beziehung so sah.
Eines Abends saßen José und Sonia wieder auf ihrer Bank. Sie hatte ihm stillschweigend erlaubt, seine Hände über ihren Körper wandern zu lassen, und offenbar genoss sie es, wenn er ihre knospenden Brüste streichelte und ihren Rock hochschob, um ihre Schenkel zu berühren. Sie selbst hielt ihre Hände allerdings im Zaum.
An diesem Abend unterbrach sie ihrer beider Liebesspiel und schob ihn sanft auf Abstand. „Erzähl mir von dir!", verlangte sie.
José war einen kurzen Moment verwirrt und enttäuscht. Dann sammelte er seine Gedanken und fragte: „Was willst du wissen?"
„Alles. Erzähl mir alles. Was du erlebt hast, wie du jetzt lebst und vor allem, warum du weiße Haare hast."
José schüttelte den Kopf. „Das willst du nicht wissen!"
Jetzt wirkte Sonia überrascht. Sie hatte wohl nicht mit so einer Absage gerechnet. Die Tränen schossen ihr in die Augen. Nach einem Moment des Schweigens stand sie auf und ging. Er blieb sitzen und starrte ihr hinterher. Ihm war, als würde ihm jemand ein Messer in den Bauch rammen.
Was hatte Sonia nur? Er wollte sie doch mit seinem

Schweigen nur schützen. Das Mädchen hatte in seinem Leben schon so viel Übles erfahren, da brauchte sie nicht auch noch die Last seiner Erinnerungen.

Es vergingen mehrere Tage, an denen sie sich nicht sahen. Dann stand er abends wieder vor dem Hotel und wartete auf Sonia. Sie kam, drückte ihm einen Kuss auf die Lippen und nahm seine Hand. Gemeinsam liefen sie zu „ihrer" Bank und setzten sich. Er wollte sie küssen, doch sie schob ihn zärtlich, aber bestimmt weg.

„Erzähl von dir!", forderte sie erneut.

José begriff: Sonia würde nicht lockerlassen. Er war, zugegeben, beeindruckt von der Konsequenz und Reife des geliebten Mädchens. Trotzdem versuchte er noch einmal, das Unvermeidliche abzuwenden. „Das sind keine schönen Geschichten. Ich möchte nicht, dass du hinterher traurig bist."

Sie sah ihn offen an. „José! Ich bin kein kleines Kind mehr. Ich kann schon selbst auf mich aufpassen und ich weiß, dass die Welt sehr böse sein kann."

José antwortete leise: „Die Welt? Es gibt, glaube ich, nichts Böseres als Menschen!"

Dann erzählte er von dem Massaker in seinem Heimatdorf, von dem Waisenhaus und den verbrannten Kindern. Er erzählte auch von dem Mann, an den er verkauft worden war, allerdings nicht, was in dessen Haus passiert war. Aber von Martha, der Witwe des Richters, erzählte er und von seiner Reise nach Lima. Und zum Schluss gestand er ihr sogar, dass er der Anführer der „Piranhas" sei.

Sie hatte ihn nicht unterbrochen. Sie hatte nur irgendwann eine seiner Hände in ihre genommen. Als er endete, saßen

beide einen Moment wie betäubt da, dann zog sie seinen Kopf zu sich und bedeckte sein Gesicht mit Küssen.
In dem Moment kamen ihm die Tränen. Sie kullerten über seine Wangen und liefen seinen Hals hinunter. José hatte das Gefühl, ein Schiff zu sein, das nach überstandener Sturmfahrt endlich den rettenden Hafen erreicht. Er ließ sich emotional fallen, gab sich ganz in Sonias zärtliche Hände, ergab sich ihrer Liebe. Der Panzer, geschmiedet aus Schmerz und Tränen, der sein Herz umgab, zerbrach in tausend Stücke. Er liebte Sonia, bedingungslos und rettungslos, würde sie immer lieben und beschützen.
Sonia hielt ihn fest, ganz fest. Nie wieder würde sie ihn loslassen, das wusste er in diesem Moment ganz genau. Und wieder erfüllte ihn eine tiefe Dankbarkeit.

Es war Sommer und Sonia und José gingen manchmal zum Strand. Dort war es abends nicht so schwül und wenn die Wolken verschwunden waren, konnte man viel mehr Sterne sehen als in der Stadt, von „ihrer" Bank aus. So lagen sie dann manchmal im Sand, liebkosten sich und schauten in den Himmel. Der Lärm der Stadt erstarb und beide waren erhitzt vom Liebesspiel.
Sonia zog José das T-Shirt aus und bedeckte seinen Oberkörper mit Küssen. Er half ihr, ihre Kleidung auszuziehen, und wurde ganz zittrig vor lustvoller Erregung. Sie öffnete seinen Gürtel, während sie sich nackt an ihn drängte. Dann, als sie seinen Penis ergriff, passierte es: José wurde plötzlich ganz steif und abwehrend. Sein Atem ging schnell, er zitterte und ihm brach kalter Schweiß aus.

Sonia schien zu spüren, dass etwas nicht stimmte, denn sie nahm ihre Hand weg. „Was ist los? Mach ich was falsch?“, flüsterte sie.
José war nicht in der Lage zu sprechen. Scham und Ekel hielten ihn zurück. Er war wieder in Guatemala-City, ein fremder Mann hatte ihn gekauft und wollte ihm Schreckliches antun. Wieder glaubte er, den heißen Atem des Mannes zu spüren, vor dem er fortgerannt war. Und diese Hände, die brutal seine intimsten Körperbereiche berührten …
Sonia ließ ihm Zeit, damit er erst dann erzählte, wenn er auch wirklich soweit war. Inzwischen gab sie ihm so viel Zärtlichkeit, wie er zuließ. Und er ließ es gerne zu. Dennoch dauerte es lange, bis José sich entspannen konnte. Dann erzählte er ihr das, was er bei seinem Lebensbericht Tage vorher auf „ihrer“ Bank ausgelassen hatte.
Sie zeigte ihm, was eine liebende Frau einem Mann zu geben in der Lage war. Sie schrie ihren Schmerz und ihre Liebe laut heraus und hielt ihn fest, als er seine Lust in sie strömen ließ.

Wochen später saßen Sonia und José wie immer auf „ihrer“ Bank. Er war entspannt: Die „Piranhas“ hatten in den letzten Tagen ein paar Mal fette Beute gemacht. Dadurch war für die nächsten Tage gesichert, dass niemand in der Bande hungern musste. Vor allem die Kleinen und Jüngsten lagen ihm am Herzen. Da sie noch nicht mit auf Raubzüge gehen konnten, waren sie darauf angewiesen, dass die Beute fair geteilt wurde. Und darauf hatte José ein Auge.
Neben ihm wand sich Sonia nervös.
„Was ist denn los, mein Liebes?“, fragte er.

„José, ich muss dir was sagen“, kam es leise von ihr.
José war erstaunt. Das klang aber förmlich. „Ja, was hast du, Liebes?“
„José, ich habe ein paar … Veränderungen bemerkt. Morgens ist mir ganz oft übel, in meinem Bauch zieht es und meine … na ja, meine Brüste tun auch weh. Und meine Blutung hab ich auch nicht bekommen.“
Immer noch schien sie nervös und unruhig zu sein. José nahm ihre Hand und drückte sie beruhigend. „Das ist bestimmt nichts Schlimmes. Willst du zu einem Arzt gehen?“
Sie seufzte tief und sah ihn an. „José, ich glaube, ich bin schwanger.“
Das versetzte José einen Schock, einen freudigen. Er machte große Augen. „Wir bekommen ein Kind?“, rief er glücklich.
Sonia brach in Tränen aus.
„Hab ich was Falsches gesagt?“, fragte er erschrocken.
„Nein, nein“, sagte sie hastig und lachte nun trotz ihrer Tränen. „Nein, mein Liebster, ich weine, weil so eine riesige Last von meinem Herzen gefallen ist. Du hast ‚wir‘ gesagt! Du wirst mich nicht allein lassen!“
„Wie könnte ich das denn, Sonia, mein Liebes!“ José bedeckte ihr Gesicht mit Küssen, küsste ihre Tränen weg und wiederholte voller Freude und Glück: „Wir bekommen ein Kind!“
Sonia schlang ihre Arme um seinen Hals und schmiegte sich ganz fest an ihn. „Oh, ich bin so glücklich!“, sagte sie.
Dann wurde José ernst. „Das ändert unser Leben total. Ich muss bei den ‚Piranhas‘ aussteigen und mir einen richtigen Job suchen. So ein kleiner Mensch braucht Essen und ein

richtiges Dach über dem Kopf. Der kann nicht in einem alten, verfallenen Schuppen wohnen, während sein Vater von der Polizei gesucht wird."

„Da hast du natürlich recht", sagte Sonia. „Ein Glück bist du so verantwortungsvoll." Sie lachte.

Sie saßen beide noch lange auf ihrer Bank und schmiedeten Pläne. Dabei vergaßen sie die Zeit, es war tief in der Nacht, als Sonia rief: „Wie spät ist es? Ich muss nach Hause. Die Tante macht sich doch Sorgen."

Schnell liefen sie beide los. Ein Polizeiauto, das in der Nähe vorbeifuhr, schaltete das Blaulicht ein, denn den Männern darin waren sie offenbar verdächtig.

„Sonia, da hinein!", rief José. Er nahm ihre Hand und zog sie mit sich. Sie hielt sich ganz fest und stolperte mehr, als sie lief, neben ihm her.

Eine schmiedeeiserne Pforte stand halb offen. Beide schlüpften hindurch und sahen sich um. Sie waren auf einem Friedhof.

Manche behaupten, im Tode wären alle Menschen gleich, und vielleicht stimmt das auch. Aber ihre Gräber sind es nicht. In Südamerika sah man einem Friedhof schon von Weitem an, ob dort Arme oder Reiche lagen. Es gab die Friedhöfe vor der Stadt, an unwirtlichen Berghängen, mit Gräbern, deren armselige Holzkreuze das Elend ihrer Toten zu Lebzeiten deutlich bezeugten. Und es gab die Totenstädte mit breiten Straßen und grünen, in Form gezwungenen Büschen und Bäumen, die als Einfassung und Schattenspender für pompöse, skulpturenverzierte Grabmäler dienten. Das waren Grabmale, die Häusern ähnelten, mit Eingängen und mehr verziert als verschlossen von kunstvoll geschmiedeten Eisengittern. Als würden schon die Türgitter sagen: „Unsere Toten können zwar nicht mehr hier raus, aber ihr Reichtum und ihre Macht bestimmen weiter über euch Lebende."

Sonia und José waren auf so einen Friedhof der Reichen geflüchtet. Es war dunkel, der Mond steckte hinter Wolken fest, nur ab und zu flackerte traurig ein Grablicht. Die schwarzen Büsche und Bäume, gebeugt vom Wind, den das Meer den Liebenden zu schicken schien, flüsterten ihnen zu: „Kommt, versteckt euch in unserem Schatten."

Doch José und Sonia hielten nicht an. Das Polizeiauto war inzwischen in den Hauptweg des Friedhofs eingebogen. Mit dem auf dem Dach befestigten Suchscheinwerfer leuchteten die Polizisten Stück für Stück den Friedhof ab. Sonia war erschöpft, doch José zog sie immer weiter mit sich. Ab und zu rüttelte er an den Türen zu den Grabmalen. Aber es schien, als hätte das Glück sie verlassen. Alle waren verschlossen.

Sonia konnte nicht weiter und begann zu weinen. „José, versteck dich, mich suchen sie nicht. Ich habe nichts getan. Sie werden mich mitnehmen und morgen wieder laufen lassen. Wir sehen uns morgen." Mit diesen Worten riss sie sich los und lief zum Hauptweg, dahin, wo der Scheinwerfer die Dunkelheit erstach.

José war so überrascht, dass er nicht schnell genug reagierte. Er sah noch, wie sie sich in den Lichtstrahl stellte.

So würde er sie für immer in Erinnerung behalten. Es war, als schiene ein göttliches Licht auf Sonia. Wie ein Engel, kurz bevor er in den Himmel zurückkehrt, breitete sie die

Arme aus. Und der Himmel begrüßte sie mit Donnerschlägen. Sonia stürzte zu Boden, von Pistolenkugeln getroffen. Der Scheinwerfer erlosch.

25
PERU 2012

Wie so oft war der Himmel über Lima trüb, als sie erwachten. Maria warf einen Blick auf die Uhr und fuhr hoch. „Wir müssen zur Senatorin, in einer halben Stunde müssen wir dort sein."

„Keine Hektik, ohne uns geht die Party nicht los", sagte David verschlafen.

Maria ging unter die Dusche und David schaute ihr vom Bett aus bewundernd hinterher. So ein Engel, er musste sie unbedingt festhalten. „Maria, was hältst du davon, wenn ich dich mit nach Deutschland nehme?"

„Was hast du gesagt?" Maria drehte die Dusche ab.

„Ich habe gefragt, was du davon hältst, wenn ich dich mit nach Deutschland nehme."

Maria stand in der Tür zum Bad, wie sie aus der Dusche gekommen war: Nass, nackt und zornig.

„Was heißt, du nimmst mich mit?", fragte sie aufgebracht. „Wie eine Jagdtrophäe von der Großwildjagd in Peru oder wie ein Souvenir aus fernen Landen? Vielleicht wie diese T-Shirts. Für deine Frau. Da steht dann drauf, ‚Mein Mann war in Peru und hat mir nichts mitgebracht außer einer Schlampe'."

„O nein, so was würde ich nicht mal denken, so war das nicht gemeint." David war überrascht und verwirrt. „Ich meinte doch nur …" Er kam nicht dazu, den Satz zu beenden. Maria war im Bad verschwunden und hatte die Tür geräuschvoll hinter sich geschlossen.

Vielleicht war er doch allzu gedankenlos gewesen, als er seinen Wunsch, sie für immer bei sich zu haben, ausgesprochen

hatte, dachte David. Aber trotzdem! Auf dem kleinen Schreibtisch im Hotelzimmer fand er Zettel und Stift und schrieb seine Adresse in Dresden auf. Dazu Telefonnummer und E-Mail-Adresse. Den Zettel steckte er in ihre kleine Handtasche, zum Pass.
„Nur für alle Fälle, nur für alle Fälle", murmelte er.
Im Taxi redeten sie kein Wort miteinander, sondern hingen beide ihren Gedanken nach.
Natürlich schafften sie es nicht pünktlich zur Senatorin. An der Tür zur Villa öffnete ihnen ein junger Mann von etwa dreißig Jahren mit indigenen Zügen. David fielen seine schlohweißen Haare auf. Maria stellte ihn als José vor, Fahrer, Bodyguard, Butler. Also eine Art Mädchen für alles, dachte David.
José führte sie in den Salon, wo die Senatorin schon auf sie wartete. „Guten Morgen. Ich hoffe, ihr hattet eine erholsame Nacht", sagte sie.

26
AM SIEBTEN TAG RUHTE GOTT.

Abends fiel ihm auf, dass es keine Liebe gab. Und so erschafft der Mensch seine Liebe täglich neu, ein jeder nach seiner Art. Und der Mensch sieht, dass es gut ist.

Peru 2005

Die Senatorin verließ das Hotel, in dem sie mit politischen Freunden zu Abend gegessen hatte. Der Fahrer hielt ihr die Tür zum Wagen auf und sie stieg ein. Die Explosion zerriss die abendliche Geschäftigkeit und das Auto der Senatorin. Flammen schlugen aus dem Wrack. Die Senatorin befand sich noch darin, bewusstlos.

José hatte in der Nähe gelungert und nach eventuellen Opfern für ihre Raubzüge Ausschau gehalten. Ohne groß nachzudenken, lief er zu dem Auto und zerrte an der Fahrertür. Dann sah er es: Der Hals des Fahrers war von einem großen Stück Motorhaube durchbohrt worden. Also sprang José zur hinteren Tür und riss am Griff. Die Tür klemmte und die Flammen schlugen immer höher. Es wurde heißer.

Die Senatorin rührte sich. Jetzt zog José mit aller Kraft an der Tür und hatte Glück, sie ging auf. Rasch packte er die Senatorin und zog sie aus dem Auto. Andere Leute waren inzwischen hinzugeeilt und halfen ihm, die Frau aus der unmittelbaren Nähe des Autos zu tragen.

Kurz kam die Senatorin zu sich und schaute ihn an. „Nombre?“, formten ihre Lippen.

Leise, als hätte er ihn vergessen und würde sich gerade wieder erinnern, sagte er: „José." Dann machte er, dass er wegkam.

Als die Senatorin im Krankenhaus erwachte, holte die Schwester sofort den Chefarzt.

„Sie haben großes Glück gehabt", erklärte er ihr. „Sie haben nur leichte Verbrennungen. Die werden abheilen, ohne Narben zu hinterlassen. Allerdings mussten wir Ihr Bein operieren, denn durch die Explosion war es mehrfach und kompliziert gebrochen. Wir haben es mit Metallplatten vorerst stabilisiert. Je nachdem, wie die Heilung verläuft, werden wir in weiteren Operationen die Platten wieder entfernen. Wir werden alles in unserer Macht Stehende tun, damit Sie wieder normal laufen können, das wird allerdings eine Weile dauern."

Am Abend kam Maria zum Krankenbesuch. Nachdem sie besprochen hatten, welche Termine Maria absagen und welche sie verschieben sollte, gab ihr die Senatorin noch einen Auftrag. „Maria, du musst den Jungen finden, der mir das Leben gerettet hat!"

„Wie soll ich das anstellen? Ich habe keinen Namen und nichts. Oder können Sie sich noch an etwas erinnern?", fragte Maria.

Die Senatorin schloss die Augen. Maria glaubte, dass sie erschöpft war, doch die Senatorin versuchte, sich an den Unfall zu erinnern.

„Der Junge heißt José und er hat braune Augen", sagte sie schließlich.

„José und braune Augen? Das macht es nicht gerade leichter“, meinte Maria sarkastisch.
„Und er hat weiße Haare.“
Jetzt war Maria verwirrt. „Also kein Junge, sondern ein alter Mann? Oder meinten Sie einen Ausländer mit weißblonden Haaren?“
„Nein, dem Gesicht nach ein indigener Junge, allerdings mit schlohweißen Haaren, wie ein alter Mann. Und als er mir seinen Namen nannte, war da eine tiefe Traurigkeit in seiner Stimme und vor allem in den Augen.“
Maria schwieg. Unwillkürlich fuhr sie sich mit den gespreizten Fingern durchs Haar. Ihre Haare waren noch immer schwarz, obwohl auch sie schon viel erlebt hatte. Was mochte erst dem Jungen zugestoßen sein, dass er in jungen Jahren bereits weißes Haar hatte?
„Ich werde ihn finden, ich verspreche es.“

Als Maria nach zwei Tagen wieder das Krankenzimmer betrat, hatte es sich in ein Meer aus Blumen verwandelt. Nur das Krankenbett und der Infusionsständer ragten wie Inseln daraus hervor.
„Was ist das alles? Also ich meine, ich sehe, dass das Blumen sind. Aber wer hat Ihnen die geschickt?“
„Es sieht so aus, als hätte jeder Blumen geschickt.“ Die Senatorin lächelte. „Vom Parlamentspräsidenten bis zu den Gewerkschaftsvertretern haben sich alle beeilt, mir ihre Verbundenheit mitzuteilen.“
Maria lachte spöttisch. „Das wird ganz schnell vergessen sein, wenn Sie wieder gesund sind.“

„Da gebe ich mich keinen Illusionen hin.“ Die Senatorin machte eine Pause. Die Beinoperation hatte sie offenbar doch mehr mitgenommen, als sie sich eingestehen wollte. Dann fragte sie Maria: „Hast du etwas über José herausfinden können?“
„Ja, aber“, begann Maria und stockte verlegen.
„Was ist los, sprich!“
Maria suchte nach Worten. „Ich glaube nicht, dass Sie ihn wirklich kennenlernen wollen.“
„Warum nicht? Was ist mit ihm?“
Maria gab sich einen Ruck. „Also, er ist kein Peruaner.“
„Na und?“
„Ja, das ist nicht das Problem. Aber er ist Mitglied oder sogar Anführer der ‚Piranhas‘, dieser berüchtigten Kinderbande, die Touristen überfällt und ausraubt, oft bis auf die Unterwäsche.“
„Die ‚Piranhas‘“, sagte die Senatorin gedehnt. „Auch so ein Resultat der riesigen sozialen Unterschiede in unserem Land.“ Dann machte sie eine kleine Pause. „Maria, du bist also der Meinung, dass ich mich nicht bei ihm bedanken sollte.“
„Senatorin, er könnte gefährlich sein!“ Maria war aufrichtig besorgt. Sie wusste, wenn die Senatorin sich etwas in den Kopf gesetzt hatte, konnte niemand es ihr ausreden. „Außerdem steht bei Ihnen ein Polizist vor der Tür, an dem müsste er erst mal vorbei.“
„Stimmt“, sagte die Senatorin und es war nicht ganz klar, welches Argument Marias gegen ein Treffen mit José sie meinte. Dann überlegte sie. „Wir könnten uns im Park treffen. Die Klinik hat einen wunderschönen Park mit alten,

seltenen Bäumen. Du bringst ihn her und bleibst als meine Begleitung.“

Maria war nicht überzeugt, dennoch bereitete sie alles vor. Zwei Tage später wurde die Senatorin im Rollstuhl in den Park gefahren und unter einer großen Araukarie abgestellt. Dann ließ man sie allein. Sie musste nicht lange warten, Maria erschien mit José und stellte sich so neben die Senatorin, dass sie notfalls eingreifen konnte. Wie so oft, war sie auch diesmal bewaffnet.

José schaute die Senatorin aufmerksam und selbstbewusst an und grüßte leise. Die Senatorin grüßte freundlich zurück und schwieg. Maria hatte sie so noch nie erlebt. Es schien, als fehlten der Frau die Worte. Das war Maria neu. Sie konnte großmütig sein oder volksnah, schlagfertig und witzig, gegenüber politischen Gegnern war sie manchmal herrisch, ja arrogant und dann auch wieder gewinnend und jovial. Aber um Worte verlegen?

Dann, die Pause wurde langsam schmerzhaft, sprach die Senatorin. „Herr José, wie ist Ihr Nachname?“

„Einen richtigen Nachnamen habe ich nicht, seit dem Waisenhaus rufen mich die meisten ‚El Hombre Blanco‘ oder einfach ‚El Blanco‘.“

Maria nickte wortlos. Das passte, „der Weiße“. Der Name war sicher den auffälligen Haaren geschuldet.

„Señor Blanco, ich möchte mich aufrichtig dafür bedanken, dass Sie mein Leben gerettet haben und dabei Ihr eigenes riskierten.“ Die Senatorin schien zu merken, dass sie steif und distanziert hohle Sätze von sich gab. Sie schaute sich um und entdeckte eine Bank in der Nähe. „Schiebe mich bitte darüber“, bat sie Maria. „Señor Blanco, wollen wir uns nicht setzen?“

„Bitte sagen Sie José zu mir. Blanco ist nur mein Spitzname. Wie meine Eltern hießen, habe ich nie erfahren."
„Was ist mit Ihren Eltern passiert?" Jetzt schien die Senatorin ehrlich interessiert.
„Sie wurden ermordet, zusammen mit allen anderen aus unserem Dorf."
„Wie alt waren Sie zu der Zeit?"
„Etwa sechs Jahre." José war neben der Bank stehen geblieben.
Offenbar traute er der ganzen Situation nicht.
„Sechs Jahre etwa." Die Senatorin wiederholte Josés Satz nachdenklich. „Und wie ist es Ihnen dann weiter ergangen? Haben Sie Erinnerungen an die Zeit danach?"
José sah sie lange stumm an. Natürlich hatte er Erinnerungen, das sah Maria ihm an. José wurde von seinen Erinnerungen überwältigt. Er sank auf die Bank und fing an zu erzählen.
Während er erzählte, füllten sich die Augen der Senatorin mit Tränen. Mehr als einmal hob sie die Hand, um Maria zu beruhigen, denn die hielt es kaum aus. Als José erzählte, wie er zusehen musste, als der leblose Körper seiner Freundin wie ein Sack Abfall auf den Anhänger eines Tuk Tuk geworfen wurde, stöhnte sie laut auf und biss sich in die geballte Faust.
José erzählte fast eine Stunde. Am Ende waren alle drei emotional und körperlich erschöpft. Es war die Senatorin, die die anschließende Stille durchbrach. „Und was verschlägt Sie nach Lima?"
José schaute die beiden Frauen ernst an. „Dolores hat mir gesagt, dass Gott eine Aufgabe für mich hat. Und ich

glaube, jetzt weiß ich, welche: Ich muss den Tod meiner Eltern rächen!"

„Wie willst du das anstellen? Hast du denn irgendwelche Anhaltspunkte, um die Mörder aufzuspüren?" Maria war gespannt und innerlich längst bereit, José zu helfen.

„Die Witwe Martha, bei der ich einige Zeit gelebt habe, zeigte mir Unterlagen ihres verstorbenen Mannes. Da ging es um ein Massaker, das in meinem Land von ausländischen Soldaten verübt worden war. Anschließend wurde es vertuscht. Angeblich kamen die Soldaten aus Peru. Das Gesicht des Anführers werde ich nie vergessen und irgendwann werde ich ihn wiedersehen."

„Und was dann?", fragte Maria atemlos.

José wich aus. „Das ergibt sich dann schon."

Wieder herrschte Stille. Eine Krankenschwester kam und wollte die Senatorin zurückbringen, aber mit einer knappen Handbewegung scheuchte diese sie wieder weg.

Dann sprach die Senatorin erneut. „José, ich möchte Ihnen einen Vorschlag machen. Ich möchte Ihnen gern Arbeit bei mir anbieten."

José schüttelte den Kopf. „Ich möchte Ihnen nicht zu nahetreten, aber Sie sind mir zu nichts verpflichtet. Und ich brauche auch kein Mitleid. Meinen Platz habe ich gefunden. Und wir kommen zurecht."

„Ihr kommt zurecht?", platzte Maria heraus. „Indem ihr Leute überfallt und ausraubt? Immer auf der Flucht vor der Polizei?"

Wieder hob die Senatorin die Hand und Maria verstummte. „Sie täuschen sich, José. Ich möchte Sie nicht aus Mitleid beschäftigen. Ich sehe meine Aufgabe darin, das Verbrechen an Ihren Eltern aufzuklären. Wenn es peruanische Soldaten waren, dann ist es meine Pflicht, sie zu finden und vor Gericht zu stellen. Daran hat die ganze peruanische Nation ein Interesse – oder sollte es zumindest haben. Und dazu brauche ich Sie in meiner Nähe, denn Sie sind der Einzige, der die Mörder identifizieren kann."

José zögerte. „Aber ich kann nicht. Wir haben etliche kleine Kinder bei uns. Ich muss auf sie aufpassen, sie beschützen und für sie sorgen. Die kann ich nicht allein lassen."

Die Senatorin nickte. „Wir werden uns um alle kümmern. Ich werde mich um alle kümmern. Ich habe immer noch einigen Einfluss und viele Freunde. Es muss und es wird uns gelingen, allen Kindern eine Chance fürs Leben zu bieten."

José überlegte. „Geben Sie mir etwas Bedenkzeit", bat er dann.

Die Senatorin nickte. „Gern."

José ging. Drei Tage später stand er vor der Villa der Senatorin.

27
PERU 2012

Maria errötete.
David staunte: Maria wurde tatsächlich rot im Gesicht! Er fand, das machte sie nur noch hübscher.
Die Senatorin lächelte. „Nehmt doch Platz! Was war denn gestern los? Erzählt mal, natürlich bis auf …“ Sie beendete den Satz nicht. Jeder im Raum wusste schließlich, was sie meinte.
Maria fing an, zu erzählen, von La Victoria, der Schießerei, dem Hexenmarkt und von Manolo. Das Tanzen ließ sie aus.
Die Senatorin hörte aufmerksam zu. Ihr Blick wechselte immer wieder zwischen David und Maria hin und her.
Als Maria schloss, wurde die Senatorin etwas ungehalten. „Und du kommst auf die Idee, ihn ins Hotel zu bringen?“ Sie deutete mit dem Kopf leicht in Davids Richtung. „Sie hätten euch folgen und das Attentat noch mal versuchen können. Warum hast du euch so in Gefahr gebracht? Ihr hättet sofort hierherkommen sollen.“ Sie machte eine kurze Pause. „Na gut, ist ja glücklicherweise nichts passiert. Aber jetzt bleibst du hier, David. Maria, organisiere bitte, dass David eines der Gästezimmer bekommt, und lass von José seine Sachen aus dem Hotel holen.“
Maria nickte und verschwand.
David hatte sich die ganze Szenerie wortlos angesehen. Die Senatorin war es offensichtlich gewohnt, zu führen. Dabei blieb sie freundlich, ja gütig. Diese Frau wusste genau, was sie wollte. David vertraute ihr instinktiv. Das war seine Maxime: Bei ihm bekam jeder erst mal einen Vertrauens-

vorschuss. Manchmal beschlich ihn der Gedanke, dass das naiv sein könnte, aber meist war er damit ganz gut gefahren. Wer Vertrauen gibt, bekommt es auch zurück.
Die Senatorin hatte David einen Moment lang durchdringend angesehen. „Maria vertraut dir, David", sagte sie dann.
David erwiderte ihren Blick. Was würde jetzt kommen?
„Warum sollte ich dir vertrauen? Ich kenne dich nicht." Sie machte eine kurze Pause. „Wer bist du, David Thomsen?"
David überlegte. „Was wollen Sie wissen, Senatorin?"
„Alles, David, alles." Die Senatorin lächelte leicht und fuhr fort: „Nein, im Ernst! Du wurdest mir als international tätiger Sicherheitsspezialist angekündigt."
David nickte.
„Wie bist du dazu geworden? Oder ist das vielleicht nur eine nette Umschreibung für einen Spion?"
„Ich bin ganz sicher kein Spion", empörte sich David. Er musste an General Moro denken. „Warum wollen eigentlich immer alle, dass ich ein Spion bin?"
„Gut", sagte die Senatorin. „Dann erzähl mal, was du bist und wie es dazu gekommen ist."
David überlegte. Wie viel von seiner bisherigen Tätigkeit konnte er ihr erzählen? Manches wusste Maria bereits, das würde die Senatorin also sowieso erfahren. Ihm war auch nicht klar, inwiefern sein früheres Leben wichtig für den einfachen Job war, den ihm Moro übertragen hatte. Aber vielleicht war er nach diesem Gespräch etwas schlauer. Oder war das eine Art Verhör? Er kam sich vor wie in einem Bewerbungsgespräch.
Also fing er an zu erzählen: Wie und warum er Offizier geworden war, dass ihn seine Karriere nach Angola geführt

hatte und dass er dann mit General Moro zusammengearbeitet hatte. Zu seinen Einsätzen für die UNO machte er nur ein paar vage Andeutungen.
Die ganze Zeit hatte die Senatorin aufmerksam zugehört und ihn nicht unterbrochen.
„Und jetzt bin ich hier und werde Sie, wenn Sie so weit sind, nach Genf begleiten."
Bei seinem letzten Satz machte die Senatorin eine unwillkürliche Handbewegung, als wollte sie ihn vom Tisch wischen.
David registrierte die Bewegung, hatte aber keine Zeit, darüber nachzudenken. Denn nun fragte die Senatorin: „Kannst du mir mehr über die Schießerei in diesem Dorf in Angola erzählen? Damals hast du General Moro das erste Mal getroffen, richtig?"
Er war überrascht. Was wollte sie mit dieser alten Geschichte? Das war doch nun über zwanzig Jahre her. Na, egal. Er schilderte die ganze Aktion. Dabei unterbrach ihn die Senatorin immer wieder, wollte es scheinbar ganz genau wissen: Sie fragte nach der Vorgeschichte, nach seinen Aufgaben in der Botschaft, nach den Hintergründen des Gefechtes und seines Auftrages an dem Tag. Und dann kam die Frage, die David wirklich überraschte: „Was glaubst du, hat die ganze Aktion für euch erfolgreich gemacht?"
„Wir hatten Glück, dass die Blauhelme kamen", antwortete David, ohne groß nachzudenken.
Die Senatorin schien seiner Antwort hinterherzuhören. „Bist du sicher, dass es nur Glück war?", fragte sie dann. „Ich hoffe, ich habe dich richtig verstanden, dass die Angreifer ihr Vorhaben sowieso bereits abgebrochen hatten, weil sie im aufgehenden Mond ein zu leichtes Ziel gewesen

wären. Insofern war es kein Glück, sondern taktisches Geschick, solange für gute Beleuchtung durch brennende Holzstapel zu sorgen, bis der Mond aufging."

David wurde verlegen. Er hatte ja damals nicht gewusst, wann der Mond aufgeht. Aber er ließ den Satz so stehen, widersprach nicht. „Wollen Sie noch etwas wissen, Senatorin?"

„Ja, warum du in Angola zu General Moro gegangen bist? Du hättest doch sicher auch in deiner Heimat einen Job gefunden?"

„In meiner Heimat wollte man Offiziere wie mich unbedingt loswerden. Manche wurden degradiert, viele mussten Gehaltskürzungen hinnehmen und manchen wurde einfach gekündigt. In der Statistik sah das alles viel schöner aus, da wurden mehrere Tausend Plätze in Umschulungsmaßnahmen geschaffen. Da wurden aus intelligenten Hochschulabsolventen Versicherungskaufleute oder Ähnliches. Ein massenhafter sozialer Abstieg, für Tausende Familien. Da wollte ich nicht mitmachen, ich wollte mich nicht als Opfer der Einheit fühlen, wie viele meiner Landsleute."

„Und deshalb hast du für Geld die Seiten gewechselt?"

Jetzt wurde David sauer. „Was heißt denn hier, die Seiten gewechselt? Meine Seite, wenn man das so bezeichnen möchte, meine Seite gab's doch nicht mehr. Jeder sah zu, wie er einen Platz im neuen System ergattern konnte. Alte Gewissheiten zählten nichts mehr." Die Erinnerung an diese Zeit ließ ihn heftig werden.

Die Senatorin unterbrach ihn. „Und inwiefern warst du damals besser? Du hast dich für Geld verkauft und wurdest Söldner!"

Jetzt wurde es David zu viel. „Ich ein Söldner? Unsere Aufträge basierten letztendlich auf Beschlüssen der UNO, sie waren zwar oft am Rande der Legalität, aber immer ging es darum, den Frieden zu sichern und den Menschen zu helfen, Not und Krieg zu überwinden."

Die Senatorin nickte, als hätte ihr David mit seinem Ausbruch etwas bestätigt, das sie schon geahnt hatte. „David, ich denke, du weißt inzwischen etwas über die leidvolle Geschichte des peruanischen Volkes."

David nickte und dachte an Marias Erzählung in der vergangenen Nacht.

„Inzwischen sind wir hier damit beschäftigt, diese Geschichte aufzuarbeiten, nicht nur juristisch. Das ist ein schwieriger, ein zäher Prozess. Es gibt immerhin bereits eine Wahrheitskommission, deren Arbeit allerdings stark behindert wird. Mächtige Kräfte des alten Regimes, des Fujimorismus, behindern die Wahrheitsfindung, wo sie nur können. Wenn wir aber diese Zeit nicht schonungslos aufarbeiten, dann – so befürchte ich – kann sich dieses Geschehen jederzeit wiederholen."

David dachte an Deutschland und seine Geschichte. „Wie wollen Sie das verhindern?"

„Wir brauchen Informationen, unverfälschte Informationen, direkt aus dem Epizentrum der Verbrechen."

David hatte nicht mitbekommen, dass Maria den Raum wieder betreten hatte.

„Danke Maria", sagte die Senatorin. „Und genau darum geht es morgen. Erzähl, Maria!"

Maria schilderte den Plan. „Wir werden morgen dem Chef der Todesschwadronen aus der Zeit der Fujimori-Diktatur einen Besuch abstatten. Wir werden in seinen Computer einbrechen und Informationen zu dem Netzwerk besorgen,

das hinter den Aktionen der Todesschwadronen stand und immer noch steht. Alle Handlanger und Hintermänner in Polizei, Militär, Justiz, Verbindungen zum Geheimdienst, zu den Banken und internationalen Konzernen. Wir suchen nach Verbindungen zu ausländischen Geheimdiensten, zu fremden Regierungen, zur Kirche. Diese Informationen wollen wir dann veröffentlichen, damit der Prozess der Vergangenheitsbewältigung vorankommt." Maria schloss etwas atemlos: „Und dazu brauchen wir deine Hilfe!"
David bemerkte, dass sein Mund offenstand. „Bist du sicher, dass deine Aufzählung vollständig war?", spottete er. „Ihr wollt euch wirklich mit allen und jedem anlegen? Da dreht ihr das ganz große Rad. Bei so viel Chuzpe wird mir schwindlig." Die beiden Frauen tauschten einen Blick. David hatte das Gefühl, dass sie enttäuscht waren. „Gesetzt den Fall, ihr kommt da hinein und weiterhin angenommen, ihr findet die Informationen, ihr kommt doch nie lebend dort weg", erklärte er.
„Und deshalb brauchen wir dich. Du müsstest Riveras beschäftigen, damit wir ungestört agieren können. Und wenn es eng wird, vertrauen wir auf deine militärische Erfahrung." Maria schaute ihn vertrauensvoll an.
Die Senatorin räusperte sich. „Wir können es dir nicht verübeln, wenn du ablehnst, uns zu helfen. Die Aktion ist lebensgefährlich, da gebe ich dir recht. Und was geht es dich schließlich auch an: Du bist fremd in diesem Land, kennst die Menschen und ihre Sorgen nicht. Und selbst die Wahrheit über die Todesschwadronen interessiert niemanden in deiner fernen Heimat. Solltest du hier sterben, wird es bei dir zu Hause auch niemanden interessieren."

David war jetzt nicht mehr spöttisch. Gerade noch hatten sie über gesellschaftliche Veränderungen gesprochen und jetzt sollte er Teil dieser Veränderungen werden. Zu Hause hatte er sich so schön eingerichtet: Er hatte bis zur Wende seinen Teil getan, um die Welt zu einem besseren Ort zu machen. Für die Wende konnte er nichts und dann war sein Engagement nicht mehr gewollt gewesen. Für sein Gewissen waren die Einsätze für General Moro gerade recht und mehr wollte er nicht.

Und jetzt das hier.

„Gebt mir ein paar Minuten", sagte er zu den beiden Frauen.

„Gern", antwortete die Senatorin. „Ich lasse uns etwas Limonade kommen."

Eine Angestellte brachte Chicha morada. Währenddessen hatte David nachgedacht. Er nahm einen Schluck von dem erfrischenden Getränk und dann fiel es ihm wieder ein. Er hatte irgendwann mal jemanden sagen gehört: Der Mensch weiß im Innersten genau, was zu tun ist, er ist oft nur zu feige, es auch zu machen.

Er war nicht feige und er wusste, was zu tun war.

„Ich bin dabei", sagte er. „Wird Zeit, dass sich David mit Goliath anlegt."

Maria kam zu ihm und küsste ihn ungeachtet der Anwesenheit der Senatorin. „Ich wusste es", flüsterte sie mit feuchten Augen.

Die Senatorin nickte mehrfach, als hätte sie Bestätigung für etwas erhalten. „Na dann, Maria. Du gehst nachher mit David einkaufen. Er braucht was Vernünftiges zum Anziehen. Wir gehen morgen schließlich auf ein Fest."

28
PERU 2008

Der Anruf erreichte Riveras in seinem Arbeitszimmer. Er schloss die Terrassentür, ehe er antwortete. „Ich höre."
Eine Weile lauschte er regungslos, nur seine Kaumuskeln wurden immer angespannter. Dann legte er wortlos auf. Er verließ das Arbeitszimmer und ging zur Treppe, die zu den Schlafzimmern im zweiten Stock führte. Während er die Treppe hinaufstieg, schien ihr schweres, vertrautes Parfüm vor ihm herzuschweben und ihm den Weg zu weisen. Er mochte dieses Parfüm, er hatte es ihr selbst geschenkt. Auf ihrer Haut veränderte es sich und weckte seine Erregung.
Er betrat das gemeinsame Schlafzimmer und schaltete das Licht an. Sie hatte schon geschlafen und schaute schlaftrunken zu ihm auf, während er sich zu ihr auf die Bettkante setzte. Ihre Augen weiteten sich, als ahnte sie, was gleich passieren würde. Eine Weile schaute Riveras seine Frau nur an. Dann sprach er langsam und ohne die Stimme zu heben. Seine Worte tropften in die angespannte Stille. „Du hast mit dem Staatsanwalt geredet?" Seine Frau rührte sich nicht, nur ihr Gesicht verlor alle Farbe. Riveras nahm ihre Hand und streichelte sie. Dann wiederholte er: „Du hast mit dem Staatsanwalt geredet?"
Jetzt nickte sie vorsichtig. Seine Hände glitten ihre Arme nach oben und umfassten ihr schönes Gesicht. Ihr Atem ging immer schneller. Riveras sagte, als würde er ein kleines Kind tadeln: „Aber so was tut man doch nicht." Dann nahm er ihren Hals in seine Hände, legte beide Daumen auf ihren Kehlkopf und drückte zu. Es knackte, als der Kehlkopf brach, aber er ließ erst los, als er sicher wusste, dass sie tot war.

29
PERU 2012

David ging ins Gästezimmer, um sich vor der Einkaufstour noch etwas frisch zu machen. José war noch mit seinen Sachen aus dem Hotel unterwegs, dadurch hatte David Zeit, die Informationen, die er von Maria und der Senatorin erhalten hatte, noch einmal Revue passieren zu lassen.

Riveras war ein Emporkömmling aus einfachen Verhältnissen, aber offensichtlich äußerst ehrgeizig. Er hatte im peruanischen Militär rasch Karriere gemacht und war jung Offizier geworden. Dann wurde er mehrere Monate in den USA ausgebildet, an der berühmt-berüchtigten „School of the Americas". Dort standen unter anderem Verhörmethoden auf dem Lehrplan, wie sie die Amerikaner im Irak angewandt hatten, sowie das Führen von Kriegen niederer Intensität. In einem solchen Krieg wurden Terrorkommandos gebildet und eingesetzt, die dann mittels Mord, Entführung und Folter beispielsweise Guerillabewegungen bekämpften.

Riveras heiratete ein Mädchen aus der Oberschicht, was ihm Zugang zu den höchsten Kreisen der peruanischen Gesellschaft verschaffte. Er wurde Taufpate der Tochter des Präsidenten Fujimori und zum Major befördert. 1991 bekam er den Auftrag, die Todesschwadron „Colina" zu bilden und zu leiten.

Viele der Gräueltaten der Todesschwadron hatte er vor der Videokamera eines Journalisten erzählt, dann allerdings vor Gericht alles widerrufen. Zurzeit war er auf freiem Fuß und wartete auf seinen Prozess. Das allerdings konnte dauern, weil viele ehemalige Gefolgsleute Fujimoris immer noch hohe Ämter bekleideten und die Hand über ihn hielten.

Es war das, was man in Peru „Fujimorismus“ nannte: Abgeordnete, Staatsanwälte, Richter, aber vor allem auch die Kinder Fujimoris - Keiko und Kenji - arbeiteten daran, die Deutung der Geschichte Perus unter der Präsidialdiktatur ihres Vaters in seinem Sinne zu beeinflussen. Dabei konnten sie sich auf die mehr oder weniger offene Unterstützung des peruanischen Militärs verlassen.

Selbst gewählte Präsidenten spielten in dem Konzert der Anhänger der blutigen Vergangenheit mit und begnadigten Fujimori. Erst internationale Intervention ließ ihn wieder im Gefängnis verschwinden. Die Korruption reichte bis zu den Präsidenten des Landes, von denen einige deswegen hatten zurücktreten müssen und jetzt ebenfalls im Gefängnis saßen. Dennoch blieben viele Verbrechen Fujimoris und seiner Gefolgsleute ungesühnt.

Die Tür ging auf und José kam mit Davids Reisetasche herein. „Oh, Entschuldigung, ich wusste nicht, dass jemand hier ist.“

„Das macht nichts.“ David fielen erneut Josés weiße Haare auf. „Darf ich Ihnen eine Frage stellen?“, fragte er.

„Sagen wir doch du zueinander“, sagte José, schaute David offen an und hielt ihm die Hand hin. „Ich bin José.“

„Und ich bin David.“ Die beiden Männer lächelten sich an. Da war sofort eine Art Urvertrauen zwischen ihnen.

„Was willst du wissen, David?“

„Ich wundere mich über deine weißen Haare. Peruaner bekommen doch nicht in so jungen Jahren schon weiße Haare.“

José lächelte, ein wenig traurig, wie es David schien. „Also, erst einmal bin ich kein Peruaner. Auch wenn ich hier schon einige Zeit lebe, so bleibt meine Heimat doch Guatemala. Ich stamme aus dem Hochland, meine Familie hat Kaffee angebaut. Allerdings wusste ich das damals noch nicht und richtigen Kaffee habe ich das erste Mal hier im Haus der Senatorin kennengelernt und getrunken."
„Was ist passiert, warum bist du dort weg?"
„Ich war etwa sechs Jahre alt, als fremde Soldaten in unseren Ort kamen. Erst kam ein Flugzeug, das das Dorf bombardiert hat, dann kamen Fahrzeuge mit Soldaten darauf, die alle Dorfbewohner zusammengetrieben und dann erschossen haben. Meine Mutter hat noch im Tod meine Hand ganz festgehalten. Ich wurde in den Bauch getroffen und erwachte erst wieder im Krankenhaus."
David war entsetzt. Von solchen Massakern hatte er gehört, nicht zuletzt auch durch Marias Erzählungen, aber dass sie auch in Guatemala stattgefunden hatten, war ihm neu. „Und wie hat es dich dann nach Peru verschlagen?"
„Das ist eine lange Geschichte. Ich war in verschiedenen Waisenhäusern, habe auf der Straße gelebt, gebettelt und gestohlen. Die Senatorin hat mich irgendwann aufgenommen, für Schulunterricht gesorgt und mir eine Chance auf ein menschenwürdiges Leben gegeben. Ich würde für sie mein Leben geben." José schaute auf die Uhr. „Ich glaube, du musst jetzt langsam los. Du willst mit Maria einkaufen gehen, richtig?"
„Stimmt", sagte David. „Aber du musst mir dein Leben unbedingt einmal ausführlich erzählen."

30
PERU 2012

Maria hatte ein Taxi gerufen, das sie beide zum Park der Liebenden brachte. Etliche Skulpturen waren auf einer kleinen grünen Oase inmitten des tosenden Verkehrs unter dem diesigen Himmel gruppiert. David fand ein Paar aus Stein besonders eindrucksvoll. Ihre Körper, ineinander verschlungen, waren von großer Symbolkraft.
Maria zog ihn allerdings zu einer grellroten Skulptur, die einen Mund mit Amors Pfeil darstellte. Sie hieß „Der Kuss“ und sie beide küssten sich leidenschaftlich und lange, ohne auf die vorübergehenden Leute zu achten.
Weiter ging es zur Plaza San Miguel. Im Kaufhaus „Ripley“ musste David mehrere Anzüge anprobieren. Er hasste einkaufen und anprobieren, aber Maria schaffte es mit ihren Küssen immer wieder, ihn zu motivieren. Und dann passierte es: Maria kaufte für ihn einen weißen Anzug! David fand, er sähe aus wie ein amerikanischer Baumwollpflanzer, der seine Sklaven auf dem Feld inspiziert. Fehlte nur noch der entsprechende Hut.
„Hör auf zu maulen“, sagte Maria und legte ihm einen Finger auf die Lippen. „Sonst bekommst du wirklich noch einen Hut!“
Das empfand David als Drohung und so sagte er sicherheitshalber nichts mehr. Maria ließ die Einkäufe vom Geschäft zur Senatorinnen-Villa liefern, dann bummelten sie noch etwas die Einkaufsstraße entlang. Vor einer üppig ausgestatteten Kirchenfassade blieben sie stehen.

„David“, sagte Maria ernst, „ich möchte gern hier hinein gehen. Du kannst hier warten oder Judas Thaddäus einen Besuch abstatten.“
„Judas Thaddäus?“
„Das ist der gute Judas. Wenn du seine Skulptur berührst, erfüllt er dir Wünsche.“
„Na dann“ sagte David. „Lass uns das machen.“
Maria ging voran, bekreuzigte sich, beugte das Knie und verschwand in Richtung Altar. David bekreuzigte sich nicht. Ihm waren die ganzen Rituale der Kirche fremd. Er achtete den Glauben anderer, hatte selbst aber nichts dafür übrig. Das war in seiner Familie Tradition. Bereits sein Großvater war vor fast hundert Jahren aus der Kirche ausgetreten. Trotzdem ging David immer wieder gern in Kirchen. Für ihn waren sie Zeugnisse der Geschichte und er bewunderte die oft reiche Ausstattung dieser Bauten.
Nun schaute er sich um. Die Skulptur des Judas, des guten Judas, wie Maria gesagt hatte, hing an der Stirnseite. Bevor er sie berührte, sollte er sich überlegen, was er sich wünschte. Vielleicht drei Wünsche? Maria hatte nichts über die Anzahl gesagt, aber im Märchen waren es auch immer drei Wünsche. Also was? Vielleicht, dass die Liebe zwischen ihm und Maria ewig hielt? Und dann natürlich, dass der morgige Tag erfolgreich würde, dass alle lebend aus der Villa von Riveras rauskommen und sie die gesuchten Daten erbeuten konnten. Waren das jetzt zwei Wünsche oder nur einer?
Egal, das musste reichen. Man sollte die wundertätigen Heiligen auch nicht überfordern. David drängte sich durch die Menschenmenge und fasste an den Fuß der Skulptur.

Dann kniff er die Augen zu und dachte ganz fest an seine Wünsche. Als er die Augen wieder aufmachte, musste er lachen. Was für ein abergläubischer Depp er doch war. Andererseits: Schaden würde es sicher auch nicht. Sie konnten morgen jede Hilfe brauchen, von wem auch immer.
Als Maria zurückkam, fragte sie: „Und, hast du dir was gewünscht?"
„Na klar, aber ich verrate es nicht, sonst funktioniert Wünschen nicht."

Am Abend saß David bereits auf der Gartenterrasse, trank Chicha Morada und wartete auf José. Maria war noch dabei, etwas mit der Senatorin zu besprechen.
Als José kam, fielen David erneut seine schlohweißen Haare auf. „Ich war immer der Meinung, dass die Leute aus den Bergen keine weißen Haare bekommen", sagte er.
José antwortete nicht, sondern fragte David: „Ich hole mir eine Cola. Soll ich dir eine mitbringen, oder bleibst du bei der Chicha Morada?"
„Bring mir gerne eine mit."
José verschwand, um kurz darauf mit zwei Flaschen und zwei Gläsern zurückzukehren. Nachdem sich die Männer eingegossen hatten, fing José an zu erzählen.
David hörte fasziniert zu und so langsam wurde ihm klar, warum der junge Mann weiße Haare hatte. Was er erzählte, war unfassbar in seiner Grausamkeit und Menschenverachtung. Er hatte davon gehört, dass es den Indigenen in vielen Ländern sehr schlecht ging. Aber hier erfuhr er Erlebnisse aus erster Hand.

Unter der Schutzschicht von Gleichgültigkeit und Verleugnung regte sich etwas in ihm. War er nicht als junger Mann auch deshalb Offizier geworden, weil er solche Ungerechtigkeiten beseitigen wollte? Was war nur aus ihm geworden?

José hatte das alles sehr ruhig erzählt, fast emotionslos. Nur bei der Beschreibung von Dolores' Tod zitterte seine Stimme ein wenig.

David war erschüttert. Aber eines war ihm in der Erzählung von José unklar geblieben. „Warum haben die Polizisten damals auf deine Freundin geschossen? Sie wollte sich doch stellen?"

José zuckte mit den Schultern. „Ich kann es nur vermuten. In der Polizei gibt es bis heute Todesschwadronen, die Jagd auf Straftäter machen und diese ohne Gerichtsurteil kurzerhand erschießen. Diese Praxis wird von hohen Beamten in der Polizei befürwortet und gedeckt. Erst kürzlich ist ein ehemaliger Polizeichef von Lima deswegen verhaftet worden."

Fast unbemerkt von den beiden Männern waren Maria und die Senatorin dazugekommen. Darum waren sie jetzt etwas überrascht, als Maria aufstand, zu José ging und ihm ein Bild auf ihrem Handy zeigte. „Ist das der Mörder von Dolores?", fragte sie.

José schaute aufmerksam auf das Bild. Dann fragte er leise: „Woher hast du das?"

„Ich habe ihn fotografiert, als er Davids Hotel beobachtete."

David schaute hoch und ließ sich das Foto zeigen. Es zeigte einen Mann etwa in seinem Alter, der rauchend vor dem Hotel stand. Das Licht einer Laterne beleuchtete

sein Gesicht und zeigte eine Narbe auf seiner linken Gesichtshälfte, die durchaus von einer Verbrennung herrühren konnte.
„Wer ist das?“ Jetzt merkte man José die Erregung an.
„Sein Spitzname ist Kerosene, er ist der Stellvertreter von Riveras bei den Todesschwadronen gewesen. Im Moment steht er, genauso wie Riveras, vor Gericht, leugnet aber alles, was man ihm vorwirft.“ Maria steckte ihr Handy wieder ein.
José schaute ihr dabei zu und sagte: „Ich werde dieses Gesicht nie vergessen. Und wenn ich ihn in die Finger kriege, mache ich das gleiche mit ihm, was er mit Dolores gemacht hat.“
In Davids Kopf ging es drunter und drüber. Die Gedanken schlugen Purzelbäume. Maria war vor seinem Hotel gewesen und hatte Kerosene beobachtet? Was hatte sie noch gesehen? Etwa sein Gespräch mit Greene an der Bar? Er musste mit ihr sprechen, aber nicht jetzt und nicht hier. Das konnte er morgen machen, wenn sie wieder zurück in der Villa waren. Aber erst mal musste er aufpassen, dass ihm niemand seine Nervosität anmerkte.
Betont beiläufig sagte David: „Zeig mir bitte noch mal das Foto.“ Man sah nur den Mann mit der Narbe, vom Hotel im Hintergrund war nicht viel zu erkennen. „Und der heißt Kerosene?“
„Nein“, sagte Maria. „Kerosene ist nur sein Spitzname, weil er angeblich alle seine Opfer mit Benzin übergießt und anzündet, um Spuren zu verwischen. Er heißt eigentlich Jesús Sosa. Und soviel ich weiß, begleitet er Riveras schon seit vielen Jahren bei all seinen Aktionen. Außerdem hat er

Beziehungen zur organisierten Kriminalität. Man wirft ihm Drogen-, Menschen- und illegalen Organhandel vor."
Die Idee, die David plötzlich kam, war verrückt. Das konnte nicht sein. Und wenn doch? Wieso waren die anderen nicht schon längst darauf gekommen? „Kann es vielleicht sein, dass zu der Zeit, als Kerosene Dolores ermordete, Riveras auch in Guatemala war? Wenn die beiden doch fast immer zusammen waren?", platzte es aus ihm heraus.
Maria bekam große Augen. Sie hatte wahrscheinlich sofort verstanden, was die Schlussfolgerung war. José schaute zu David und schien zu warten, dass der weitersprach. Die Senatorin setzte ihr Glas ab und war plötzlich voll konzentriert.
David machte eine kurze Pause, die Erregung hatte ihm den Atem verschlagen. Er spürte, wie ihm der Mund trocken wurde. „Wenn das so ist, dann war möglicherweise Riveras der Anführer der Soldaten, die deine Eltern ermordet haben, José."

31
PERU 2012

David hatte seinen weißen Leinenanzug an und wartete auf Maria und die Senatorin. Als sie endlich kamen, konnte er seine lang gehegte Frage stellen. „Welche Rolle spiele ich eigentlich heute?"

„Du, David, wirst offiziell als mein Sicherheitsberater vorgestellt. Alle werden denken, dass du mein Bodyguard bist. Du musst unbedingt die Aufmerksamkeit von Riveras auf dich ziehen und ihn eine Weile davon abhalten, das Fest zu verlassen oder gar in sein Arbeitszimmer zu gehen. Das Arbeitszimmer befindet sich im Erdgeschoß und dort steht auch der Computer mit den Daten."

„Und wie kommt ihr in den Computer rein?"

„Ein Freund und Landsmann von José ist Angestellter in der Villa von Riveras. Er hat uns den Zugang zum Computer besorgt", erklärte Maria.

Jetzt erst kam David dazu, die beiden Frauen zu betrachten: Die Senatorin trug ein langes, dunkelblau geblümtes Kleid und eine Perlenkette um den Hals. Maria hatte ihre Jeans und Bluse gegen einen hellen Hosenanzug getauscht, der ihre wunderschöne Figur zur Geltung brachte. Um den Hals trug sie ein goldenes, fein gearbeitetes Kreuz. Es passte von der Farbe vielleicht nicht perfekt zum Hosenanzug, aber es passte zu Maria, fand David. Er fand außerdem, dass Maria hinreißend aussah. Er suchte noch nach entsprechenden Worten, um die Komplimente der Frauen zu erwidern, da kam José und verkündete, dass sie abfahren konnten.

Sie fuhren mit zwei gepanzerten SUV, weißen Toyota Land Cruiser. Im ersten saßen zwei Bodyguards, die für diesen Tag von einer Firma angemietet worden waren. Den zweiten fuhr José, David saß auf dem Beifahrersitz, die beiden Frauen im Fond.

David drehte sich zu Maria um. „Hattet ihr eigentlich jemals vor, mit nach Genf zu kommen?" Maria schaute die Senatorin an und beide Frauen lächelten, antworteten aber nicht. Das Lächeln war David Antwort genug. Er schaute wieder in Fahrtrichtung und sagte leise zu sich selbst: „Also nicht. War ja klar."

In rascher Fahrt ging es durch die Stadt. Die Fahrzeuge hielten sehr kurzen Abstand, was David an Urlaubsfahrten in Italien erinnerte. Irgendein Drängler hing ihm da immer im Kofferraum. Die Fahrer drängelten aber nicht, sondern wollten so verhindern, dass sich andere Fahrzeuge zwischen sie drängten. Das erforderte höchste Konzentration.

Da es Sonntag war, machten sie einen weiten Bogen um das Zentrum Limas, wo sich sonntagvormittags immer Tausende Menschen trafen, um gemeinsam auf öffentlichen Straßen und Plätzen Sport zu treiben. Dafür wurden große Straßen für den Autoverkehr gesperrt und für die sportbegeisterte Bevölkerung freigehalten.

Nach etwa vierzig Minuten erreichten sie das Grundstück des Majors: Hohe Mauern, ein großes Tor und jede Menge Sicherheitspersonal. Über einen leicht geschwungenen Weg ging es auf die Villa zu. Säulen, Türmchen, große Sprossenfenster – es war eine Beton gewordene Scheußlichkeit.

Der Empfang fand im Park statt. Da es mal wieder bewölkt war, brannte die Sonne nicht auf die Gäste, die schon zahl-

reich angekommen waren. Die Senatorin wurde sofort begrüßt und in Gespräche verwickelt, Maria wich nicht von ihrer Seite. So stand David schnell allein und etwas verloren da und betrachtete die Szenerie. Unter den Gästen waren viele Uniformträger, davon auch einige höhere Ränge. Das sah er an dem vielen Rot und Gold auf den Uniformjacken. Nach dem, was David mittlerweile wusste, war die ganze Veranstaltung ziemlich heuchlerisch und verlogen. Dieses Umarmen, Küsschen hier, Küsschen da, er hasste solche Feierlichkeiten. Die Dimension entsprach einem mittleren Staatsbankett, sodass man fast vergessen konnte, dass es der fünfzehnte Geburtstag von Riveras' Tochter Rosalia war.
Von seinen beiden Begleiterinnen wusste David, dass der fünfzehnte Geburtstag der Töchter in Peru traditionell groß gefeiert wurde. Die Dekoration, die Torte, das Kleid des Geburtstagskindes, alles pompös. Viele Gäste, die Geschenke brachten. Es gab Familien, die sich für solch einen Anlass sogar hoch verschuldeten. Die Gefahr bestand bei Riveras nicht. Nach ihrem plötzlichen frühen Tod hatte er das Vermögen seiner Frau geerbt.
Wieder einmal fiel David auf, dass viele Gäste auf so einem Stehempfang nicht wussten, wohin mit ihren Händen. Einfach runter hängen lassen oder vor dem Körper verschränken? Hände hinter dem Rücken hätte was von Oberlehrer! Hände in die Hosentaschen stecken ziemte sich nicht. Und so wurde immer dankbar nach dem Glas Champagner gegriffen, das der aufmerksame Gastgeber durch dienstbare Geister auf großen Tabletts an den Gästen vorbeitragen ließ. David lehnte den Champagner ab, er wollte einen klaren Kopf behalten. Er steckte die Hände in die Hosentaschen.

Dann trat ihr Gastgeber auf. Ein kleiner Mann mit stechendem Blick, die schwarzen Haare über die hohe Stirn gekämmt und mit Gel fixiert. Er begrüßte nacheinander die Gäste, auch die Senatorin und Maria. Da David abseits stand, hörte er nicht, was dabei gesagt wurde. Zum Schluss kam Riveras auch auf David zu.

„Sie müssen David Thomsen sein, der Wachmann aus Deutschland“, sagte er.

Da David mit so einer Frechheit bereits gerechnet hatte, blieb er ruhig. „Ich bevorzuge die Berufsbezeichnung ‚Sicherheitsspezialist‘. Als international tätiger Berater stehe ich nicht selbst Wache, ich lasse stehen.“

Riveras grinste. „So“, sagte er, „Berater. Dann können Sie sicher auch mich beraten. Ich bin dabei, mein Sicherheitskonzept zu überarbeiten.“ Das war eine glatte Lüge, wie David spürte. Aber er konnte ja zum Schein darauf eingehen.

„Señor Riveras, es wird mir eine Ehre sein. Ich rufe Sie gern morgen an und dann vereinbaren wir einen Termin.“

Morgen war David wahrscheinlich schon auf dem Rückflug nach Europa, da konnte ihm dieses Scheusal gestohlen bleiben.

Aber Riveras ließ nicht locker. „Señor Thomsen, wir können uns gern morgen ausführlich unterhalten, aber ich möchte Ihnen dennoch noch heute meine Anlagen zeigen, Sie haben da sicher schon jetzt den einen oder anderen Tipp für mich.“

Jetzt war es klar: Riveras wollte David testen. Aber was blieb ihm übrig? So konnte er Maria und der Senatorin immerhin die benötigte Zeit verschaffen. Wenn er sich blamierte, was machte es? Morgen war er verschwunden.

Riveras wollte noch schnell ein paar Gäste begrüßen und bat David, nicht wegzugehen.
Der suchte Maria und teilte ihr laut mit, sodass auch Umstehende es hören konnten: „Ich bin dann mal mit Señor Riveras verschwunden. Wir inspizieren die Sicherheitsanlagen. Nur dass du Bescheid weißt und mich nicht suchst."
„Danke David!" Maria war neutral bis gleichgültig. Aber sie wusste jetzt, dass Riveras ihre Aktion die nächsten Minuten nicht stören würde.
Riveras kam wieder auf David zu. „Dann lassen Sie uns doch mal beginnen." Er führte David in die Überwachungszentrale mit vielen Bildschirmen. „Das ist neueste Technologie. Damit überwachen wir das gesamte Grundstück."
„Gibt es zusätzlich noch Laufwachen?"
„Das ist nicht nötig, von hier haben wir alles im Blick."
„Hunde?"
„Nein, wegen der Kinder dulde ich keine Hunde auf dem Grundstück."
„Wie lange sind die Torwachen aktiv?"
„Rund um die Uhr."
Mein Gott, dachte David, er erzählt mir wirklich alles. Ist er so dumm oder einfach nur überheblich? Dann werde ich mal deine Arroganz ein wenig ankratzen. „Wie sind Sie denn gegen einen EMP-Angriff gerüstet?"
„EMP?" Riveras schien verwirrt.
„EMP ist ein Elektromagnetischer Impuls, der alle Ihre schönen elektronischen Spielsachen hier erblinden lässt, sie regelrecht killt", erläuterte David. „Sie können sich dagegen schützen, indem Sie Ihr System härten."

„Härten?“ Riveras war ratlos und David frohlockte innerlich. Aber er versuchte, sich nichts anmerken zu lassen.
„Ja, härten. Glasfaserkabel statt Kupferkabel, Faraday’sche Käfige, Überspannungsableitungen, Galvanische Trennungen und so weiter. Ich kann Ihnen morgen gern einen Kostenvoranschlag zukommen lassen. Aber ich sage Ihnen gleich, billig wird das alles nicht.“
Riveras versuchte noch ein Rückzugsmanöver. „Aber wer besitzt denn schon so einen EMP?“
„EMP kann bei Blitzen entstehen. Er entsteht auf jeden Fall bei der Detonation einer Atombombe. Aber es gibt inzwischen tragbare Systeme, die so einen Impuls erzeugen können, und ich glaube gelesen zu haben, dass erste Drogenbanden über solche Waffen verfügen.“ So, das hatte gesessen. Der „Wachmann“ hatte es ihm gezeigt.
Einen Moment stand Riveras still da. „David, ich darf Sie doch David nennen? Sie schickt der Himmel. Ich freue mich auf Ihren Kostenvoranschlag. Dies kann der Beginn einer wunderbaren Freundschaft sein.“
Jetzt war David verwirrt. Freundschaft? Mit diesem Killer? Aber wieder ließ er sich nichts anmerken. Innerlich war er erleichtert. Er hatte diese Prüfung bestanden. Hoffentlich waren seine beiden Begleiterinnen fertig.
Als Riveras und David zur Festgesellschaft zurückkehrten, sah David weder die Senatorin noch Maria. Jetzt ergriff eine leichte Panik Besitz von ihm. Was nun? Er konnte nichts tun, dafür tat Riveras etwas.
Der Gastgeber klopfte an sein Glas. „Liebe Gäste, zu Ehren meines neuen Freundes aus Deutschland, Señor Thomsen, möchte ich Ihnen etwas vorspielen.“ Damit setzte sich

Riveras an ein Klavier und fing an zu spielen. Schon bei den ersten Takten wusste David Bescheid. Riveras spielte die „kleine Nachtmusik" von Mozart. Nur dass Mozart aus Salzburg stammte und das nun mal nicht in Deutschland liegt, sondern in Österreich, dachte David.
Riveras spielte gut Klavier, das musste David anerkennen. Allerdings liebte er das Stück mit Violinen. Er fand es als Klavierstück schon immer zu hart und bei Riveras klang es sogar geradezu herrisch. Der Mann vermied es eindeutig, das Piano-Pedal, das linke Pedal zu benutzen. Abschließend genoss er den artigen Applaus seiner Gäste.
Als die beiden Damen wieder auftauchten, war Maria sichtlich nervös. „Komm, lass uns schnell hier verschwinden. Aber möglichst unauffällig." Rasch, aber nicht zu rasch, strebten sie dem Ausgang zu, wobei die Senatorin noch ein paar Bekannte begrüßte.
David und Maria traten vor die Villa, die Senatorin war ein kleines Stück hinter Ihnen. Mittlerweile war es dunkel geworden. Maria rief über Funk José, damit er mit dem Wagen vorfuhr.
Sie drehte sich zu David um. „Er antwortet nicht."
„Versuch es weiter, ich werde ihn suchen gehen." David lief schnellen Schrittes zu dem Parkplatz mit den Gästeautos. Der SUV mit den Bodyguards war weg, auch von den Fahrern der anderen Wagen war niemand zu sehen. José saß im Auto hinter dem Lenkrad.
David zog seine Waffe und öffnete die Tür. Der Geruch des Blutes war das Erste, was er wahrnahm. Man hatte José die Kehle durchgeschnitten.
Jetzt musste alles sehr schnell gehen. Er wusste zwar nicht,

warum sie aufgeflogen waren, aber darüber konnten sie sich später Gedanken machen. Er zog den Leichnam aus dem Auto und stieg auf den blutverschmierten Fahrersitz. Hoffentlich hatten Josés Mörder nicht noch eine Bombe am Auto angebracht.
Mit durchdrehenden Reifen startete er das Fahrzeug und fuhr mit höchster Geschwindigkeit zum Eingang der Villa. Mehrere Männer liefen ebenfalls dorthin und begannen aus schallgedämpften Waffen zu schießen. David bremste direkt vor der Senatorin, Maria riss die Tür auf und stieß mehr, als dass sie ihr half, die Senatorin in das Auto. Dann sprang sie hinterher und knallte die Tür zu, während David mit Vollgas zum Ausgang des Grundstücks fuhr. Die gesamte Zeit wurden sie beschossen.
„Sie schießen auf uns!“, rief Maria.
„Ja, keine Sorge“, rief David. „Der Wagen ist gepanzert. Der sollte das abkönnen. Wenn keiner mit einer Panzerfaust kommt.“ Er hatte es gerade ausgesprochen, da sah er ihn: Ein Mann mit einer Panzerfaust baute sich direkt an der Ausfahrt vor ihnen auf.
David fuhr auf ihn zu und hoffte, es wäre eine AT4, eine ungelenkte Waffe. Er begann, in Schlangenlinie zu fahren, ohne die Geschwindigkeit zu verringern. Die Granate verfehlte sie nur knapp und schlug hinter ihnen auf dem Grundstück ein. David hatte Mühe, den Wagen am Ausbrechen zu hindern. Dabei hielt er weiter auf die Ausfahrt zu und hätte fast noch den Typen mit der Panzerfaust erwischt. Doch der sprang im letzten Moment beiseite.
Geschafft! Der SUV schoss aus der Ausfahrt und David fuhr in Richtung der Villa der Senatorin. Dort würden sie

fürs Erste in Sicherheit sein. David fuhr wie im Tunnel, das Adrenalin peitschte durch seine Adern.
Sie waren etwa einen Kilometer weit gekommen, als Maria rief: „Halt an, David, halt an!"
Etwas in ihrer Stimme sagte ihm, dass er wirklich anhalten sollte. Aber sie mussten erst mal von der Hauptstraße runter. In einer schummrigen Nebenstraße brachte er den Wagen zum Stehen und drehte sich um. Die Senatorin saß zusammengesunken auf dem Rücksitz, das Kleid über ihrem rechten Bein war hochgeschoben und Maria drückte einen blutigen Lumpen auf eine stark blutende Wunde am Oberschenkel ihrer Chefin. Mit einem Blick hatte David die Situation erfasst. Er sprang aus dem Auto und griff den Verbandskasten. Zu zweit versuchten sie, die Ader abzudrücken und die Blutung zu stoppen. Inzwischen hatte die Senatorin das Bewusstsein verloren.
„Wir brauchen einen Arzt. Ich rufe Dr. Menendez an, damit er uns in der Villa treffen kann."
„Sollten wir sie nicht gleich ins Krankenhaus schaffen?", protestierte David.
„Ich glaube nicht, dass sie im Krankenhaus sicher ist. Riveras hat offensichtlich die Jagd auf uns eröffnet. In der Villa können wir uns verbarrikadieren und ein paar wichtige Leute anrufen, die der Senatorin noch verpflichtet sind und Riveras bremsen könnten. Und außerdem hat die Senatorin für den Fall einer Verletzung vorgesorgt, Equipment und Vorräte angeschafft. Dr. Menendez wird ihr helfen können!"
Das überzeugte David und so fuhren sie weiter Richtung Villa. Maria rief inzwischen den Arzt an. Nach ein paar Sätzen legte sie auf. „David!"

„Ja."
„Wir können nicht zur Villa. Menendez sagte, dass die Villa angegriffen wurde und in Flammen steht. Außerdem werden wir von der Polizei gesucht, wegen des Mordes an José. Die haben es anscheinend so gedreht, dass einer von uns es war. Überall sind Straßensperren, es finden Razzien statt, bei allen, die uns kennen. Deswegen kann uns Menendez keinesfalls helfen."
Einen Moment ergriff Panik Besitz von David. In was für einen Mist war er hier nur reingeraten? Welche Kräfte waren hier am Werk? „Ist dieser Riveras wirklich so mächtig?"
Maria kontrollierte gerade erneut den Verband der Senatorin. „Er allein nicht, aber die Leute, die hinter ihm stehen. David, wir brauchen dringend einen Arzt, ihr Puls wird immer schwächer."
Jetzt hatte David die Panik wieder im Griff. Es war nicht die erste ausweglose Situation, die er erlebte, und er hatte sie bisher alle gemeistert. Schade nur, dass sein Team nicht hier war. Im Team hatten sie einen Spruch, der sie immer aufbaute: „Was der eine an Dummheiten nicht weiß, fällt dem anderen ein."
„Wen kennst du, von dem die Polizei nicht wissen kann?"
Er sah, wie Maria angestrengt überlegte. Auch er dachte angestrengt nach.
Die Visitenkarte! Er drehte Greenes Visitenkarte unschlüssig in den Händen. Geheimdienste waren David schon immer suspekt gewesen. Ob CIA, Staatssicherheit, KGB oder Mossad – „alles eine Wichse", wie seine ostpreußische Schwiegermutter oft gesagt hatte. In Angola war er Vertretern dieser Zunft oft begegnet. Dort tummelten sich alle

möglichen Geheimdienste, wobei ihm die Typen von der Stasi immer am unangenehmsten gewesen waren. Die waren doch alle paranoid!

Jetzt also CIA? Ein Sprichwort fiel ihm ein, das sein Großvater manchmal gesagt hatte: „Wer sich mit dem Teufel ins Bett legt, sollte sich nicht wundern, wenn er morgens nicht neben einem Engel aufwacht."

Und dann kam ihm plötzlich die Idee: „Marion!"

„Wer ist Marion?"

„Marion ist Krankenpflegerin in einer Klinik in der Nähe von Dresden. Wir kennen uns schon lange."

„Und wie kann sie uns hier helfen?"

„Marion ist in Peru geboren, ihr Vater ist vor Jahrzehnten aus Deutschland ausgewandert. Er ist, glaube ich, Arzt. Der muss uns einfach helfen. Ich muss telefonieren!"

„Vergiss nicht, in Deutschland ist es Nacht." Maria hatte recht, aber David hatte keine Wahl. Rasch suchte er Marions Nummer heraus und wählte sie an.

„David, weißt du, wie spät es ist?" Marion wirkte in der Tat sehr verschlafen und etwas sauer.

„Tut mir leid, aber das ist ein Notfall."

„Ist was mit Delilah?" Jetzt hatte er ihre volle Aufmerksamkeit.

„Nein, ich bin in Lima. Es hat einen Unfall gegeben. Ich brauche dringend die Adresse deines Vaters."

„Mein Vater ist siebzig Jahre alt, könnt ihr nicht ins Krankenhaus gehen?"

„Nein, Marion, ich erkläre es dir später. Gib mir bitte die Adresse."

Die Adresse befand sich etwas außerhalb und oberhalb von

Lima, aber nicht weit von ihnen entfernt. David hielt vor einem hoch umzäunten Grundstück und stieg aus. Raschen Schrittes näherte er sich der Eingangstür.
„Herrmann“ stand auf dem Schild am Klingelknopf. Einmal tief durchatmen, dann drückte er auf die Klingel.

32
PERU 2012

Die Klingel schrillte durch die Nacht. Hinter der Tür schlurften Schritte. Der Mann, der öffnete, sah deutlich älter aus als siebzig. „Guten Abend. Sie müssen David sein", sagte er.
„Doktor Herrmann?"
„Aber ja, junger Mann, Marion hat bereits angerufen. Wo ist denn das Unfallopfer?"
David zog ihn mit zum SUV und öffnete die Tür. Die Senatorin war weiterhin bewusstlos.
„Ach so", sagte der Doktor, „da werden wir wohl eine Trage brauchen. Luisa!" Er rief laut ins Haus hinein und eine junge Frau erschien. Zu viert schafften sie die Senatorin ins Haus. Im Untersuchungszimmer stand ein Operationstisch. Der Doktor legte einen Zugang und hängte eine Infusion an. Dann schickte er Maria und David raus in ein Wartezimmer mit wenigen Stühlen.
Keiner von beiden sprach ein Wort. David stützte seinen Kopf in die Hände. Er machte sich wenig Hoffnung, dass die Senatorin die Verletzung überleben würde. Eine Schusswunde am Oberschenkel war lebensgefährlich und die Senatorin war nicht mehr die Jüngste.
David versuchte, seine Gedanken zu ordnen. Der Mord an José, die Bewaffneten, die verdammt schnell vor Ort gewesen waren, das alles roch doch sehr danach, dass sie erwartet worden waren.
Er schaute hoch und Maria an. „Das war eine Falle", sagte er. Maria nickte. Sie war offensichtlich zum selben Schluss

gelangt. „Aber wie ist das passiert, wann sind wir aufgeflogen?" Maria war verzweifelt. „Wie war deine Begegnung mit Riveras?"
David begann zu erzählen. Maria hatte recht, bevor sie nur dasaßen und trüben Gedanken nachhingen, konnten sie auch versuchen, die Situation zu analysieren und vielleicht herausfinden, was schiefgelaufen war.
Als David endete, begann Maria zu erzählen. „Du hattest mir zu verstehen gegeben, dass du Riveras eine ganze Weile beschäftigen würdest, also sind wir ins Arbeitszimmer gegangen, ohne dass uns jemand gesehen hätte. Das Passwort funktionierte problemlos, aber dann haben wir ewig nach den entsprechenden Dateien gesucht. Deshalb hat das so lange gedauert."
„Und wo sind die Dateien jetzt?"
Maria lächelte unfroh. „Darauf passt jetzt ein höheres Wesen auf."
Bevor David fragen konnte, was sie damit meinte, erschien Doktor Herrmann. „Die Senatorin möchte Sie sprechen." Während Maria aufsprang, fuhr der Doktor fort: „Ich denke, die Senatorin macht sich auf den Weg."
David wusste, was er meinte. „Sie ahnten von Anfang an, wen wir Ihnen ins Haus gebracht haben, oder?", fragte er.
„Natürlich, junger Mann. Da waren Sie noch nicht auf der Welt, als die Senatorin schon für kostenloses Schulessen und tägliche Schulmilch kämpfte. Die Frau ist eine Legende, eine Hoffnung für die ganze Region. Und sie war auch der Grund dafür, dass ich mich für das Auswandern nach Peru entschied."

Auf Davids fragendes Gesicht hin erläuterte er: „Das war damals eine Zeit der Hoffnung, nicht nur in Chile mit Allende, auch in Peru. Da wollte ich mich einbringen. Aber gehen Sie jetzt zu ihr, sie hat nicht mehr viel Zeit!“
David betrat den Untersuchungsraum. Die Senatorin war bei Bewusstsein, ihr Gesicht jedoch wächsern bleich. Aber wenn auch ihr Gesicht bereits vom Tode gezeichnet war, waren doch ihre Augen wach und hell. David setzte sich neben das Bett auf einen Stuhl, sodass sie ihn mit einer leichten Kopfdrehung sehen konnte. Er nahm ihre Hand.
„Hallo“, sagte er beklommen.
Die Senatorin sprach mühsam und langsam. Die Worte kamen nur leise über ihre Lippen. „David, Maria weiß Bescheid, wie ihr weiter vorgehen müsst. Deine Aufgabe: pass auf Maria auf! Sie hat die Dateien. Die Welt muss erfahren, was in Peru passiert. Sonst kommen wir niemals aus diesem Sumpf. Die Opfer dürfen nicht umsonst gewesen sein. Ihr müsst der Hydra den Kopf abschlagen. Versprich mir das!“
David nickte. „Ich verspreche es.“
„Und jetzt lass los, David!“ David ließ ihre Hand los, die Senatorin schloss ihre Augen und starb. Eine Weile blieb er noch regungslos neben ihr sitzen.
Als er wieder in das Wartezimmer kam, saß Maria dort und schaute ihn fragend an. Er schüttelte leicht den Kopf und Maria brach in Tränen aus. Doktor Herrmann ging an ihnen vorbei in das Sterbezimmer.
David setzte sich zu Maria und nahm sie in den Arm. Er sagte nichts. Als Maria seine Berührung spürte, verstärkte sich ihr Weinen. So saßen sie eine Weile nebeneinander, miteinander.

33
PERU 2012

Doktor Herrmann kam und setzte sich zu ihnen. Nach einer Weile räusperte er sich. „Ich möchte eure Trauer nicht stören, aber wie soll es denn nun weitergehen?"
Maria hörte auf zu weinen und trocknete mit einem Taschentuch ihre Tränen. „Wir müssen hier weg", sagte sie. „Wir sollen nach La Paz, dort versuchen wir, Evo Morales zu treffen, und übergeben ihm die Dateien. Die Senatorin kennt wohl Morales, und auch wenn sie seine Ansichten nicht teilt …" Maria stockte. Sie hatte gemerkt, dass sie von der Senatorin noch immer in der Gegenwart sprach. „Sie waren unterschiedlicher Meinung, was der beste Weg für die Länder und Völker der Region ist. Aber sie vertraute Morales, daher soll er die Datensätze bekommen."
Der Doktor hatte aufmerksam zugehört. „Das klingt in meinen Ohren abenteuerlich und, entschuldigt, auch etwas naiv. Glaubt ihr wirklich, dass ihr zum bolivianischen Präsidenten vorgelassen werdet?" Er sah Maria an.
Sie hob kurz die Schultern und sagte: „Keine Ahnung. Irgendetwas wird uns schon einfallen."
„Ihr werdet hier gesucht", fuhr Herrmann fort. „Ihr müsst also dringend fort. Wie wollt ihr es machen?"
Maria überlegte. „Flugzeug und Bus gehen nicht, da werden die Pässe kontrolliert und die können wir nicht mehr benutzen."
„Bleibt das Auto", sagte David.
„Richtig." Maria sah ihn nachdenklich an. „Es gibt zwei Routen nach Bolivien. Entweder am Meer entlang, über

Nazca und Arequipa, oder über Ayacucho und Cusco. Vielleicht ist das die bessere Variante. Dann kommen wir nach Copacabana. Dort überqueren wir die Grenze und fahren über den Titicacasee nach Bolivien."

David hatte keine Vorstellung, wo alle diese Orte lagen, die Maria erwähnte. Und was war das mit Copacabana? War das nicht in Brasilien? Er würde sich mal wieder vollständig auf Maria verlassen müssen. Dann fiel ihm noch etwas ein.

„Und wie kommen wir dort über die Grenze?"

„Bolivianische Staatsdiener werden sehr schlecht bezahlt. Die freuen sich über eine Aufbesserung ihres schmalen Gehaltes", antwortete Maria.

Der Doktor unterbrach ihre Überlegungen. „Prinzipiell klingt das gut, das könnte funktionieren, allerdings nicht mit eurem schicken SUV. Der wird garantiert von der Polizei gesucht."

Maria und David schauten sich ratlos an. Der Doktor hatte recht. Aber wo sollten sie jetzt ein Auto herbekommen, das nicht von der Polizei gesucht wurde?

Der Doktor lächelte leicht und holte ein Schlüsselbund. „Ich passe für eine Nachbarin, während sie im Ausland arbeitet, auf deren Haus auf. Dort steht auch ein Auto. Das nehmt ihr und verschwindet damit."

„Das können wir doch nicht machen", protestierte David. „Sie werden noch Ärger mit Ihrer Nachbarin bekommen."

„Das lasst mal meine Sorge sein. Ich kümmere mich auch darum, dass die Senatorin ein ordentliches Begräbnis bekommt. Seht ihr bloß zu, dass ihr verschwindet."

34
PERU 2012

Das Auto war ein uralter Passat mit fast zweihunderttausend Kilometern auf dem Tacho. David hoffte nur, dass dieses alte Fahrzeug bis nach Bolivien durchhalten würde, immerhin waren es schon über tausend Kilometer von Lima nach Cusco. Nur an den Mautstellen versuchten sie, so gut es ging, den Kameras auszuweichen, oder zogen ein Tuch tief in die Augen, sodass ihre Gesichter verdeckt waren. Sie wollten tagsüber im Auto schlafen und sich nachts beim Fahren abwechseln.

David hatte Maria um drei Uhr am Steuer abgelöst. Beim Fahrerwechsel machte er noch ein paar Schritte neben dem Auto, die Bewegung tat gut und weckte seine Lebensgeister. Die Luft war schneidend kalt. Man merkte, dass es Herbst wurde, jedenfalls auf der Südhalbkugel.

Die nächsten Stunden würden hart werden. David kannte das: Nachts um vier empfand er die Nacht als besonders dunkel, die Müdigkeit kroch aus allen Ecken und verlangte viel Willen, nicht einzuschlafen. Die Straße war leer, aber kurvig, erforderte also seine volle Aufmerksamkeit.

Als er wieder ins Auto stieg, war er durchgefroren. Das war okay für ihn, es würde auf den nächsten Kilometern helfen, wach zu bleiben.

Maria hatte sich auf dem Beifahrersitz in eine Decke gekuschelt und schien fest zu schlafen. Er betrachte zärtlich ihr geliebtes Gesicht und strich vorsichtig eine freche Strähne von ihrer Stirn. Dann fuhr er weiter.

Die Nacht war so dunkel, dass er nach ein paar Kilometern

völlig das Gefühl für Raum und Zeit verlor. Und plötzlich hatte er eine verrückte Idee: Was wäre, wenn er schon tot wäre? Vielleicht war der Tod auch nur eine unendliche Reise durch Dunkelheit, ohne Raum und Zeit, ohne ein Licht, das Orientierung versprach.

Neben ihm seufzte Maria im Schlaf und holte ihn zurück. In der Ferne tauchten ein paar wenige Lichter auf. Sie würden nicht daran vorbeikommen, aber sie lösten bei David das Gefühl aus, dass er das erste Mal beim Nachtmarsch an der Militärakademie erlebt hatte. Es war eine unbestimmte Sehnsucht nach Wärme, Geborgenheit und Glück. Damals hatte er sich vorgestellt, wie die Menschen in den Häusern, deren Lichter aus den Fenstern schienen, ihren Tag begannen. Und er wünschte sich, dass sie wussten, was die Offiziersanwärter auf ihrem Marsch gerade für sie taten. Und dann kamen Gefühle wie Stolz in ihm auf. Sie liefen schließlich durch die Nacht, um für den Schutz der Menschen zu trainieren.

Seine Gedanken halfen ihm, wach zu bleiben. So blieb er noch eine Weile bei den Erinnerungen an die Zeit der Militärakademie.

Er hatte Urlaub bekommen: VKU, verlängerter Kurzurlaub. Er wollte mal wieder seine Eltern besuchen, die seit seiner Kindheit in einer kleinen, nordbrandenburgischen Kreisstadt wohnten. Die Stadt hatte zwei Bahnhöfe: Hauptbahnhof und Neustadt. Die wichtigen Züge kamen am Hauptbahnhof an, so auch der Zug aus Berlin. Noch eine Viertelstunde Fußmarsch, dann konnte er die Haustür öffnen und zur vierten Etage hochsteigen. Bereits im Hausflur roch er es: Mutter hatte sein Lieblingsgericht gekocht –

Kohlrouladen. Er klingelte, obwohl er immer noch einen Schlüssel hatte, und Mutter machte sofort auf. Sie hatte in der Küche gewerkelt und die befand sich gleich neben der Eingangstür.
„Junge! Warum klingelst du denn? Hast du deinen Schlüssel verloren? Muss Vater mal wieder die Schlösser auswechseln?“ Das war so ein Spiel zwischen David und seiner Mutter. Er hatte als kleines Kind ein einziges Mal seinen Wohnungsschlüssel verloren. Das hatte natürlich Theater gegeben, aber Jahre später war es nur noch eine Geschichte, die bei Familienfeiern zum Besten gegeben wurde und für Spott und Gelächter sorgte.
Vater kam hinzu. „Er hat ihn nicht verloren, da ist ein Panzer drübergefahren. Ein Glück, dass David den Schlüssel nicht mehr in der Tasche hatte.“
„Kurt! Damit macht man keine Scherze!“ Mutter boxte Vater in die Seite. Der stöhnte theatralisch auf.
„Komm Junge, wir werden deine Mutter mal nicht beim Kochen stören.“ Die beiden Männer gingen in das Wohnzimmer. „Willst du einen Braunen oder einen Weißen?“ David wusste, dass damit die Schnapsauswahl – Weinbrand oder Korn – gemeint war. Er nahm einen „Goldbrand“ und sie prosteten sich zu. Dann sprang Vater wieder auf.
Durch den Flur rief er: „Karin, wann essen wir?“
Mutter steckte den Kopf aus der Küche: „Was ist das denn für eine Frage? Wir essen immer um zwölf, das weißt du doch!“
„Dann geh ich noch mal zum Auto. Ich habe das Gefühl, eine von den Kerzen funktioniert nicht richtig. Willst du mitkommen, David?“

David verneinte. Er hatte keine Lust, neben dem hellblauen Trabant 601 zu stehen und zuzugucken, wie Vater fluchend mit ganzem Oberkörper im Motorraum hing.
„Ich warte hier“, sagte er.
„Dann gieß dir noch einen ‚Goldi‘ ein. Es wird nicht lange dauern.“
David nahm sich noch einen Schnaps. Wenn er in anderen Wohnungen zu Gast war, dann schaute er sich gern die Bücher der jeweiligen Gastgeber an. Das brauchte er bei seinen Eltern nicht, die kannte er alle. Da standen die Olympiabücher des Vaters, weiter hinten ein paar Geschichtsbücher, daneben „Mann und Frau Intim“ und eine Handvoll Kochbücher vom „Verlag für die Frau“. Aber die Schallplatten interessierten ihn.
David stöberte durch den Schallplattenstapel und legte auch mal eine auf den Teller des Schallplattenspielers. Und so fand ihn sein Vater. „Na, hast du was gefunden?“
„Ja“, sagte David. „Ich kenne ja alle eure Platten, bis auf eine. Seit wann hat Mama denn was von David Bowie?“
Mutter kam gerade mit den Kartoffeln herein und stellte sie auf den Esstisch. „Setzt euch, ich bringe jetzt die Kohlrouladen.“
Die ersten Bissen schwiegen sie. Dann wiederholte David seine Frage. Vater schaute listig zu Mutter rüber: „Diese Platte ist der Grund, dass du ein David wurdest.“
Mutter wurde verlegen. „Na ja, vielleicht ein bisschen.“
„Und wie kommst du auf David Bowie? Den kennt doch keiner bei uns.“
Mutter sah ihn an. „Du kannst nicht von dir auf andere schließen.“

Vater mischte sich wieder ein. „Schuld daran ist ihr geliebter Felix. Der war nämlich mit deiner Mutter zusammen, bevor sie mich kennengelernt hat. Und der brachte vor vielen Jahren mal diese Platte an. Ich kann mit dieser Musik nichts anfangen, aber deine Mutter findet sie wohl gut."
„Die ist auch gut", verteidigte Mutter ihre Musik.
An diesen Tag musste David denken, während sich die Nacht ganz sanft aufhellte. Er hatte zu Hause so viel Liebe und Geborgenheit erfahren, seine Kindheit empfand er bis heute als eine glückliche Zeit. Dann fiel ihm José ein und dessen Erlebnisse. Er hatte nie die Chance gehabt, ein glückliches Kind zu sein. Wie vielen mochte es hier noch so gehen?

Die zweite Nacht im Auto war noch anstrengender als die erste. Die Straße war kurvig, Lichter gab es kaum und der Mond war schon vor Stunden untergegangen. Maria weckte ihn, weil er sie wieder ablösen sollte. Er war noch so müde, dass er krampfhaft versuchte, wach zu bleiben. Seine Gedanken gingen zurück nach Dresden.

35
DEUTSCHLAND 2008

Er hatte die Berlinerin in Dresden in der Sprengschule kennengelernt, zu der ihn seine Firma „Die Nachtwache“ geschickt hatte. David hatte zwar während seiner Ausbildung sprengen gelernt, aber das war fast zwanzig Jahre her, und so sah er eine Gelegenheit, sein Wissen aufzufrischen und sich mit den neuesten Entwicklungen vertraut zu machen.
Susann Bunk stellte sich dem Lehrgang als Dozentin für Kampfmittelbeseitigung vor. Sie gefiel David: Die blonden Haare zu einer Kurzhaarfrisur geschnitten, der junge, sportliche Körper steckte in schwarzen Jeans und einem grauen Pullover, an den Füßen Sneakers. So stand sie vor der Gruppe, fast alles Männer, und eröffnete die Ausbildung.
Zu Beginn ging es darum, wie man in einem Gelände Blindgänger ausfindig machen kann. Das Thema interessierte David nur mäßig, so konzentrierte er sich weniger auf den Inhalt als auf die Art des Vortrages und da besonders auf die Vortragende. Während er kleine, runde Bomben mit Zündschnur auf den Schreibblock kritzelte, beobachtete er sie genau. Susann wirkte kompetent. An ihrer Sprechweise und wie sie sich bewegte, glaubte David eine militärische Ausbildung zu erkennen. Das machte ihn neugierig.
Nach der Theorie ging es raus zur praktischen Ausbildung. David bekam genau wie die anderen einen Detektor in die Hand gedrückt, suchte in dem ihm zugewiesenen Areal nach vergrabenen Gegenständen und markierte die Fund-

stellen. Dann war Pause.
Er zog sich einen Kaffee aus dem Automaten und schlenderte langsam auf Susann zu. Sie stand etwas abseits und ein kleines Lächeln umspielte ihre Lippen, als sie sah, wie er scheinbar absichtslos auf sie zusteuerte.
„David Thomsen“, stellte er sich vor.
„Ich weiß“, sagte sie lächelnd und fragte mit fast unmerklichem Berliner Dialekt: „Sie sind doch der berühmte Maler?“
„Berühmter Maler?“, fragte David verblüfft zurück. „Nein, da müssen Sie mich verwechseln.“
„Schade.“ Jetzt grinste sie breit. „Ich war mir so sicher, als ich gesehen habe, wie großartig Sie Bomben malen können.“
David errötete heftig und stotterte irgendwas von „habe trotzdem aufgepasst“ und „Entschuldigung“.
Aber Susann war gnadenlos. „Sie müssen mir unbedingt eines Ihrer Gemälde signieren.“
David nahm einen viel zu großen Schluck aus dem Kaffeebecher und verschluckte sich prompt an dem heißen Getränk. Er hustete und würgte. Susann klopfte ihm auf den Rücken und lachte laut.
„So, die Pause ist zu Ende. Es geht weiter“, rief sie dann laut in die Runde.
Es folgten weitere neunzig Minuten Theorie, in denen sich David krampfhaft bemühte, einen interessierten Eindruck zu machen. Auf jeden Fall vermied er es, auf seinem Schreibblock Bildchen zu malen.
In der folgenden Pause war er der Erste am Kaffeeautomaten und ließ Kaffee in zwei Becher laufen, mit denen er erneut auf Susann zusteuerte.

„Wir hatten, glaube ich, einen Fehlstart. Ich würde gern die Reset-Taste drücken und noch mal von vorn beginnen." Mit seinem charmantesten Lächeln reichte er ihr einen der Becher. „Mit Milch, ohne Zucker. Ich glaube, so mögen Sie ihn."

Wieder lächelte Susann. „Sehr aufmerksam, David. Was machen Sie, wenn Sie nicht gerade malen?"

David lächelte ebenfalls. „In meinen schöpferischen Pausen arbeite ich für ein Sicherheitsunternehmen in Dresden. Die Firma hat mich auch hergeschickt."

„Sie hatten sich das Seminar wohl etwas anders vorgestellt?"

„Ja, allerdings! Ich dachte, es geht mehr um Sprengungen, Sprengfallen, neue Sprengstoffe und so weiter."

„Und stattdessen erzähle ich etwas über uralte Hinterlassenschaften des Krieges."

David nickte. „Ja, das ist etwas für Leute vom Bau, die finden sicher öfter was von dem Zeug."

Susann sah ihn ernst an. „Das Zeug, wie Sie es nennen, hat erst vor Kurzem drei Sprengmeister in Göttingen in den Tod gerissen. Wir finden allein in Berlin fast täglich größere oder kleinere Mengen Munition im Boden. Auch wenn das hier vielleicht lustig aussieht, wenn Sie mit dem Detektor über das Gelände laufen, so ist es doch kein Spiel."

David wollte sich nicht in die Ecke drängen lassen. „Ich denke nicht, dass es hier um ein Spiel geht. Ich hatte allerdings andere Vorstellungen von den Inhalten des Lehrganges. Und ich bin mir sicher, dass Sie mehr können."

„Was ich kann oder nicht kann, spielt hier keine Rolle. Ich wurde als Dozentin für Kampfmittelbeseitigung bestellt und den Auftrag führe ich aus. Wenn Sie das Thema nicht

interessiert, steht es Ihnen natürlich frei, jetzt zu gehen."
David war von der Wucht ihrer Reaktion überrascht. Jetzt war er neugierig. Was war es, das die junge Frau antrieb? Weibliche Sprengmeisterinnen waren immer noch selten, der Beruf war bis dato eine Domäne von Männern. Auch ihre Gruppe der Lehrgangsteilnehmer bestand hauptsächlich aus Männern.
Die Pause war zu Ende und David ging natürlich nicht. Allerdings blieb er jetzt wegen seiner Lehrerin. Er hatte da so eine Idee und so suchte er brav weiter mit dem Detektor nach vergrabener Munition im Gelände und hörte aufmerksam zu, als Susann über chemische und mechanische Zünder referierte und von der Heimtücke amerikanischer Bombenzünder berichtete.
Am Ende des Lehrgangs wartete er auf Susann. „Kann ich Sie ein Stück in die Stadt mitnehmen?", fragte er. Susann lehnte erst ab, um dann doch zu ihm ins Auto zu steigen.
„Wo müssen Sie hin?"
„Ich wohne im ‚Hotel am Terrassenufer'."
„Das liegt direkt an meinem Weg", schwindelte David. „Kennen Sie Dresden?"
„Nein", sagte Susann. „Ich bin das erste Mal hier. Früher bin ich manchmal hier durchgefahren."
„Früher?"
„Ja, ich war in Gera bei der Bundeswehr."
David horchte auf. Hatte er doch recht gehabt mit seiner Beobachtung. Susann hatte eine militärische Ausbildung!
„Bei welcher Waffengattung haben Sie gedient?", fragte er.
„Ich war bei den Pionieren."
„Ach", machte David, „daher das Interesse für Sprengstoffe

und Entschärfung von Bomben und Minen."
„Ja, vielleicht."
David spürte an ihrer knappen Antwort, dass sie nicht weiter über das Thema reden wollte. Dann gab er sich einen Ruck: „Ich möchte Ihnen einen Vorschlag machen."
Susann sah ihn misstrauisch an. „Was für einen Vorschlag?"
„Ich brauche jemanden für mein Team, der sich mit Sprengstoffen auskennt. Am besten jemanden mit Kampferfahrung." Und dann erzählte David ihr von General Moro und ihren Einsätzen. „Ich weiß, das kommt jetzt etwas überraschend. Überlegen Sie es sich und sagen mir morgen Bescheid."
Susann meldete sich am nächsten Tag und hatte viele Fragen. Am Ende des Gesprächs war sie Teil des Teams.

36
PERU/ BOLIVIEN 2012

Maria hatte in Cusco einen Freund. David fragte nicht, woher sie sich kannten, er war nur dankbar für eine Mahlzeit und eine Schlafgelegenheit. Er schlief tief und traumlos.
Als ihn Maria weckte, war es draußen noch dunkel. „David, wir müssen weiter. In Cusco streiken heute die Taxifahrer."
„Na und, wir fahren doch nicht mit dem Taxi." David war noch schlaftrunken und begriff die Aufregung nicht.
Maria klärte ihn auf. „Bei uns sind Streiks oft mit Gewalt verbunden. Die Polizei geht mit Gewalt gegen Streikende vor, die Streikenden wehren sich. Da fließt oft Blut. Und wenn die Taxifahrer die Leute aus den Bergen zu Hilfe rufen, wird es ganz gefährlich. Wenn die fahrende Autos sehen, vermuten sie, dass es Streikbrecher sind. Dann können mit Pfeil und Bogen auch schon mal Reifen zerschossen werden oder Schlimmeres. Deshalb sollten wir zusehen, dass wir aus der Stadt kommen, bevor es richtig ungemütlich wird."
David hätte gern noch geduscht oder wenigstens einen Kaffee getrunken, aber so saß er gleich wieder im Auto und sie fuhren weiter nach Copacabana. Ab Puno führte die Straße oft direkt am Ufer des Titicacasees entlang. In dichter Folge standen Fischzuchtanlagen im flachen Wasser. Der Verkehr wurde dichter und immer häufiger sahen sie auffällig geschmückte Autos. Girlanden umwanden die Karosserie, Hüte in verschiedenen Farben waren auf dem Autodach befestigt.
„Blaue Hüte schmücken ein männliches Auto, rote ein weibliches", erklärte Maria.
„Und woher weiß man, ob es ein männliches oder weibli-

ches Auto ist?“, fragte David fasziniert.
Maria zuckte mit den Schultern. „Das weiß nur der Besitzer.“
Sie näherten sich der Grenze zu Bolivien, als sich vor ihnen ein Stau bildete. Maria fuhr, halsbrecherisch dem Gegenverkehr ausweichend, an der Autoschlange vorbei.
„Wo wollen die denn alle hin?“ David schaute neugierig aus dem Fahrzeugfenster auf Hunderte geschmückte Autos, voll besetzt mit Erwachsenen und Kindern.
„Sie wollen alle ihre Wagen segnen lassen“, sagte Maria knapp. Sie fuhr konzentriert und schnell und bog schließlich von der Straße ab auf eine Schotterpiste parallel zum Seeufer. Auf diesem Weg fuhren sie in Sichtweite des Staus an der Fahrzeugkolonne vorbei.
Auf einem unbefestigten Platz hielt sie an und machte den Motor aus. „Ab hier gehen wir zu Fuß“, sagte sie.
Es ging einen schmalen Weg entlang. Vor ihnen tauchten einige Gebäude auf.
„Gib mir dein Bargeld, alles, was du hast.“ Sie nahm seine Geldscheine und seinen Pass und ging auf eines der Gebäude zu. Während sie darin verschwand, setzte sich David auf einen Stein und wartete. Er hätte jetzt sehr gern einen Kaffee getrunken und vielleicht etwas gegessen.
Maria erschien wieder vor dem Gebäude, an dem, wie David jetzt erst bemerkte, das Emblem Boliviens prangte. Sie winkte ihm zu und ging langsam weiter, bis er aufgeschlossen hatte. Dann beschleunigte sie ihren Schritt. Sie erreichten das Ufer von Copacabana unterhalb des Kalvarienberges. Ausflugsschiffe lagen dort dicht an dicht, Touristengruppen drängten sich, um an Bord zu gehen.

Maria hielt Ausschau nach einem bestimmten Schiff. Sie hatten offensichtlich Glück, denn sie steuerte zielgerichtet auf ein weißes Ausflugsboot mit Passagierkabine zu, ging an Bord und verhandelte mit dem Bootsführer.

„Komm, David." Wieder winkte Maria ihm zu und er bestieg das Boot, das sofort ablegte. David setzte sich auf eine Bank im Heck des kleinen Schiffes und versank in Gedanken.

37
BOLIVIEN 2012

Während er auf das Wasser schaute und sah, wie sich die Wellen vor dem Wind verbeugten, fiel ihm eine Zeit aus seiner Kindheit wieder ein. Er hatte sich in einem Sportverein zum Kanurennsport angemeldet. Am liebsten fuhr er im Einer-Kajak, da hatte er die Technik gut raus und wenn Wind auf dem See war, fuhr er am liebsten mit Spritzdecke weit hinaus, um sich mit den Elementen zu messen. Es war ein lebendiges Gefühl, wenn sich die Spitze des Bootes in die Wellen bohrte und das Wasser über das ganze Kajak schwappte. Gegen den Wind zu fahren und mit aller Kraft zu paddeln, gab ihm ein Gefühl der Macht.

Es war ein Sport und deshalb maß man sich nicht mit dem Wind und den Wellen, sondern mit anderen Sportlern. Und so trafen sich Kinder und Jugendliche einmal im Jahr zur sogenannten „Spartakiade" auf dem Uckersee. Er erinnerte sich, dass er mit einem anderen Jungen im Zweier-Kajak zum Wettbewerb fuhr, der in seiner Erinnerung ein einziges Desaster war: Das Steuer funktionierte nicht richtig, sie waren noch nie zusammen im selben Boot gefahren und kamen folgerichtig als letzte ins Ziel. Er nahm nie wieder an so einem Wettkampf teil.

Was blieb, war die Erinnerung an eine schmerzliche Niederlage, bei der er bis heute den Gedanken nicht loswurde, anderen ausgeliefert gewesen zu sein.

Dieser Gedanke beschlich ihn gerade wieder. Irgendwer zog hier in Peru immer irgendwelche Fäden und ließ ihn tanzen. Er musste endlich an die Steuerseile kommen. Mit

diesem Entschluss fühlte David sich etwas besser.
Maria kam und setzte sich zu ihm. Sie hatte inzwischen erfahren, dass in ihrem Zielhafen der Landungssteg gebrannt hatte. „Aber“, sagte sie, „das ist kein Problem.“
David war in höchstem Maße alarmiert, aber etwas anderes beschäftigte ihn mehr. „Warum hat Riveras das getan?“
Maria schaute David fragend an. „Du meinst, auf uns schießen lassen?“
„Er wollte uns alle töten! Ein Wunder, dass wir beide überlebt haben. Warum geht er so ein Risiko mitten in Lima ein?“
Maria überlegte. „Es ist ja nicht so, dass Riveras eines morgens aufgewacht ist und beschlossen hat, böse zu sein und die Senatorin zu töten“, sagte sie dann. „Wie jede handelnde Person ist auch er getrieben von der Zeit. Durch die veränderte Wahrnehmung der Fujimori-Diktatur, deren permanente Aufarbeitung und die nächsten anstehenden Wahlen, ist er gezwungen, schneller und radikaler zu handeln als bisher.“
„Was haben die Wahlen damit zu tun?“
„Wenn es den ehemaligen Gefolgsleuten Fujimoris gelingt, weiterhin einflussreiche Posten in der Regierung zu besetzen, kann er mit milderen Strafen für seine Verbrechen rechnen.“
„Und was erwartest du, was aus den Enthüllungen entsteht, die aus eurer ‚Datenbeute‘ resultieren?“
Maria schwieg eine ganze Weile. „Ich hoffe, dass sich dadurch in Peru etwas ändert“, sagte sie schließlich. „Der Tod Josés und der Senatorin darf nicht umsonst gewesen sein. Aber wer weiß …“ Dann schwieg sie wieder.

David schwieg ebenfalls.
Nach einer ganzen Weile sagte er, mehr zu sich selbst: „Wie konnte Riveras so ein Monster werden? Es kommt doch kein Kind böse auf die Welt.“

38
BOLIVIEN 2012

Bei der Einfahrt in die Bucht machte Maria David auf einen Felsen aufmerksam, der das Dorf zu beschützen schien. Er hatte die Form eines schlafenden Drachens.

Als ihr Schiff sich dem Ufer näherte, konnte man das Ausmaß der Zerstörung, die das Feuer in der Nacht am Anlegesteg hinterlassen hatte, etwas besser erkennen. Einige Balken glimmten noch. Hier konnte kein Schiff mehr anlegen!

Ein einzelner Mann tauchte am Ufer auf. Er schob einen Karren vor sich her, auf dem er eine lange, dicke Bohle balancierte. Diese legte er am Ufer so ab, dass die meiste Länge ins Wasser ragte. David sah dem Treiben ein wenig ratlos zu. Ein Seitenblick zu Maria: Sie war völlig entspannt.

Dann tauchte ein Boot auf, an den Rudern eine dicke, ältere Frau, im Bug ein kleiner Junge. Das Boot hielt auf sie zu und legte längsseits am Schiffsrumpf an. Jetzt wurde es David klar: Sie würden in das Boot steigen, ans Ufer gerudert werden und über die Bohle trockenen Fußes an Land kommen. So viel Fürsorglichkeit rührte David. Im Zweifel wäre er auch ins Wasser gesprungen und an Land geschwommen, aber anscheinend ließ die Gastfreundlichkeit der Dorfbewohner das nicht zu.

Eine weitere Frau kam auf sie zu. Sie umarmte Maria, die hier offensichtlich keine Fremde war, und auch David begrüßte sie sehr freundlich. Maria stellte sie als Emilia, die diesjährige Dorfvorsteherin vor.

„Es gibt hier ein Rotationsprinzip“, erläuterte Maria auf Davids verständnislosen Blick. „Jedes Jahr ist eine andere

Familie dran, den Dorfvorsteher zu stellen. Dabei haben Frauen und Männer das gleiche Recht, diesen Posten zu besetzen. Der Ortsvorsteher, in diesem Fall Emilia, ruft die Dorfleute zusammen, wenn es um gemeinsame Arbeiten geht. Also zum Beispiel den Wiederaufbau des Anlegesteges oder den Bau der Schule."

„Es gibt hier eine Schule?" David war überrascht. Er sah in der ganzen Bucht nur wenige Häuser und nichts, was an eine Schule erinnerte. Auch Kinder konnte er nicht ausmachen, bis auf den kleinen Jungen aus dem Ruderboot, der aber auch schon wieder verschwunden war.

Emilia hatte Davids Worte gehört. „Zeig ihm doch die Schule, ich schicke euch Fernando, der soll euch das Museum aufschließen", sagte sie an Maria gewandt.

Das Hinterland der Bucht war eine große, sonnenüberflutete Ebene mit nur wenigen schattenspendenden Bäumen. In der flirrenden Hitze sah man in der Ferne eine Hügelkette, vor der eine Nationalstraße verlief. Maria erklärte es ihm, während sie durch die staubtrockene Landschaft liefen, vorbei an der kleinen Kirche des Ortes mit ihrem roten Dach und dem weißgekrönten Glockenturm.

Eine brusthohe Mauer begrenzte den weiträumigen Schulhof. Die Schule war ein modernes, zweistöckiges Gebäude, gebaut aus Beton und nicht aus den hier immer noch üblichen Lehmziegeln. Eine fünfstufige Treppe führte zur soliden, hölzernen Eingangstür. Große Fenster über die gesamte Fassade gaben der Schule ein einladendes Aussehen. So wie sie dort stand, hätte sie durchaus auch in einem kleinen Ort in Deutschland stehen können.

„Die Senatorin hat dieses Schulprojekt unterstützt. Sie hat

Spenden eingeworben, auch bei deutschen Reiseveranstaltern, und hat aufgepasst, dass diese Gelder auch wirklich hier ankommen. Deshalb wird sie im Ort so verehrt."

„Und du warst auch öfter hier?", wollte David wissen.

„Ich war für den Einsatz der Gelder vor Ort zuständig", sagte Maria bescheiden.

Ein älterer Mann trat aus einer Tür, die im Anbau offenstand.

Maria stieß David in die Seite. „Das Museum ist geöffnet", sagte sie förmlich und lachte ihr mitreißendes Lachen. Es war das erste Mal seit dem Tod der Senatorin, dass David sie wieder lachen hörte. Er hatte es so vermisst!

„Nach Ihnen, Eure Gnaden!" David verneigte sich mit etwas, das er für einen Hofknicks hielt. Maria lachte noch einmal und lief voran.

Im Museum war alles zusammengetragen, was den Bewohnern wichtig war: ausgestopfte Tiere, altes Werkzeug, eine Karte vom Titicacasee. David blieb vor einem Foto stehen. Ein riesiger Frosch war darauf abgebildet. Das Foto von dem Frosch ließ vermuten, dass er so groß wie eine Ente war. Der alte Fernando, der das Museum für sie geöffnet hatte, berichtete ihm, dass der Titicacasee-Frosch bis zu zwanzig Zentimeter groß werden könne. Er sei allerdings vom Aussterben bedroht.

„Im Titicacasee gab es früher 25 Fischsorten, jetzt gibt es noch sechs", erklärte der alte Fernando. „Man hat vor einigen Jahren Königsfische ausgesetzt, um einen weiteren attraktiven Fisch für den Fang zu haben. Allerdings sind das, genauso wie die Forellen, die es im See gibt, Raubfische. Die haben dann alle anderen verdrängt."

Emilia war gekommen. „Ich möchte euch beide einladen, mit uns zu Mittag zu essen. Maria, du wirst einige Bekannte wiedertreffen."

Während sie Emilia folgten, hatte David eine Frage. „Wieso hat die Senatorin dieses Projekt hier in Bolivien unterstützt? Habt ihr nicht genug Probleme in Peru?"

„Der Grund ist der Titicacasee. Beide Länder grenzen an den See, der die Lebensgrundlage für viele Menschen ist und ein einzigartiges Biotop. Manche Fische und Frösche existieren nur hier oder haben nur hier existiert. Denn durch die ständig zunehmende Verschmutzung des Sees sind etliche Arten bereits ausgestorben."

„Als wir vorhin mit dem Boot über den See gefahren sind, sah er eigentlich ganz sauber aus."

„Das täuscht. Das Wasser ist inzwischen so stark mit Pestiziden aus der Landwirtschaft und mit Schwermetallen aus dem illegalen Bergbau belastet, dass man den See zum ‚Bedrohten See des Jahres' erklärt hat. Dazu kommen Abwässer aus Puno in Peru und El Alto in Bolivien. Der See ist wichtig für die Trinkwasserversorgung von zwei Millionen Menschen. Die Senatorin wollte alternative Einkommensquellen eröffnen. Sanfter Tourismus ist immer noch besser als illegaler Bergbau. Und Bildung für indigene Menschen ist überall in Südamerika gut und nötig."

Vor dem Haus von Emilia war eine große Tafel aufgebaut worden. Sie stand voll mit dem, was jeder der Bauern mitgebracht hatte: gekochte Kartoffeln, gebratene Hühnchenkeulen, hart gekochte Eier, Tortillas, verschiedene Soßen. Alles einfaches Essen, aber man spürte die Achtung vor den Gästen und den Gaben der Natur.

In großen Krügen stand ein Getränk, das sich David erklären lassen musste. Die Dorfbewohner hatten Pfirsiche getrocknet und so haltbar gemacht, aber extra zur Feier waren nun einige dieser Pfirsiche mit Wasser aufgekocht worden. Das Ganze ergab eine kühle Limonade von unvergleichlichem Geschmack. David kam es so vor, als hätte er noch nie etwas so Schmackhaftes getrunken.
Alle umarmten Maria und begrüßten David freundlich, aber distanziert. Er überragte sie alle deutlich und fühlte sich ein bisschen wie Gulliver. Vielleicht rührte daher die Scheu der Bauern vor ihm.
Inmitten der lebhaften Gruppe fühlte David sich fremd. Dann fielen ihm die Worte der Senatorin ein: „Lass dich ein auf die Menschen, auf unsere Kultur, unsere Lebensweise. Sonst bleibst du ein Fremder, der einen Zoo besucht. Finde heraus, was die Menschen hier antreibt, was sie fürchten, was sie hoffen. Und dann hilf ihnen, ihre Hoffnungen zu verwirklichen und ihre Dämonen zu vertreiben. Betroffenheit ist keine Hilfe, eher ist es eine Beleidigung."
David schaute zu Maria. Sie lächelte, als hätte sie gerade seine Gedanken gelesen. Aber vielleicht war es auch nur eine Reaktion auf das, was ihr Tischnachbar ihr gerade erzählte. David hörte zu. Es dauerte nicht lange, da war er mitten in der Gesprächsrunde angekommen.
Nach dem Essen fühlte sich David satt und träge. Am liebsten hätte er jetzt ein Schläfchen im Schatten gemacht, doch daraus wurde nichts. Maria hatte begonnen, mit Emilia und einem Mann mittleren Alters ihre Weiterreise nach La Paz zu besprechen, und rief ihn dazu. „David, wir haben ein Problem. Wir kommen erst morgen weiter."

Der Mann, der sich als Pedro vorgestellt hatte, fiel ein: „Ich könnte euch schon ein Stück bringen, aber mein Cousin, der euch weiterfahren soll, hat erst morgen Zeit."
„Na, ist doch kein Problem", sagte Emilia, „dann schlaft ihr heute bei mir und morgen geht es ausgeruht weiter."
David überlegte. Einerseits war eine ruhige Nacht zum Krafttanken eine gute Idee. Andererseits war da immer noch der abgebrannte Anlegesteg, der ihm keine Ruhe ließ.
„Was glaubt ihr, wer hat euren Anlegesteg angezündet?", fragte er nun.
Emilia zuckte mit den Schultern. „Vielleicht war es nur ein Dummejungenstreich, der etwas aus dem Ruder gelaufen ist. Oder es war eine der konkurrierenden Drogenschmugglerbanden, die anderen Banden den Weg über den See nach Peru versperren wollten."
„Drogenschmuggler?" Jetzt war David höchst alarmiert.
Doch Emilia beruhigte ihn. „Die tun uns nichts, solange wir ihnen nicht in die Quere kommen. Wir haben gelernt, uns zu arrangieren."
David war in keiner Weise beruhigt, alles in ihm schrie „Vorsicht!". Das war es dann also mit dem Pausenschlaf.
Maria hatte ihn die ganze Zeit beobachtet. „Ist das eigentlich typisch deutsch, dass ihr euch ständig Sorgen macht?"
„Na hör mal, machst du dir keine Sorgen?" David war empört.
„Wir machen uns Sorgen, wenn es Zeit dafür ist und nicht schon vorher", antwortete sie.
David schüttelte den Kopf. Er hatte wohl noch so einiges zu lernen in diesem Südamerika. Riveras ging ihm dennoch nicht aus dem Kopf. Mussten sie ihn immer noch fürchten?

Schließlich waren sie in Bolivien. Sollten seine Schergen auch hier nach ihnen greifen können?
Pedro verabschiedete sich bis zum nächsten Tag. Dann sollte es sehr früh losgehen. Da sie nun etwas Zeit hatten, schlug Maria vor, David den Ort zu zeigen. Er war einverstanden, gab es ihm doch die Möglichkeit, Maria nah zu sein. Die Vorstellung, getrennt von ihr zu sein, bereitete ihm beinahe körperliche Schmerzen. Tief in seinem Innersten wusste er, das der Augenblick des Abschieds immer näher rückte. Spätestens, wenn sie in La Paz bei Evo Morales waren, hatte sich seine Aufgabe hier erledigt. Es war sowieso die Frage, wie der General die ganze Aktion bewertete. Schließlich war sein ursprünglicher Auftrag ein ganz anderer gewesen.

Maria und David gingen einen staubigen Weg entlang, an dem sich einfache Häuser duckten. Die meisten waren aus Ziegeln erbaut und unverputzt, so wie David das auch schon in Peru gesehen hatte.
Maria deutete auf eine mit Stroh ausgelegte Fläche auf dem Feld. „Dort trocknen Kartoffeln." Die kleinen Kartoffeln wurden so durch die Sonne haltbar gemacht. „Vor dem Essen müssen sie dann in Wasser eingeweicht werden."
Hinter einem Stapel Lehmziegel, die ebenfalls in der Sonne trockneten, saß eine dem Aussehen nach sehr alte Frau und webte an einem einfachen Webstuhl, wenn man denn von einem Webstuhl sprechen konnte. Zwischen mehreren Rundhölzern waren einfach bunte Wollfäden gespannt worden.
Auf Davids Frage antwortete die Frau, dass sie 83 Jahre alt sei. Maria unterhielt sich mit ihr, während David sich umsah.

Am Horizont bemerkte er eine Staubwolke, die sich näherte.
„Maria, komm!“ Er zog sie rasch mit sich.
„Was ist los?“ Maria verstand nicht.
„Sie kommen!“
„Wer?“
„Ich weiß nicht, aber wir sollten uns Deckung suchen.“
Jetzt begriff Maria. „Schnell zur Schule. Da haben wir Deckung und Überblick.“
Atemlos erreichten sie den Schulhof. Die Autos, die den Staub aufgewirbelt hatten, waren ihnen auf den Fersen, die Insassen waren jetzt gut zu erkennen. Alle trugen Gewehre in ihren Händen.
Maria und David erreichten die Schultür und stürzten hindurch. „Geh nach oben“, rief Maria. „Da hast du freies Schussfeld. Ich bleibe hier unten und versuche, sie aufzuhalten.“
David rannte die Treppe hoch und zog noch im Laufen seine Pistole. Oben ging er an einem der Fenster in Deckung. Sollte er das Fenster öffnen? Der beginnende Kugelhagel enthob ihn dieser Entscheidung. Glasscherben und Holzsplitter flogen ihm um die Ohren. Er duckte sich. Die Ankömmlinge hatten sich vor dem Gebäude verteilt und schossen aus ihren automatischen Waffen. Dabei achteten sie darauf, in Deckung zu bleiben. Offensichtlich waren es gut trainierte Killer.
David machte sich keine Illusionen. Mit ihren Pistolen hatten sie keine Chance gegen die Angreifer. Trotzdem schoss er ein paarmal mit seiner Sig Sauer in Richtung der Angreifer. Ein Fehler, denn nun wussten sie, wo er in Deckung gegangen war, und schossen sich auf ihn ein. Er wechselte die

Stellung und das Magazin und ging an einem der anderen Fenster in Deckung. Einer der Angreifer versuchte, die Treppe zur Schultür hochzulaufen, aber dabei stolperte er und blieb dann regungslos liegen.
„Ja", rief David, „den hast du erwischt, Maria!" Auch er zielte jetzt ruhiger auf die Angreifer. Er hatte noch ein letztes Magazin, dann wäre es vorbei.
Im Rücken der Angreifer erklangen plötzlich weitere Schüsse. Hatten sie Verstärkung bekommen? Doch nein, die Angreifer zogen sich zurück und verschwanden mit ihren Autos in der Dunkelheit.
Und plötzlich war Stille.
David hatte nicht mitbekommen, dass Maria schon eine Weile das Feuer eingestellt hatte. Wahrscheinlich war ihre Munition aufgebraucht.
Aber nun waren die Angreifer auf der Flucht, die Bauern hatten sie verjagt, es war vorbei. Er ging zu ihr ins Erdgeschoß. Sie lag am Boden, in der Nähe der völlig durchlöcherten Schultür, seltsam verkrümmt. Ihre Augen waren auf ihn gerichtet und Davids Herz schlug bis zum Hals. Langsam ging er auf sie zu.
„Maria, Liebes, steh auf, es ist vorbei." Er sprach leise, als wollte er sie nicht aufwecken. Dann sah er, dass sie ihn eben nicht ansah, sondern ins Nichts. Ein kleines Loch in ihrem Kopf, kaum Blut.
Maria war tot.
David sank in sich zusammen, zog ihren Kopf in seinen Schoß. Mit einer Hand schloss er ihre Augen. „Liebes, du musst aufstehen, du wirst dich erkälten. Warte, ich wärme dich!"

So fanden ihn die Bauern, die einige Zeit später die Schule betraten. David hielt Maria in seinen Armen, als versuchte er, sie vor der nächtlichen Kälte zu schützen. Er murmelte tonlos Worte vor sich hin. Worte, die keinen Sinn ergaben. Dabei schaukelte er mit seinem Oberkörper vor und zurück, als würde er ein Kind in den Schlaf wiegen.
Die Bauern trugen Marias Leichnam hinaus, hinaus in die kalte, unerbittliche Nacht.

39
BOLIVIEN 2012

Der Tag begann mit einem blutroten Morgen über der Hügelkette. Pedro brachte David zum Pick-up und setzte ihn auf den Beifahrersitz.
Durch das offene Fenster griff Emilia nach seiner Hand und drückte sie. „Pachamama beschütze dich, David. Mach dir keine Sorgen, wir kümmern uns um Maria."
David machte sich keine Sorgen. Er saß wie betäubt in dem Auto. Emilias Satz hallte in ihm nach: Beschütze dich … Kümmern uns … Maria …. Er hatte es der Senatorin versprochen! Er hatte ihr auf dem Sterbebett versprochen, auf Maria aufzupassen. Er hatte versagt. Er war ein Versager. Er hatte Schuld an ihrem Tod!
Wieder tauchten die Bilder der Nacht in ihm auf. Die Schießerei, der tote Angreifer. Maria, wie sie dalag und schlief. Er hatte versucht, sie zu wärmen, und dann waren sie gekommen und hatten sie ihm weggenommen. Was sollte er nur tun?
Emilia zeigte ihm ihr Handy. „Das ist ein Bild von dem Killer, den Maria erwischt hat. Kennst du ihn?"
David schaute in das vernarbte Gesicht Kerosenes. Ein normales, durchschnittliches Gesicht, wären nicht die Narben gewesen.
„Ja, das ist einer von Riveras' Männern." David sagte es ohne Regung in der Stimme.

Nach etwa einer Stunde Fahrt bog Pedro von der Hauptstraße ab und sie erreichten ein kleines Dorf. Hier stieg

David zu Pedros Cousin Maurizio in den kleinen Truck, der voll mit Gemüse für den Markt in La Paz war. Maurizio wusste nichts von den Vorgängen in der Nacht und das war gut so für David, denn der junge Mann schwatzte die ganze Zeit während der Fahrt. David saß teilnahmslos daneben und antwortete nicht. Nicht lange und sie erreichten La Paz.
David hatte Maurizio gebeten, ihn an irgendeinem Hotel abzusetzen, und dachte gerade darüber nach, dass er als Erstes eine Dusche und frische Kleidung brauchte, da hielt Maurizio auch schon vor dem „Ritz“. David war das egal. Er stieg aus, bedankte sich und ging ins Foyer.
Rechter Hand stand eine Sitzgruppe voll lärmender Touristen, linker Hand war der Eingang zum Restaurant und dahinter die Rezeption. Er ignorierte die verwunderten Blicke und verlangte ein Zimmer.
„Wie wünschen Sie zu zahlen?“ Der Hotelangestellte war sich offensichtlich nicht sicher, ob David würdig war, ein Zimmer in diesem Hotel bewohnen zu dürfen.
Er zog die Kreditkarte, die er vom General bekommen hatte, hervor und präsentierte sie dem Rezeptionisten. Schon wurde die Stimmung deutlich freundlicher. David bekam eine Suite mit Blick auf die Straße in der achten Etage. Dann bat er darum, dass seine Sachen abgeholt und gereinigt wurden.
Im Zimmer, das über eine kleine Küche verfügte, kochte er sich einen Kaffee und zog sich aus. Der ehemals weiße Anzug war so schmutzig und voller Blut, dass David laut zu sich sagte: „Der müsste auch mal wieder geteert werden, da kommt ja schon das Weiße durch.“ Dann stieg er unter die Dusche. Beim Blick in den Spiegel erschrak er

über den alten Mann, der ihm da entgegensah.

Als es klopfte, schlang David sich ein Handtuch um die Hüften und öffnete die Tür. Der Hotelangestellte wollte die Sachen zur Reinigung holen. David schaute noch mal in alle Taschen und leerte sie. Seine Brieftasche mit Kreditkarte und Greenes Visitenkarte. Aus der Brusttasche des Jacketts zog er eine Kette mit einem goldenen Kreuz. Er konnte sich nicht erinnern, wie es dahin gekommen war. Es war Marias Kreuz, das sie in Riveras' Villa getragen hatte. Einer der Bauern musste es ihm letzte Nacht zugesteckt haben. Der Hotelangestellte räusperte sich und David reichte ihm nachdenklich seine restliche Kleidung und schloss die Zimmertür.

Dann saß er vor seiner Tasse Kaffee und ließ ihn kalt werden. Er überlegte, was er jetzt machen sollte. Eigentlich hatten Maria und er vorgehabt, zum Präsidentenpalast zu gehen, um Audienz zu bitten und die Daten zu übergeben. Ein, zugegeben, naiver Plan, der so nun gar nicht mehr funktionieren konnte. Er hatte keine Daten, er hatte keine Maria, er hatte keine Ahnung. Er hatte nicht mal einen Pass, mit dem er wieder nach Hause reisen konnte. Der mit seinem Namen stand wahrscheinlich in ganz Südamerika auf den Fahndungslisten. Hatte nicht Doktor Menendez zu Maria gesagt, dass man ihnen den Mord an José angehängt hatte?

Vor ihm auf dem Tisch lag Marias goldenes Kreuz. Eine feine Goldschmiedearbeit. Drei Arme des Kreuzes waren besonders filigran gearbeitet und am vierten führte die Kette durch einen kleinen goldenen Ring. David nahm das Kreuz in die Hand und näher in Augenschein. Was

hatte Maria an dem Abend beim Arzt gesagt?
„Die Daten stehen unter dem Schutz einer höheren Macht."
Was gab es Höheres als Gott? Zumindest für die Gläubigen ...
David begann, an den Armen des Kreuzes zu ziehen – nichts, da bewegte sich nichts. Dann drehte er den kleinen Ring und siehe da, der vierte Arm ließ sich plötzlich aus dem Kreuz herausziehen. Es war ein Datenstick im Miniformat.
David war elektrisiert. Das mussten die Daten sein. Jetzt brauchte er nur irgendeinen Computer, um sie abrufen zu können. Er überlegte: Internetcafé? Nein, im Hotel musste es einen Computer für die Gäste geben! Wahrscheinlich im Foyer, in irgendeiner Ecke. Sofort ging David los. Im Foyer fand er den gesuchten Computer und steckte den Stick ein. Jetzt erst bemerkte er, dass er schon wieder für Aufsehen gesorgt hatte: Er hatte noch immer das Duschtuch um die Hüften. Ausschließlich!
Na, dachte er, da kann ich ja jetzt den Archimedes machen, ich muss nur noch „Heureka!" rufen. Inzwischen war der Computer hochgefahren und zeigte die Datenstruktur des Sticks an. Da waren viele Dateien mit Namen, die David nichts sagten. Aber wenn er die jeweilige Datei aufmachte, kamen immer die gleichen Informationen. Immer die gleichen Kontonummern mit immer den gleichen Überweisungen, mit immer den gleichen Summen. Ob Hermosa oder Montesino oder Salgado – egal, es waren immer die gleichen Zahlen. Es waren Fälschungen.
David hatte genug gesehen. Er war am Boden zerstört. Gute Menschen waren gestorben für diesen Datenmüll? José, die Senatorin, Maria - alles umsonst? Er zog den Stick aus dem

Computer und ging auf sein Zimmer zurück. Von dort rief er die Rezeption an und bestellte eine Flasche Rum.
David machte den Fernseher an und goss sich ein Glas voll. Er wusste, er würde nicht viel brauchen, um die Gedanken in seinem Kopf wegzutrinken. Da ging sowieso alles durcheinander: Maria und ihr Lachen, Riveras und der „Beginn einer wunderbaren Freundschaft", Pachamama – es dauerte nicht lange, da war er vor laufendem Fernseher eingeschlafen.
Er wachte auf, weil es an der Tür klopfte. Seine Sachen waren frisch gereinigt und verpackt, er konnte also endlich das Duschtuch weglegen. Den fiesen Geschmack im Mund gurgelte er mit etwas Rum weg. Im Fernsehen lief eine Dokumentation über den Zweiten Weltkrieg. Churchill traf irgendwelche Leute.
Und dann erinnerte David sich an einen Ausspruch von ebendiesem Churchill. Fred, einer aus seinem Blauhelm-Team hatte den mal aufgesagt, als sie in Mosambik mal wieder mit der Nase im Dreck lagen und die Lage aussichtslos schien: „Erfolg ist nicht endgültig, Scheitern nicht existenziell – Was zählt, ist die Courage, weiterzumachen."
Er würde weitermachen. Und jetzt wusste er, er musste eine Mission beenden, seine Mission beenden. Er war der Einzige, der das konnte. Zwar war er in La Paz, aber er würde hier keinen Frieden finden, denn er war wütend. Auf sich, vor allem aber auf Riveras.
Jetzt war er es, der Rache wollte!
In Peru wurde er schon gesucht, in Bolivien war es nur eine Frage der Zeit, bis der peruanische Haftbefehl vollstreckt wurde. Und er hatte nichts, was er im Austausch

für seine Freiheit zu geben hatte, nur wertlose Daten.
Er musste noch einmal in Riveras' Villa. Die Dateien waren dort, da war er sich sicher. Als Erpresser musste Riveras ständigen Zugriff auf sein belastendes Wissen haben. Wieder hatte er Greenes Visitenkarte in der Hand. Diesmal würde er ihn anrufen.

David saß im Flugzeug von La Paz nach Lima. Mit dem Pass, den ihm Greene geschickt hatte, war alles problemlos gelaufen. Er hieß jetzt Dean Thomas und irgendwie kam ihm der Name bekannt vor. Offensichtlich hatte Greene Spaß gehabt, den Namen auszusuchen.
„Hallo Gary, ist das dein Ernst?", hatte David ihn gefragt. „Die gleichen Initialen?"
Greene hatte am Telefon gekichert wie ein kleiner Junge. „Ist ja nur, falls du noch bestickte Taschentücher hast."
„Worauf ihr Kulturbotschafter alles achtet!", hatte David kopfschüttelnd geantwortet.
Wieder einmal steckte er sich die Kopfhörer in die Ohren. In den letzten Tagen hatte er nur Gedanken für seine Mission gehabt. Er stand neben sich und schaute auf sich wie auf einen Fremden. Er hatte Maria nicht vergessen, aber sie war ein Stück in den Hintergrund gerückt. Musste er nicht um sie trauern? Er spielte Xavier Naidoo, „Abschied nehmen". Den Sänger mochte er nicht, aber seine Musik berührte sein Herz. Seine Hoffnung war, dass er so endlich trauern konnte.
Es funktionierte nicht, er sah ihr Bild vor sich, glaubte, ihre Küsse zu spüren, zu schmecken. Glaubte, ihr Haar zu riechen, ihr wunderschönes, langes schwarzes Haar. Diese

Haare, die genauso waren wie sie selbst: mal widerspenstig, mal anschmiegsam, aber immer Maria. Er konnte es nicht, er hatte keine Tränen. Jetzt war nicht die Zeit dafür.
Zuerst die Mission!
Er hatte Gary im Austausch für den Pass über die Rezeption im Hotel Marias goldenes Kreuz zukommen lassen.
Im Lima begab sich David wieder ins Viertel La Victoria. Diesmal lud er seine Pistole unter den misstrauischen Blicken des Verkäufers bereits im Laden. Natürlich hatte er sich wieder eine Sig Sauer ausgesucht. Drei Magazine dazu, mehr würde er nicht brauchen. Und wenn doch, dann war es eben so.
Er kaufte eine kleine grüne Reisetasche, in die er eine schusssichere Weste packte. Außerdem kaufte er einen neuen Datenstick.
Dann ging er wieder in den Kennedypark und wartete auf die Dunkelheit.

40
PERU 2012

„Rache ist ein Gericht, das man kalt genießen sollte", war ein Spruch, den David noch nie gemocht hatte. Einfach zu geschwollen und abgelatscht! Allerdings war er innerlich kalt, kalt wie der Eisberg, der die Titanic versenkt hatte.
Die Sicherheitssysteme der Villa zu überwinden war leicht, schließlich hatte Riveras sie ihm in seiner unendlichen Überheblichkeit vor ein paar Tagen selbst vorgeführt. Der Mann musste sehr sicher gewesen sein, dass David, Maria und die Senatorin den Abend nicht überleben würden.
David betrat leise die Villa, suchte das Arbeitszimmer und setzte sich erst mal in den hohen Ledersessel am Schreibtisch. Im Rücken hatte er nun das große, bodentiefe Fenster, vor ihm die Tür und rechter Hand ein Sideboard mit ein paar Staubfängern und darüber einer Galerie von gerahmten Fotos.
Dann ging er rasch und methodisch vor. Er schloss die schweren Gardinen und durchsuchte das Zimmer nach versteckten Waffen. Eine fand er in der rechten Schublade des Schreibtisches, eine zweite war mit Tape unter die Tischplatte geklebt, sodass der am Schreibtisch Sitzende bequem und unauffällig herankommen konnte. Keine überraschenden Verstecke. Er entfernte die Munition, schließlich hatte er inzwischen gelernt, dass man ohne Munition schlecht schießen konnte.
„Mal sehen, wie originell du bist", murmelte David, zog weitere Schubkästen auf und untersuchte deren Böden von unten. Und richtig: Unter einem war ein Passwort befestigt.

„Kreativ seid ihr Dreckskerle wahrscheinlich nur beim Foltern und Morden!“

David startete den Computer und durchsuchte die Festplatte nach Daten. In einem Ordner namens „Neuer Ordner“ fand sich allerlei Krimskrams an Daten sowie ein weiterer „Neuer Ordner“-Ordner, der Dateien zur Organisation der Geburtstagsfeier enthielt. Darin steckte wieder ein „Neuer Ordner“. Im Chaos konnte man wirklich alles Mögliche verstecken.

Ein weiterer Unterordner „Neuer Ordner“ enthielt die von David gesuchten Dateien. Einige Dateinamen sagten ihm inzwischen etwas, denn die dazugehörigen Personen waren ihm auf der Geburtstagsfeier vorgestellt worden. Hohe Funktionäre aus verschiedenen Parteien und der Regierung, außerdem ranghohe Militärs. Er öffnete wahllos mehrere Dateien und überprüfte den Inhalt. Diesmal schien es so, dass er fündig geworden war. Eine der Dateien enthielt außerdem so etwas wie Riveras’ Tagebuch.

Er kopierte alles auf den mitgebrachten Stick und machte den Computer aus. Dann öffnete er die Vorhänge wieder und setzte sich in den Sessel am Schreibtisch. So blieb er selbst im Dunkel, denn das Mondlicht, das von der Terrasse durch das große Fenster hereinschien, war in seinem Rücken. Damit hoffte David, einen Vorteil gegenüber Riveras zu haben, ihn vielleicht überraschen zu können. Bei alledem war er erschreckend ruhig und fokussiert. Er machte sich keine Gedanken über das Ende dieser Nacht. Er wollte nur Marias Aufgabe, seine Mission, zu Ende bringen.

Im Sessel sitzend zog er seine Sig Sauer aus dem Halfter, entsicherte sie und legte sie neben seinen rechten Ober-

schenkel. Die rechte Hand behielt er ab jetzt an der Waffe.
So saß David eine ganze Weile still im Sessel und hörte auf die Geräusche von draußen. Das Haus war lange schlafen gegangen, als sich etwas regte. Ein Wagen fuhr vor, eine Frauenstimme war zu hören, eine Männerstimme auch. Die Worte waren nicht zu verstehen, er wusste allerdings auch so, worum es ging. Maria hatte ihm erzählt, dass Riveras seit dem Tod seiner Frau ein- bis zweimal in der Woche ein Callgirl kommen ließ. Diese Frauen durften nie übernachten, sie würde also gleich verabschiedet werden.
Er wusste auch, was dann kommen würde. Riveras rauchte gern danach – was für ein Klischee – wollte das aber wegen der Kinder nicht im Haus tun. Also holte er sich Zigaretten aus dem Arbeitszimmer und rauchte auf der Terrasse, bevor er zu Bett ging.
Der Wagen fuhr ab.
Die Tür ging auf. Riveras machte kein Licht. Zielsicher trat er zum Sideboard und nahm aus einem Kästchen Zigarette und Feuerzeug.
„Rauchen kann tödlich sein."
Riveras fuhr herum, als er Davids Stimme hörte. „Ah, Señor Thomsen."
Erstaunlich, wie schnell der Mann sich wieder unter Kontrolle hatte. David sollte ihn nicht unterschätzen.
„Was kann ich für Sie tun, David?"
„Ich habe noch ein paar Fragen." Über seine Ruhe war David fast selbst erstaunt.
„Ja, gern, wenn ich Ihnen helfen kann." Riveras wurde spöttisch.
„Seit wann wussten Sie, dass ich in Peru bin?"

„Ich habe Sie schon seit Chiclayo beobachten lassen. So konnte ich mir beizeiten ein Bild von Ihnen machen.“
„Und woher wussten Sie, dass ich komme?“
„Ach, wissen Sie, David, in meiner Position hört man so dies und das.“
In David kam eine vage Erinnerung hoch. Genau diese Formulierung hatte er doch schon mal gehört!
„Na gut, gehen wir mal der Reihe nach vor.“ David blieb weiterhin ruhig. Riveras war erstaunlich kooperativ, für seine Begriffe sogar etwas zu kooperativ. „Als wir mit dem Bus von Trujillo nach Lima fuhren, hatte der angeblich eine Panne.“
Riveras war erstaunt. Oder tat er nur so? „Von einem Bus weiß ich nichts. Vielleicht war es ja wirklich eine Panne.“ Er schaute David listig an.
Der fragte weiter: „Als ich in La Victoria einkaufen war, wurde ich gezielt angegriffen. Warum?“
Riveras spielte den Zerknirschten. „Das tut mir leid. Das waren übereifrige Mitarbeiter. Es wurde inzwischen intern auch ausgewertet.“
Wenn er nicht so angespannt gewesen wäre, hätte David gelacht. „Intern ausgewertet“. Was für ein Satz! Als hätte jemand im Büro den Kopierer kaputtgemacht. Und dann? Belehrung für alle und Unterschrift im Belehrungsbuch?
Jetzt kam die für ihn wichtigste Frage. „Die Aktion während der Geburtstagsfeier Ihrer Tochter war doch eine Falle. Woher wussten Sie von unserem Plan?“
Jetzt grinste Riveras selbstgefällig. „Ihr Butler hatte einen Freund unter meinen Angestellten. Den haben wir energisch befragt und dann redete er wie ein Wasserfall.“

David lief ein Schauder über den Rücken. „Energisch befragt“ hieß, dass der Freund von José gefoltert worden war. Er mochte sich gar nicht vorstellen, was Riveras' Leute mit ihm angestellt hatten.
„Und was ist jetzt mit ihm?“, fragte er.
Wieder grinste Riveras. „Wir haben uns von ihm getrennt.“
David fragte nicht weiter nach. Er konnte sich denken, dass der Mann tot war. Eines wollte er noch wissen. „Aber warum war das alles nötig?“
„Warum das Ganze?“ Riveras legte den Kopf leicht schräg. „Sie wollen wissen, warum die Senatorin sterben musste? Sie hat mich bestohlen, in meinem eigenen Haus bestohlen. Die Liste, die sie gestohlen hat, durfte nicht in die schmutzigen Pfoten ihrer verdammten liberalen Freunde gelangen.“
„Sind Sie selbst auf die Idee gekommen?“
Jetzt grinste Riveras breit. „Sie wollen wissen, ob ich Unterstützer habe? Natürlich habe ich Leute weit oben, die ihre Hand über mich halten. Aber ich brauche von denen keine Befehle. Ich bin ein Mann mit Initiative. Und außerdem, was tut man nicht alles für die Familie.“
War es das? David glaubte, zu verstehen: Riveras war Taufpate von Fujimoris Tochter und die stellte sich gerade zur Wahl zur Präsidentin von Peru. Sollte da die letztliche Motivation für Riveras' Mordauftrag herkommen? Vielleicht sogar ein direkter Auftrag?
„Und Maria?“
Riveras zog die Mundwinkel nach unten und Speicheltröpfchen spritzten aus seinem Mund, glitzerten im Mondlicht, als er hasserfüllt schrie: „Dieses verdammte, kommunistische Flintenweib hat bekommen, was es längst verdient hat.

Ich habe nicht mein ganzes Leben lang Kommunisten gejagt, um mir dann von so einer Göre auf der Nase rumtanzen zu lassen. Haben Sie es ihr wenigstens vorher noch mal so richtig besorgt?"

Plötzlich hatte er eine Pistole in der Hand, David hatte seine die ganze Zeit nicht losgelassen. Sie schossen beide gleichzeitig. David traf Riveras mitten ins Gesicht, der David in die Brust. David verspürte einen brutalen Schlag und einen Moment lang wurde er bewusstlos.

Als er wieder zu sich kam, lag Riveras tot am Boden. Die Schutzweste, die David erst am Morgen in La Victoria gekauft hatte, hatte ihm das Leben gerettet.

Ruhig stand er auf, ging zur Bildergalerie und nahm eines der Fotos an sich. Als er über den leblosen Körper stieg, roch er das Blut. Er musste wieder an seinen Spruch von Beginn der Unterhaltung denken und sagte laut: „Raucher sterben früher."

41
SCHWEIZ 2012

Und wieder saß David in einem Flugzeug. Es flog nach Europa, genauer: nach Madrid. Er war endlich auf dem Heimweg.
Vom Flughafen aus hatte er in Deutschland angerufen.
„Hallo Sunny."
„David! Hallo!"
„Sunny, du musst bitte ein paar Leute aus dem Team aktivieren. Besorg ihnen Fahrzeuge und Zubehör." Dann folgten detaillierte Anweisungen an das Team.
Anschließend kaufte sich David ein kleines Tablet. Damit wollte er während des langen Fluges die Dateien auf dem Datenstick prüfen. Besonders gespannt war er auf Riveras' Tagebuch.
Er hatte seine Waffe und die kugelsichere Weste in seine grüne Reisetasche gelegt. Auf den Flughäfen hatte er in letzter Zeit immer öfter sogenannte Wrapping-Stationen gesehen, an denen Passagiere ihr Gepäck in Folie wickeln lassen konnten. Das ließ er auch mit seiner grünen Reisetasche machen, befestigte eine Adresse daran und drückte einem Taxifahrer das Paket und einen Geldschein in die Hand. Er hatte zwar nicht vor, jemals wieder nach Peru zu kommen, aber man konnte ja nie wissen …
Von Madrid ging es nach Genf, doch er fuhr nicht ins Hauptquartier zu General Moro, sondern stieg in den Zug nach Zürich. Die Fahrt dauerte keine drei Stunden.
Zürich empfing ihn mit Sonnenschein und einem leichten Anflug von Frühsommer. In der Bahnhofsvorhalle ging

David zu einem Münztelefon und rief seine Frau in Dresden an. Sie meldete sich und er hörte Hoffnung und Tränen in ihrer Stimme.
„Hallo, ich bin's", sagte er.
„Geht es dir gut? Wo bist du?", fragte Delilah.
„Es geht mir gut." Er machte eine Pause. „Ich denke, ich komme morgen nach Hause."
„Das ist schön."
Er spürte, dass sie schon wieder mit den Tränen kämpfte. Er hatte selbst einen Kloß im Hals. „Ich muss nur noch eine Kleinigkeit erledigen, dann komme ich."
„Ja." Die Tränen ließen sie kaum sprechen: „Erschrick nicht, wenn du kommst. Du kennst doch die Magnolie, die immer so schön geblüht hat."
„Ja, ich weiß, eine kurze, aber großartige Pracht. Sie war erfroren."
„Nicht nur das! Jetzt hat jemand auch noch fast alle Äste abgeschnitten."
Sehr nachdenklich ging David über den Bahnhofsvorplatz. In der Bahnhofstraße in Zürich steht das „Hotel Schweizerhof", in dessen Restaurant er mit einem Mann verabredet war, den ihm sein Freund Oliver als investigativen Journalisten empfohlen hatte. Sein Plan war, ihm den Stick mit den Dateien zu übergeben.
Miklas Meisenthal war ein Mann um die sechzig. Die dunklen Augen schauten aufmerksam über die randlose Halbbrille. Das erzeugte das Gefühl bei David, Meisenthal würde ihn strafend ansehen. Vor dem Journalisten stand eine leere Kaffeetasse.
David nahm ihm gegenüber Platz und bestellte sich ein Wasser.

Meisenthal kam gleich zur Sache. „Der Anruf Ihres Freundes sollte mich neugierig machen, klang allerdings schon etwas reißerisch. Was haben Sie mir denn Sensationelles mitgebracht?“

David legte den Stick auf den Tisch. „Was wissen Sie über Peru?“ Er merkte deutlich, wie das Interesse seines Gegenübers nachließ. Wenn er denn vorher welches gehabt hatte.

„Peru“, sagte Meisenthal gedehnt. „Was ist mit Peru?“

David hatte große Lust, aufzustehen und zu gehen. Er schloss kurz die Augen und vor ihm tauchte Marias Gesicht auf. Was tat er hier? War er hier richtig? Dann gab er sich einen Ruck.

Er schaute Meisenthal ruhig an und entgegnete: „Sie wurden mir empfohlen, weil Sie investigativ arbeiten. Woran erkennen Sie denn eine Geschichte, für die Sie aktiv werden?“

Meisenthal wirkte irritiert. „Das ist eine gute Frage. Das weiß ich nicht genau. Das sagt mir mein Bauchgefühl.“

„Wie wäre es mit einer Geschichte, die das Zeug hat, eine Regierung zu stürzen?“

Meisenthal blieb zurückhaltend. „Sicher, das könnte mich interessieren.“

„Auf diesem Stick befinden sich Beweise für Verwicklungen von hochrangigen Politikern, Militärs und Juristen in systematische Folter und Mord in Peru unter der Regierung von Fujimori.“

Jetzt schien Meisenthal interessiert. „Was für Beweise?“

„Protokolle von geheimen Treffen, Kopien von geheimen Tötungsbefehlen, Vollmachten mit Unterschriften hochrangiger Personen aus dem direkten Umfeld Fujimoris,

Vollmachten zum Töten von Oppositionellen. Es gibt Angaben von Zahlungen auf geheime Konten, meist Offshore. Das ganze Netzwerk der Todesschwadronen ist detailliert aufgeführt."

David nahm einen Schluck aus seinem Wasserglas. Er war bei dieser Aufzählung immer erregter geworden. Das hier musste funktionieren. Er brauchte diesen Journalisten, um seine Mission zu erfüllen.

Meisenthal blieb äußerlich ungerührt. „Woher haben Sie das?"

David überlegte. Wie viel konnte er diesem Mann erzählen? Er kannte ihn nicht. Was wusste er denn von ihm? Er konnte Meisenthal nicht erzählen, dass er ein Mörder war. Er hatte die Daten gestohlen und den Besitzer erschossen, dafür wurde er mit Sicherheit in Peru per Haftbefehl gesucht.

David spürte, dass seine Pause etwas zu lang war. „Es wurde mir von Peruanern zugespielt. Ich habe keine Fragen gestellt." David merkte Meisenthal an, dass der ihm kein Wort glaubte.

Der Journalist starrte auf seine Tasse. „Ich kann keine Daten aus einer Straftat verwenden, damit könnte ich mich mitschuldig machen."

David hatte das Gefühl, als würde er wieder die tote Maria finden. „Es werden doch aber auch Daten von Whistleblowern verwendet."

„Das ist richtig. Aber diese Daten werden nie ungeprüft veröffentlicht. Als Journalist muss ich diese Informationen durch mehrere andere Quellen bestätigen lassen. Tut mir leid, das ist unsere Sorgfaltspflicht."

„Aber was hindert Sie, diese Überprüfung durchzuführen?"
„Das erfordert Ressourcen und Zeit."
„Was meinen Sie mit Ressourcen? Und wie viel Zeit?"
„Wenn ich ein Team habe, dauert das mindestens ein Jahr. Ohne Team …" Meisenthal sprach nicht weiter.
David verstand. Hier kam er nicht weiter. Er wollte nach dem Stick greifen, um ihn wieder einzustecken.
Meisenthal war schneller und legte seine Hand darauf. Er schaute David an. „Ich sehe, dass es Ihnen wichtig ist. Ich werde das Material sichten und dann entscheiden, was ich damit mache."
David fiel ein Stein vom Herzen. „Danke, vielen Dank. Wenn Sie dann noch Fragen haben, finden Sie mich über meinen Freund Oliver."
„Danken Sie mir nicht zu früh. Ich verspreche nichts", wiegelte Meisenthal ab. „Sollte mein Bauchgefühl ansprechen", fuhr er lächelnd fort, „dann muss ich versuchen, irgendeinen unbedeutenden Redakteur einer bedeutenden Zeitung zu überzeugen, mir ein Team zur Verfügung zu stellen."
„Vielleicht die NZZ?" David war euphorisch.
Meisenthal lachte. „Sie geben sich nicht mit Kleinigkeiten ab. Immer das volle Programm: Regierung stürzen, eine der führenden europäischen Zeitungen und so weiter. Wissen Sie, Südamerika interessiert nur wenige Leute in Europa. Wenn da eine Regierung stürzt, ist das für viele Menschen eine Nachricht, als ob gemeldet wird, in China ist ein Sack Reis umgefallen. Wenn wenigstens eine europäische Regierung involviert wäre, oder ein europäischer Konzern."
David war ernüchtert. Aber was hatte er erwartet. Was

hatte er denn von Südamerika gewusst, bevor er dorthin gereist war?
Meisenthal sah David die Enttäuschung an. „Herr Thomsen, jetzt lassen Sie mal den Kopf nicht hängen. Ich verspreche Ihnen, dass ich das Material unvoreingenommen und professionell prüfen werde." Und dann fügte er im schönsten Schweizer Dialekt hinzu: „Nützt's nüt, so schadt's nüt."

David ging langsam Richtung Ausgang durch das Foyer. Im Moment war er sich nicht sicher, wie er das Treffen bewerten sollte. Würde Meisenthal das Material verwenden? Oder hatte der Mann ihn nur abwimmeln wollen? Es konnte also ein Jahr oder länger dauern, bis irgendetwas von den Daten von Riveras' Computer veröffentlicht werden würde. Er war so tief in Gedanken versunken, dass er nicht auf seine Umgebung achtete, und erschrak, als er plötzlich von hinten angesprochen wurde: „Hello, David!"
Unverkennbarer amerikanischer Akzent und eine bekannte Stimme: Greene!
David fuhr herum. „Gary!" Er versuchte, seiner Stimme einen freudigen Klang zu verleihen. Sollte es ihm gelungen sein, seinem Gesicht gelang es nicht. Die Verwirrung musste sich deutlich in seiner Miene spiegeln, als er den Amerikaner vor sich sah. Panik stieg in ihm auf. „Was machst du in Zürich?"
Greene zeigte sein bekanntes, selbstgefälliges Grinsen. Offensichtlich genoss er Davids Verwirrung. „Das wollte ich gerade dich fragen, David, soweit fort von zu Hause?"
David versuchte, sich zu sammeln. „Ich habe in der Schweiz noch etwas zu erledigen und davor wollte ich eine

Kleinigkeit essen."
„Und", machte Greene, „hat es geschmeckt? Was gab es denn?"
„Na ja", sagte David, „ich hatte dann doch keinen Appetit, der Jetlag, du weißt ja."
Greene nickte, scheinbar betrübt. „Ja, ja, der Jetlag. Ich weiß."
David wurde es ungemütlich. Greene war doch nicht hier, um mit ihm Small Talk zu machen. „Gary, ich muss leider los, Termine, du verstehst sicherlich."
„Klar, versteh ich doch, David. Ich wollte dir auch nur noch schnell eine Geschichte erzählen."
David wurde ganz vorsichtig. „Eine Geschichte? Was für eine Geschichte?"
Greene grinste noch breiter, wenn das überhaupt ging. „Eine Geschichte von Freundschaft, Loyalität und Verrat."
David hatte ein flaues Gefühl im Magen. Würde Greene ihm jetzt vorhalten, dass er David geholfen hatte, während David nur Datenschrott geliefert hatte? Was, wenn er jetzt Ärger mit Greenes Vorgesetzten bekam? Es war allgemein bekannt, dass die keinen Spaß verstanden.
„Ich bin ganz Ohr", sagte er tapfer.
Sie standen immer noch mitten im weiträumigen Foyer des Hotels und sprachen leise miteinander. Von Weitem mochte es so aussehen, als hätten sich zwei alte Freunde zufällig getroffen und tauschten Erinnerungen aus.
Greene fing an zu erzählen. „In einem anderen Land und zu einer anderen Zeit treffen sich zwei Männer zufällig an der Bar."
Von wegen zufällig, dachte David. Greene wusste schon

lange, bevor er sich zu mir setzte, meinen Namen.
Greene sprach weiter. „Die beiden wurden Freunde."
Was heißt hier Freunde!, dachte David. Saufkumpane trifft es eher. Du hast mich angeworben. Was hat das mit Freundschaft zu tun?
„Und als der eine, nennen wir ihn Chico, in Schwierigkeiten steckte, half ihm der andere, Groucho, und wollte nur eine Kleinigkeit als Gegenleistung."
Eine Kleinigkeit?, dachte David nun. Für diese Daten sind Menschen gestorben.
„Groucho war enttäuscht über das, was Chico ihm lieferte. Aber dann zählte er zwei und zwei zusammen und als er erfuhr, dass eine gewisse Persönlichkeit vorzeitig von uns gegangen war, schickte er Leute zum Haus der Persönlichkeit. Diese besorgten, was Chico ihm versagt hatte."
David war beinahe erleichtert. „Na, dann hat Groucho doch, was er wollte. Dann können doch alle froh und glücklich sein." Er hatte sich unwillkürlich dem Sprachstil Greenes angepasst.
„Nicht ganz. Es gibt da noch einen dritten Mann, nennen wir ihn Harpo. Der hat vermutlich eine Kopie der Kleinigkeit."
Verdammt, dachte David, er weiß von Meisenthal. Bestand jetzt Gefahr für den Journalisten? Er musste das irgendwie entschärfen.
Er entgegnete Greene: „Dieser Harpo, mein Gott was für Namen, hat vermutlich keine Ahnung, wie wertvoll die Kleinigkeit für Groucho ist. Und wenn er es herausbekommt, kann ja Chico immer noch mit ihm reden."
Greene sah David prüfend an. Der versuchte, gelassen zu wirken und zu lächeln.

Dann sagte Greene, plötzlich ernst werdend: „Das sollte Chico tun, das sollte er unbedingt tun!"
David war es, als würde in dem Moment ein kalter Wind durch die offene Hoteltür hereinwehen. Er nickte Greene wortlos zu und wandte sich zum Gehen.
„David!", rief Greene ihm hinterher.
In David stieg die Wut hoch: Was wollte der Kerl denn noch von ihm? Er drehte sich langsam um und beherrschte sich mühsam.
„Hast du mal auf dein Konto gesehen?" Greene grinste wieder breit.
David zuckte mit den Schultern und ging wortlos durch die Hoteltür nach draußen.

42
SCHWEIZ 2012

Vor dem Hotel stand ein schwarzer Geländewagen mit deutscher Autonummer im Parkverbot. Andy saß am Steuer und lächelte David breit an. Statt einer Begrüßung sagte er: „Na, was macht der Arm?“

David stutzte. Woher wusste Andy von seiner Verwundung? „Was ist mit dem Arm?“, fragte er zurück.

Andy lachte wieder. „Ist es nicht immer der Arm?“

David gab auf. Andy war offensichtlich guter Dinge. „Was meinst du?“, fragte er nun direkt.

„Na, ich meine, dass in allen Actionfilmen, wenn der Held eine Verletzung abkriegt, es der Arm oder die Schulter ist.“

David war fassungslos. „Also, erst mal ist das hier kein Actionfilm. Zweitens schmerzt die Schulter höllisch. Und drittens, warum bist du so gut drauf?“

Andy fiel das Lachen aus dem Gesicht. „Na, mit dir ist da drüben ja wohl einiges passiert. Vielleicht erzählst du es mir ja, wenn wir unterwegs sind.“

David schnallte sich an, Andy fuhr los und David fühlte, dass er sich bei dem Freund entschuldigen musste. „Sorry, Andy, ich hatte gerade ein etwas unerfreuliches Gespräch. Ich wollte dir nicht die Laune verderben.“ Dann, nach einer nachdenklichen Pause, fragte er: „Sag mal, hast du schon mal die Namen Chico, Groucho oder Harpo gehört?“

„Klar“, sagte Andy. „Das sind welche von den Marx-Brothers.“

Er schaute kurz zu David hinüber und bemerkte dessen Unverständnis. „Das ist, oder besser war, eine Komikertruppe aus den USA. Alles Brüder.“

„Muss man die kennen?", fragte David. „Halt an!", rief er dann plötzlich, und noch mal: „Halt an!"
Andy fuhr an den Fahrbahnrand und hielt an. „Was ist?"
David schaute angestrengt aus dem Autofenster. Die junge Frau da vorn, das war doch Maria! Die gleiche Figur, die langen tiefschwarzen Haare. Das konnte doch nicht sein! Die Frau drehte sich um, als hätte sie die Blicke der beiden Männer gespürt. Nein, sie war nicht Maria. David sank zurück in den Sitz: Maria war tot.
„Fahr weiter!" David ignorierte Andys Blick und schaute starr geradeaus.
Aus der Stadt ging es hinaus in die Berge. Irgendwann bog Andy von der Straße ab auf einen Waldweg. Auf seine Fragen unterwegs hatte David nur einsilbig geantwortet. „Warte ab. Ich erkläre es euch allen."
Es ging den Waldweg entlang bergauf, bis sie eine Lichtung erreichten, an deren Ende ein Jagdhaus stand. David war überrascht. Er war vor Jahren schon mal hier gewesen, aber damals war das nur eine kleine Jagdhütte gewesen, aus Holz mit einem großen Raum mit Kamin und gemütlichen Sitzmöbeln.
Jetzt befand sich an gleicher Stelle ein massives Haus, viel größer und optisch edler. Davor ein Parkplatz, der sicher einem Dutzend Fahrzeugen Raum bot, begrenzt von großen Felsblöcken. Jetzt standen nur drei Wagen darauf. Mit der Rückseite stand das Haus direkt an einem sehr steilen Hang, der zum See hinunterführte.
Der Eingang war nach wie vor ebenerdig. David ging hinein. Ein großer Raum mit Kamin und Sesseln erinnerte noch an die alte Hütte, allerdings befanden sich nun auch

ein langer Tisch für Besprechungen und eine offene Küche darin. Alles war, dem Zeitgeist geschuldet, hell und schlicht. Die Gemütlichkeit war dahin.
Am Tisch hatte Davids Team bereits Platz genommen und schaute ihn erwartungsvoll an. Direkt neben David an der Stirnseite saß Susann, die Sprengstoffspezialistin. Neben ihr an der Längsseite hatte Fred Platz genommen. Er war der Mann fürs Grobe. Seine Waffen konnten nie groß genug sein und ständig schleppte er irgendwelche exotischen Pistolen und Gewehre an. Dazu kamen noch die Zwillingsbrüder Arno und Ben.
Andy kam herein, setzte sich neben Fred und schlug ihm auf die Schulter. „Na Fred, wie geht es Wilma?“ Alles grinste, obwohl der Witz, in Anspielung auf die alte Comicserie „Fred Feuerstein“, nicht neu war.
David blieb ernst. Er setzte sich nicht, sondern stellte sich so hin, dass er von allen gesehen werden konnte. „Ihr fragt euch sicher, warum wir heute hier sind.“ Er machte eine kurze Pause.
Fred krähte dazwischen: „Du wolltest mal wieder Spaß mit deiner Truppe.“
In das Gelächter der anderen hob David die Hand. Jetzt herrschte wieder aufmerksame Ruhe. „Ich bin vor ein paar Tagen von General Moro beauftragt worden, eine ältere, prominente Frau aus Lima nach Genf zu begleiten und zu beschützen. In Lima bin ich in eine – ich nenne es mal Intrige – geraten, die mich fast das Leben gekostet hätte. Ihr werdet es sicher nicht wissen, aber Peru hatte bis vor ein paar Jahren riesige Probleme mit Terrorismus. Dabei bekriegten sich Guerillas und Todesschwadronen und es gab

Massaker an Unschuldigen. Einige politische Kräfte im Land zeigen Bestrebungen, diese Massaker mehr oder weniger konsequent juristisch aufzuarbeiten. Und das schmeckt denen, die darin verwickelt waren oder zumindest mitschuldig sind, natürlich nicht und sie versuchen, es mit aller Macht und allen ihnen zu Verfügung stehenden Mitteln zu verhindern."
Davids Team schwieg und hörte aufmerksam zu.
„Ich mache es kurz. Es gab Tote. Darunter die Frau, die ich nach Genf begleiten sollte und eine junge Frau, die mir sehr wichtig war. Bei dem Drahtzieher dieser Morde in Peru fiel mir ein Foto in die Hände, das mir schlagartig klarmachte, dass ich reingelegt worden war."
Er warf das Foto, das er bei Riveras mitgenommen hatte, auf den Tisch. Andy griff danach.
„Der eine Offizier auf dem Foto ist Riveras, der Anführer der Todesschwadronen. Den anderen kennt ihr." Das Foto wurde rumgereicht. David sah, wie es in seinen Leuten arbeitete.
Ben war der Erste, der sprach. „Da ich weiß, was in dem Paket im Nebenzimmer ist, gehe ich mal davon aus, dass dies unser letzter Auftrag sein wird."
David sagte nichts.
Ben sah Arno an und sagte zu ihm: „Komm, wir holen das Paket und machen Bescherung." Die Brüder standen auf und führten einen Menschen mit einem Sack über dem Kopf herein. Sie setzten ihn auf einen Sessel, banden seine Hände an den Armlehnen fest und zogen ihm den Sack vom Kopf.
General Giacomo Moro, langjähriger Befehlshaber der

UNO-Blauhelm-Truppen, blinzelte in die plötzliche Helligkeit. Andy stieß einen leisen Pfiff aus.
Die Brüder waren bekannt dafür, dass sie so gut wie jeden entführen konnten. Sie waren in der Lage, den Anführer einer feindlichen Miliz mitten aus seinem Hauptquartier zu entführen, ohne dass seine Wachen etwas mitbekamen. Allerdings verrieten sie nie, wie sie es machten.
Trotzdem fragte David nach: „Und, wie habt ihr es gemacht?“
„Wie beim letzten Mal.“ Ben grinste.
„Gab es Probleme?“
„Nein, keiner hat was mitgekriegt.“
Der General hatte sich inzwischen orientiert. „Trotzdem wird es nicht lange dauern, bis meine Leute kommen.“
David wusste, dass Moro recht hatte. Trotzdem war er von dessen Bemerkung genervt. Er ließ ihn von den Brüdern wieder in den Nebenraum bringen.
„Folgender Plan“, sagte David. „Andy und ich werden den General verhören. Bei meinem letzten, sagen wir mal ‚Besuch‘ bei Riveras gelangte ich in den Besitz einer Vielzahl von Daten, die bei der Aufklärung und der Frage nach den Schuldigen sehr hilfreich sein können. Um sie verwenden zu können, fehlen aber noch ein paar Puzzleteile. Die hoffe ich von Moro zu erhalten. Ihr anderen werdet mögliche Verfolger aufhalten, bis wir die Antworten bekommen haben, die ich will.“
Fred unterbrach ihn. „Also, ich muss mal was sagen. Du hast uns hier in eine beschissene Situation gebracht. Selbst wenn wir die Leute des Generals aufhalten können, was sicher nicht ohne Opfer abgehen wird, wie geht es denn dann weiter? Nicht nur, dass wir als Team vom General nie wie-

der einen Auftrag bekommen werden. Im Gegenteil, nach der Aktion hier, werden uns Polizei und Geheimdienst jagen!“
David merkte an den Reaktionen der anderen, dass sie Fred beipflichteten. „Du hast recht, die Situation ist extrem. Deine Frage besteht aus drei Teilen, darum antworte ich auch in drei Teilen: Erstens, wir sollten alles daransetzen, dass es möglichst keine Opfer gibt, nicht bei uns und nicht bei den Leuten des Generals. Zweitens: Wenn ich die Antworten kriege, die ich erwarte, dann habe ich gute Argumente für diese Aktion. Ihr seid mir unterstellt, ich habe euch dazu angestiftet – wie auch immer, die ganze Aktion geht auf meine Kappe. Drittens: Die Aufträge des Generals: Ehrlich gesagt, bin ich schon eine ganze Weile nicht mehr glücklich mit unserer Rolle.“
Susann gab David recht. „Ihr habt doch auch schon lange keine Lust mehr, auf Kindersoldaten zu schießen. Das wird von Jahr zu Jahr schlimmer. Ich werde meine Albträume nicht mehr los. Da hilft auch das ganze Geld nicht.“
Damit drehte sich die Stimmung. Susann hatte den Finger auf eine wunde Stelle gelegt. Die Begegnung mit Kindersoldaten gehörte mit zu dem Schlimmsten, was den Männern passiert war, und obwohl keiner darüber sprach, wussten doch alle, dass es den anderen ebenso ging.
Fred war schon deutlich kleinlauter. „Aber das Geld war schon okay. Ich konnte das immer gut gebrauchen.“
David gab ihm recht. „Sicher, Fred, das konnten wir alle gut gebrauchen. Aber dir musste doch klar sein, dass es nicht ewig so weitergehen würde. Irgendwann brauchen sie uns nicht mehr.“

Damit war die Diskussion beendet und sie besprachen das weitere Vorgehen. Susann sollte am einzigen Weg, der von der Hauptstraße zum Jagdhaus führte, eine Sprengfalle einrichten. Diese sollte allerdings vor allem Lärm machen, denn erstens wären sie dadurch gewarnt und zweitens wären mögliche Pilzsammler nicht gefährdet.
„Gibt es denn jetzt schon Pilze?", fragte Susann.
„Keine Ahnung, aber sicher ist sicher", meinte David entschieden.
Susann führte ihn zu einem der Wagen, die vor der Tür standen. Sie öffnete den Kofferraum.
David erschrak. „Was ist das alles?" Der gesamte Kofferraum war voll mit Sprengstoff.
„Das ist Semtex", tat Susann unschuldig.
„Aber so viel? Damit kannst du eine ganze Stadt in die Luft jagen."
„Na ja, vielleicht eine kleine. Wir wussten ja nicht, was für eine Aufgabe uns hier erwartet, und Sunny hat gesagt, ich soll das alles einpacken."
Mittlerweile war Fred zu einem weiteren Auto gegangen. Aus den Augenwinkeln sah David, dass auch dessen Kofferraum voll mit Waffen war. Er war schon gespannt, was da alles zutage kommen würde. Die Brüder standen vor der Tür.
So konnten alle David hören, als er laut sagte: „Und denkt bitte daran, wir schießen über die Köpfe. Wenn es zu brenzlig wird, zieht ihr euch zurück ins Haus. Dann sehen wir zu, dass wir verhandeln."

43
SCHWEIZ 2012

David ging zurück ins Haus. Andy hatte inzwischen Moro an einen Tisch gesetzt und ein Aufnahmegerät vor dem General platziert. Dann überließ er David den Platz gegenüber ihrem Gefangenen.

Das Gespräch begann damit, dass David das Foto, das er aus Riveras' Arbeitszimmer mitgenommen hatte, vor dem General auf den Tisch legte. Der betrachtete es kurz und versuchte ein Lachen. „Da waren wir alle noch jung!"

David hatte sich das Foto wieder und wieder angesehen. Es zeigte General Moro zusammen mit einigen Soldaten in peruanischer Uniform. An der Seite Moros grinste ein Offizier in die Kamera. Es war Riveras.

„Wo ist das?", fragte David emotionslos. Als von Moro keine Antwort kam, fragte David noch einmal schärfer: „Wo wurde das aufgenommen?"

„In Guatemala. Ich führte damals die Blauhelme bei der Mission ONUCA. Das war eine Beobachtermission in Zentralamerika. Ziel war es, Frieden und Stabilität in der Region dauerhaft zu verankern. Dabei wurden wir auch von peruanischen Militärs unterstützt. Riveras wünschte sich dieses Foto und ich sagte zu."

David überlegte. Das klang plausibel. Allerdings hatte er mit Leugnen und Abstreiten gerechnet, eventuell mit plötzlichem Gedächtnisverlust. Aber dass der General so freimütig erzählte, überraschte ihn dann doch.

„Sie kannten Riveras?", fragte er.

Der General schaute vom Foto hoch. „Aber ja. Was ist mit ihm?“
„Sagen wir mal so: Das Rad der Geschichte ist über ihn hinweggerollt.“
In der Ecke pfiff Andy erneut überrascht. So zynisch kannte er David wohl nicht.
In Riveras' Tagebuch stand zu der Mission auf dem Foto ein anderer Eintrag, der David nur zu gut im Gedächtnis geblieben war. Deshalb fragte er noch einmal nach. „Herr General, das ist doch sicher noch nicht die ganze Geschichte.“
Moro zögerte. Für den General schien das Gespräch beendet zu sein, aber David hatte noch einige Fragen. „Was ist in Guatemala passiert?“
„Was soll da passiert sein?“, fragte der General.
David ließ sich durch die gespielte Unwissenheit des Generals nicht täuschen. Jetzt konnte er dessen Unruhe fast mit Händen greifen. Der General wich seinem Blick aus und seine Hände verkrampften sich ineinander.
„Ich habe erfahren, dass es zu der Zeit, als Riveras mit seinen Leuten in Guatemala war, zu einem Massaker an indigenen Bauern im Hochland nahe Guatemala City gekommen ist“, erläuterte David.
Moro versuchte, unschuldig zu blicken. „Das kann sein, darüber weiß ich nichts. Wahrscheinlich waren es die Rebellen. Das war Teil ihrer Strategie, um die Bevölkerung zum Krieg gegen die Regierung aufzustacheln.“
David nickte, als hätte er diese Antwort erwartet. „Die Rebellen also“, sagte er gedehnt. „Ich habe mit einem Überlebenden des Massakers gesprochen.“
Dann machte er eine Pause. In diese Pause fragte Moro,

nun doch offensichtlich alarmiert: „Und?"
„Dieser Überlebende hieß José. Er hat erzählt, dass es keine Rebellen, sondern Soldaten waren, die alle Bewohner seines Dorfes erschossen haben."
„Guatemaltekische Soldaten?"
David war verblüfft. Der General tat immer noch so, als wüsste er von nichts. Er musste diese Fassade aufbrechen.
„Nein, er hat den Anführer der Soldaten erkannt."
Moro wurde blass.
Jetzt wurde David lauter: „Es war Riveras!" Und dann noch einmal: „Es war Ihr Freund Riveras!"
Der General schaute David mit ernstem Blick an. „Was wollen Sie?"
„Die Wahrheit, die ganze Wahrheit"
„Die Wahrheit? Was wollen alle immer nur mit der Wahrheit? Die Wahrheit ist meist genauso simpel wie schmutzig und die meisten Menschen wollen sie nicht wirklich hören. Und wenn sie die Wahrheit doch hören, dann können oder wollen sie sie nicht verstehen. Selbst wenn den Menschen das gelingt, wer rafft sich denn auf und ändert sein Verhalten?"
Diesen Ausbruch hatte David nicht erwartet. Offensichtlich fühlte der General sich in die Ecke gedrängt. „Interessanter Gedanke! Aber lassen Sie uns doch erst einmal mit der Wahrheit von Guatemala anfangen."
„Ich hatte ja schon erwähnt, wie groß die Aufgabe war. Ich war über jede Hilfe froh, die ich bekam. Und Riveras machte auf mich einen guten Eindruck. Er schien kompetent, hatte seine Truppe gut ausgebildet und konnte auch gut mit den einheimischen Regierungsvertretern umgehen. Also beschloss ich, ihm die Leitung in Guatemala zu übertragen.

Natürlich inoffiziell, ich hatte das nicht mit dem Büro des Generalsekretärs abgesprochen. Das hätte viel zu viele Fragen provoziert und auch zu lange gedauert.
Was ich damals nicht wusste, war, dass Riveras in den USA ausgebildet worden war, im sogenannten ‚Krieg niederer Intensität'. Eine Methode, die besonders im Kampf gegen bewaffnete Rebellengruppen eingesetzt wird. Verdeckte Operationen gehörten ebenso dazu wie Gewalt an der Zivilbevölkerung."
David ließ den General reden und unterbrach ihn nicht. Er kannte zwar schon manches Detail, aber in der Erzählung des Generals fügte sich alles zu einem Gesamtbild zusammen.
„Dieses neue Wissen wollte Riveras anwenden. Daher hatte er mit seinen Beziehungen zu Montesino, dem Chef des Geheimdienstes, und zu Fujimori, dem Präsidenten Perus, darauf gedrungen, an der Blauhelmmission teilzunehmen. Und ich machte ihm den Weg frei, in Guatemala zu schalten und zu walten, wie er wollte."
Der General lachte bitter. „Er hatte natürlich kein Interesse, den Friedensprozess voranzutreiben. Er verfolgte den Plan, einen Vorwand zu schaffen, dass wieder härter gegen den bewaffneten Widerstand vorgegangen werden würde. Dazu brauchte er die Unterstützung von Teilen des guatemaltekischen Militärs und von Mitgliedern der Regierung. Außerdem halfen ihm seine amerikanischen Freunde."
Einen Moment lang schwieg der General und dachte nach. Dann fuhr er fort: „Die Amerikaner schickten ihm ein Flugzeug. Nachdem es Bomben über einem Dorf abgeworfen hatte, in dem Rebellen vermutet wurden, nutzten Riveras

und seine Leute das darauffolgende Chaos, um das Dorf zu stürmen und jeglichen Widerstand zu brechen. Und dann lief das Ganze wohl etwas aus dem Ruder und es kam zu dem Massaker. Im Anschluss wurde die Sache vertuscht und Riveras mit seinen Leuten nach Hause geschickt."

Moro schien erleichtert, nun, da er alles erzählt hatte. Wirklich alles? David war noch nicht zufrieden. Es gab noch zu viele Ungereimtheiten.

„Ich muss Sie korrigieren", sagte er. „Es gab in dem Dorf keine Rebellen und keinen Widerstand. Die Dorfbewohner wurden wie Schafe zusammengetrieben und erschossen. Den Befehl dazu gab Riveras. Das lief also nicht aus dem Ruder, sondern war kaltblütig geplanter Massenmord. Riveras war ein Massenmörder und hatte damit seine Bewerbung abgegeben, zum Leiter der Todesschwadron ernannt zu werden."

Jetzt war David doch laut geworden. Dabei hatte er sich fest vorgenommen, emotionslos zu bleiben. „Welche Rolle spielten Sie bei der Vertuschung?", fragte er, nun wieder leiser.

Moro antwortete nicht.

„Ich will es Ihnen sagen: Sie waren die treibende Kraft dahinter", sagte David. „Sie hatten Angst um Ihren Posten und Ihren Ruf. Und deshalb haben Sie Riveras lieber davonkommen lassen, als ihn vor Gericht zu stellen."

Der General schaute David lange an. Dann sagte er: „Wissen Sie, Capitano, ich mochte Sie von Anfang an. Sie leisteten sich den Luxus, ein Idealist zu sein. Ich war früher auch so. Aber in den Mühlen der Diplomatie und der Bürokratie wurde das alles irgendwann zu Staub zerrieben.

Jedes Jahr Etatkürzungen, keine wirklichen Erfolge mehr,

seit Jahren schon. Die Blauhelme waren früher mal eine Friedensmacht, jetzt sind sie maximal noch ein Spielball der Großmächte im Sicherheitsrat. Wenn jetzt diese Geschichte ans Licht gekommen wäre, wäre es möglicherweise endgültig aus gewesen. Seit Jahren wird schon über eine Reform der Truppe geredet, das heißt nichts anderes als Bedeutungslosigkeit. Auf dem Weg dahin habe ich meine Ideale vergessen. Vergessen Sie Ihre nicht."

„Und was war nun vor Beginn meiner Mission in Peru plötzlich anders?" David ließ nicht locker. Er wollte es ganz genau wissen.

„Riveras rief an und wollte meine Unterstützung. Die Senatorin war ihm mit ihren politischen Bestrebungen zur vollständigen Aufdeckung der Massaker der Todesschwadronen und des Militärs an Unschuldigen zu dicht auf den Fersen. Er wollte jemanden haben, der vertrauenswürdig und vertrauensselig war. Derjenige sollte die Senatorin aus ihrer Villa locken, den Rest wollten Riveras' Leute übernehmen. Zuerst lehnte ich ab, aber dann drohte er mir damit, die alte Sache wieder hervorzuholen und publik zu machen."

„Riveras hat Sie erpresst?"

„Ja! Er hatte die Idee mit dem Jobangebot für die Senatorin. Und dann brauchte er jemanden, der mit der Geschichte vom Sicherheitsberater überzeugend auftritt und die Senatorin aus ihrer Villa lockt. Er behauptete, sein Plan wäre, ihr einen Mord anzuhängen und sie so kaltzustellen, politisch und juristisch."

„Und Sie haben da einfach so mitgemacht?"

„Verstehen Sie doch, Capitano, die Blauhelme sind mein Lebenswerk. Ich denke, ich habe nicht nur die Pflicht, sondern

auch jedes Recht der Welt, diese einmalige Organisation zu schützen, koste es, was es wolle."
David war entsetzt. „Koste es, was es wolle? Menschenleben? Sind Ihnen Menschenleben egal?"
Schweigen. David hatte nicht den Eindruck, als würde er zum Gewissen des Generals vordringen. Am Ende war es ihm auch egal. Er wollte vor allem verstehen, was in den letzten Tagen passiert war.
Trotzdem fragte er: „Wissen Sie eigentlich, wen Sie da unterstützt haben?"
Der General wirkte wenig neugierig; er versuchte, das Thema zu wechseln. „Ich hatte die Idee mit dem Touristen. Daher Ihre seltsame Reiseroute und die Touristenausstattung mit der Spiegelreflexkamera. Die haben Sie doch sicher noch?"
David brauchte eine Pause. Er brachte dem General ein Glas Wasser, half ihm, zu trinken, und ging mit Andy vor die Tür.
Andy hatte die ganze Zeit schweigend zugehört. „Das ist schon ein dicker Hund", sagte er jetzt. „Und du bist da reingeraten?"
David nickte. In seinem Kopf schwirrte es. Jetzt ergab das alles einen Sinn.
„Weißt du, dass ich keine Ahnung habe, wo die Kamera geblieben ist?", meinte er dann.
Andy schaute ihn groß an und fing an zu lachen. „Echt jetzt? Du überlebst so ein Abenteuer und machst dir Gedanken über so eine scheiß Kamera? David Thomsen, du bist nicht mehr zu retten!"
David konnte nicht lachen, gab aber dem Freund innerlich

recht. „Lass uns wieder reingehen“, sagte er.
„Warum ich?“, fragte David den General, als sie das Zimmer wieder betreten hatten.
„Capitano, spielen Sie Schach?“
„Ja, ein wenig.“
„Na, dann kennen Sie ja die Situation, wenn ein Spiel festgefahren scheint und auf ein Patt hinausläuft. Sie wollen aber das Spiel unbedingt gewinnen, ja Sie müssen es gewinnen. Eine Punkteteilung ist keine Option.“
David hörte aufmerksam zu.
„Um also wieder Dynamik in das Spiel zu bringen, können Sie die Dame des Gegners frontal angreifen, mit hohen Verlusten und einem ungewissen Ausgang, oder Sie schaffen ein Übergewicht Ihrer Kräfte, indem Sie zum Beispiel einen Läufer oder einen Springer hinzubringen, der dann das Spiel entscheidet.“
„Oder einen Bauern?“
„Capitano, Sie sind Offizier, kein Bauer.“ Da war sie wieder, diese herablassende Grandezza, die ihn immer beeindruckt hatte und die er gleichzeitig hasste. Diese Mischung aus Arroganz und Stil, die andere ausschloss und die der General nie verlor. Er gab David das Gefühl, dass er selbst jetzt auf ihn herabschaute.
„Und, Capitano, Sie waren auch nie als Bauernopfer vorgesehen! Ich wollte nur die Erpressung durch Riveras beenden. Also musste ich jemanden zu ihm schicken, der von ihm unterschätzt werden würde. Und wie ich sehe, hat das ja funktioniert.“
„Und der Tod Marias und der Senatorin waren Kollateralschäden?“

„Wenn Sie so wollen, ja. Geplant war es nicht, aber man kann so etwas auch nie ausschließen."
Jetzt hätte David ihn am liebsten erwürgt. Doch dazu kam es nicht. Erst leise, dann immer lauter, hörten sie das Geräusch eines Hubschraubers. David sprang auf und lief vor die Tür. Ein Militärhubschrauber schwebte am Rande der Lichtung knapp über den Baumwipfeln.
„Verdammt!" Damit hatte er nicht gerechnet. Die Leute des Generals fuhren offensichtlich die schweren Geschütze auf. Fred war schon vor ihm aus der Tür gelaufen und zu seinem Auto gestürzt. Dort zog er eine längliche, große Waffe hervor.
David brüllte in den Lärm: „Du hast eine Stinger?"
Stinger-Raketen zählten zu den bei Militärpiloten am meisten gefürchteten Waffen. Von einem einzelnen Mann abgefeuert, konnten sie Flugzeuge, Drohnen und auch Hubschrauber vom Himmel holen. Sie unterlagen starken Beschränkungen für den Verkauf, damit sie nicht in die Hände von Terroristen gelangten.
David rannte zu dem Auto, neben dem sich Fred gerade die Stinger auf die Schulter hob. „Fred!" David brüllte, so laut er konnte. „Nicht abschießen, nicht abschießen!"
Als David neben Fred zum Stehen kam, rief der gerade „Jabadabadu!" Dann drehte er den Kopf zur Seite und grinste. „Keine Angst, David, ich will sie nur erschrecken."
Das schien ihm auch geglückt zu sein, denn der Hubschrauber drehte ab und verschwand.
David lief zurück zum Haus. Von Ferne war eine Explosion zu hören, wahrscheinlich war Susanns Sprengfalle hochgegangen. David stockte nur kurz, dann ging er ins Haus und

schnitt Moro die Fesseln durch. Das Aufzeichnungsgerät steckte er ein.
Anschließend gab er dem General dessen Handy und sagte: „Rufen Sie Ihre Leute an und sagen Sie denen, wir wollen keine Gewalt. Wir wollen freien Abzug und Straffreiheit."
Moro lächelte und gab David das Handy zurück. „Aber nicht doch, Capitano. So leicht kommen Sie mir nicht davon."
„Was soll das heißen?", rief Andy von der Seite.
Wieder lächelte der General, drehte sich zu Andy um und sagte: „Das heißt, ich werde warten, bis Sie sich bedingungslos ergeben und mir das Aufzeichnungsgerät ausgehändigt haben. Erst dann rufe ich meine Leute an."
„Das können Sie vergessen", rief Andy und rannte zur Tür hinaus. Im gleichen Moment kam Fred mit einem Maschinengewehr hereingestürmt. Er schob den Tisch vor das Fenster und baute die Waffe auf einem Dreibein auf. Dann legte er einen Patronengurt ein, lud und sicherte die Waffe.
David hatte die Szene betrachtet und fragte: „Was ist das denn?"
Fred drehte sich stolz zu David um. „Das ist ein KORD, ein russisches Maschinengewehr. Wollte ich schon immer mal haben. Und Sunny hats mir besorgt. Damit kann ich selbst gepanzerte Fahrzeuge aufhalten."
David schüttelte den Kopf. „Nur über die Köpfe, Fred. Nur über die Köpfe."
„Ja, beruhige dich. Weißt du, wie geil das aussieht, wenn ich mit Leuchtspurgeschossen in den Himmel ballere?"
Natürlich wusste David das. Aber seine Sorge war eine andere. Durch die Weigerung des Generals drohte die ganze Aktion aus dem Ruder zu laufen.

Draußen war es mittlerweile dunkel geworden. Im Haus hatten sie Licht brennen, als Andy zur Tür reinkam und rief: „Sie sind da!"
Und dann geschahen gleich mehrere Sachen gleichzeitig: Moro sprang von seinem Sessel auf, von draußen hagelten Schüsse ins Haus, Andy riss David zu Boden und Fred hechtete zur Tür. Im Fallen sah David, wie der General von mehreren Geschossen in die Brust getroffen wurde, dann hatte Fred den Lichtschalter erreicht und das Licht gelöscht. In der plötzlichen Dunkelheit hörte das Schießen auf. David kroch in Richtung Moro. Der General war tot. Friendly Fire – oder waren es gar nicht Moros Leute, von denen sie angegriffen wurden? David nahm das Handy und wählte die Notrufnummer der Polizei. Sofort meldete sich eine Stimme im besten Schweizer Dialekt.
„Wir werden beschossen. Helfen Sie uns! Wir sollten den General Moro beschützen, jetzt ist er tot und wir werden auch alle sterben. Wir sind im Jagdhaus des Generals." Das Schießen begann von Neuem und unterstrich seinen Hilferuf eindrucksvoll.
Jetzt wurde zurückgeschossen. Die Zwillinge und Susann erwiderten das Feuer, auch Fred klemmte sich hinter seine Waffe und schoss in die Dunkelheit.
Andy rief in den Lärm des Gefechts: „Wann kommt die Polizei?"
David rief zurück: „Das weiß ich nicht. Ich hoffe, bald." Dann stand er da und fühlte nichts.
So also würde es enden. Er sah sie alle noch einmal vor sich: Maria, die Senatorin, José, Riveras. So viele Tote, so viel Gewalt und immer wieder Blut.

44
DEUTSCHLAND 2012

Als David die Treppe zur Wohnung hinaufstieg, sah er durchs Flurfenster die Magnolie auf dem Nachbargrundstück. Von den Ästen war nicht mehr viel übrig geblieben. Ein roter Ball lag am Stamm. Er setzte sich auf die Treppe und stellte die Tasche ab. Durch das geöffnete Flurfenster drang Musik: „Boys do cry" von Marius Bear. Er blickte auf den Baum und endlich konnte er weinen. Die Tränen liefen ihm über das Gesicht.

So fand ihn seine Frau. Sie setzte sich neben David, zog seinen Kopf zu sich und während sie ihn streichelte, sagte sie: „Das wächst wieder, bald ist es wieder so schön, wie es war."

ENDE

Ich glaube, ich sollte spätestens an dieser Stelle mal

Danke

sagen.

Müßig zu erwähnen, dass ich schon immer ein Buch schreiben wollte. Dass es nun endlich gelungen ist, hat mit vielen Menschen in meinem Leben zu tun.
Angefangen bei meinen diversen Deutschlehrern.
Obwohl …?
Doch! Zumindest haben sie es nicht geschafft, mir das Lesen und Schreiben auszutreiben.
Die beste Deutschlehrerin, die ich hatte, war meine Mutter. Sie war es auch, die besonderes Augenmerk auf meine Aufsätze legte. Vor allem, aber nicht nur, auf die Schrift. Wie oft saß ich abends und musste meinen hingeschmierten Aufsatz nochmal und nochmal abpinseln. Gut, dass es heute Computer und Word gibt.
Danke, Mama!
Ursprünglich sollte die Geschichte in Form einer Novelle verfasst werden. Allerdings monierten die ersten Leser dieser zu Beginn ca. 160 Seiten, dass manche Figuren zu kurz gekommen waren. Also habe ich weitere Erzählstränge dazu verfasst. Und es war gut so.
Danke allen Testlesern und ihren vielfältigen Hinweisen, allen voran Dr. Georg Kleine-Natrop.
Besonderer Dank gilt Martina Rellin, die mir den Mut gab, die ersten Schritte zu gehen.
Liebe Simona Turini, Danke! Der Horror (mit meinem Buch) hat erstmal ein Ende.

Danke auch an meine Frau, die mir oft mit ihrer Sichtweise über Probleme und Blockaden hinweggeholfen hat. Natürlich vergesse ich auch meine Kinder nicht, die mich schon lange bestärkt haben, zu schreiben. Habe ich euch überrascht, dass ich nicht nur geredet, sondern auch gehandelt habe?
Ohne meine Schwester gäbe es dieses Buch nicht. Ich kann gar nicht ermessen, wie viel sie für mich getan hat. Wie oft musste sie halbgare Versionen von einzelnen Szenen lesen und beurteilen. Das Buch wird ihr sicher inzwischen zum Hals raushängen.
Und zum Schluss gilt mein Dank Dir, lieber Leser. Du hast Dich auf das Wagnis eingelassen, dieses Buch zu lesen. Über Deine Motive dafür kann ich nur spekulieren. Ich hoffe, Du hattest gute Unterhaltung und Südamerika ist Dir etwas näher gerückt.

AUSBLICK AUF TEIL 2

„Triff nie deinen Helden!"
Es war Abend geworden. Ich war zufrieden mit der Ausbeute des Tages. Drei Seiten Text, dazu viele Recherchen zu Bolivien. Da konnte ich mir einen Fernsehabend gönnen. Es gab da eine neue Serie im Streaming um einen Superhelden, der mir gut gefiel, weil er bei allem Superheldenkram, den er so machen musste, immer ein nahbarer Mensch blieb.
Ich machte die erste Folge an. Titel: „Triff nie deinen Helden!" Ich dachte gerade noch darüber nach, warum man seinen Helden nicht treffen sollte, als es klingelte.
Es war kurz vor neun Uhr abends, eine, wie ich finde, schon etwas späte Zeit für unangekündigte Besuche. Vielleicht einer der Nachbarn oder meine Frau, die früher von ihrem Klassentreffen zurückkam und ihren Schlüssel nicht gleich fand.
Ich öffnete die Wohnungstür. Vor mir im Hausflur stand ein großer Mann, etwa Mitte vierzig, gutaussehend, schlank, sportlich. Ich hatte ihn definitiv noch nie gesehen, trotzdem kam er mir bekannt vor.
Wir haben im Hausflur kein Namensschild an der Wohnung, nicht an der Tür und auch nicht an der Klingel. Daher passiert es manchmal, dass Paketboten bereits ein Stockwerk höher sind, bevor ich an der Tür bin, um unser Paket in Empfang zu nehmen. Das finden diese selten lustig.

Daher verwunderte es mich nicht, als der Mann fragte: „Herr Flemming, Herr Heiko Flemming?"
Ich bejahte. Und dann kam es: „Ich bin David, David Thomsen."
Ich musste lachen, verlegen, überrascht, etwas zu laut: „Sie heißen David Thomsen? Das ist lustig."
Der Mann lachte nicht: „Sie verstehen nicht Herr Flemming! Ich

bin David Thomsen, der Mann, den Sie nach Peru geschickt haben!"
Ich weiß nicht, was in mich gefahren war in dem Moment, aber ich bat ihn in die Wohnung. Er war sicher ein verwirrter Leser meines ersten Romans. Hoffentlich nicht gefährlich. Aber die Begegnung war bestimmt eine Kurzgeschichte wert. Und welcher Schriftsteller würde sich so eine Gelegenheit entgehen lassen?
Wir gingen in unser Esszimmer und setzten uns an meinen geliebten Eichholztisch. „Kann ich Ihnen was anbieten?" Ich versuche immer ein höflicher Gastgeber zu sein und diese Frage gehört, glaube ich, standardmäßig dazu.
Er sah mich an und antwortete nicht. Allerdings sah er so aus, als würde er einen guten Drink vertragen. Er hatte dunkle Ränder unter den Augen, die Haare waren zerzaust und seine Augen schauten müde drein.
„Vielleicht einen Pisco Sour," versuchte ich es. Obwohl ich keine Lust dazu hatte, jetzt so einen Drink zu mixen. Meine Frau, wusste ich, hatte noch eine Flasche Pisco für Besucher im Küchenschrank stehen, aber dazu hätte ich Eiweiß aufschlagen müssen und Eiswürfel aus dem Tiefkühler holen. Eine Menge Aufwand für einen einzelnen Drink.
„Dazu haben Sie doch keine Lust!" Hatte er meine Gedanken erraten. Er sprach weiter: „Sie wissen doch bestimmt noch, was ich in La Paz im Ritz getrunken habe."
Ich überlegte: „Eine Flasche Rum."
„Naja", sagte er: „keine ganze, ich bin dabei eingeschlafen."
„Sie kennen mein Buch anscheinend sehr gut," sagte ich und angelte nach der Flasche Havanna Club, die neben der Flasche Pisco stand.
„Ich kenne alle Ihre Bücher."
Jetzt hatte ich ihn: „Ich habe erst ein Buch geschrieben!" rief ich triumphierend.

„Sie haben erst ein Buch veröffentlicht. Aber die „Verkohlten Balken" sind fast fertig und das Buch über Chile hat zwar noch keinen Titel," er unterbrach sich und schaute mich forschend an. „Irgendwas mit den Augen wird es wohl werden!"
Mir lief ein Schauer über den Rücken. Woher konnte er das wissen?
Er fuhr inzwischen fort: „Aber für Chile gibt es schon meinen Gegenspieler. Heißt der nicht Angelo?"
Ich stellte ein Schnapsglas auf den Tisch und goss ihm mit zitternder Hand einen doppelstöckigen Rum ein. Die Gedanken in meinem Kopf fuhren Achterbahn. Wer war dieser Mann, und wer hatte ihm diese Informationen gegeben? Wurde ich etwa abgehört?
„Zeigen Sie mir mal bitte Ihren Ausweis!" Ich wurde bestimmt. Das ließ sich doch sicher alles klären.
Er zog seinen Pass hervor. „Bitte!" sagte er. „Da sind auch die Stempel aus Peru und Bolivien." Er zeigte mir die entsprechenden Einträge.
Ich erkannte die Stempel, hatte ich doch selbst solche in meinem Pass.
Konnte es sein? Konnte vor mir die Figur sitzen, die ich selbst mit meinen Gedanken erschaffen hatte? Träumte ich?
Unter dem Tisch versuchte ich mich selbst zu kneifen.
Und dann beschloss ich: Ich würde es als real hinnehmen. Ich ließ mich komplett auf die Situation ein. Wann hat man als Autor schon mal die Gelegenheit, mit seiner Hauptfigur ungestört zu reden.
Er schaute auf das einzelne Glas Rum vor sich: „Sie trinken nicht mit?"
„Ich trinke schon seit Jahren keinen Alkohol mehr." Irgendwie habe ich bei solchen Sätzen immer das Gefühl, ich müsste mich rechtfertigen für meine Abstinenz.

Er nickte: „Ist wahrscheinlich besser so. Wenn ich an den Abend mit Green im Hotel denke…“ Er sprach den Satz nicht zu Ende.
Ich sagte: „Wollen wir uns nicht duzen? Ich bin Heiko. Darf ich David zu Dir sagen?“
Jetzt verzog er das Gesicht: „Wir können uns gerne duzen, aber warum musst Du diese Frage benutzen?“
Ich war etwas irritiert: „Welche Frage?“
„Na die Frage: „Darf ich David sagen?““
Ich verstand immer noch nicht: „Was ist damit?“
„Diese Frage stellen mir immer die zwielichtigen Typen in dem Buch.“
Jetzt verstand ich: „Und Du kannst dann nicht nein sagen.“
David nickte: „Ich kann ja sowieso nicht nein sagen. Hättest Du nicht aus mir einen härteren Charakter machen können?“
„Du meinst einen Helden mit stählernen Muskeln, stählernem Blick und stählernen Eiern,“ spottete ich.
Er schaute wenig amüsiert von seinem Glas hoch: „Was meinst Du mit „stählernen Eiern“?“.
Ich wich aus: „Weißt Du, ich wollte einen Helden, der etwas anders ist, nicht immer diese Einzelkämpfer von CIA, SWAT oder SEK, die wahlweise Alkoholiker oder trockene Alkoholiker sind und im Alleingang die Welt retten.“
„Also einen wie mich, einen ganz gewöhnlichen Trottel.“
„Als Trottel würde ich Dich nicht bezeichnen,“ protestierte ich schwach.
„Naja, Maria sieht mich am Anfang schon so.“
„Stimmt, aber später doch dann nicht mehr. Und überhaupt: Maria. Konntest du es nicht einfach bei Freundschaft belassen?“
Er sah mich mit müden, traurigen Augen an: „Das verstehst Du nicht. Das ist Liebe. Das ist viel größer als Freundschaft.“
Es entstand eine unangenehme Pause, in der er an seinem Glas nippte.

Dann fragte ich: „Was führt Dich zu mir…", „zu so später Stunde," ergänzte er meinen Satz. Es war schon unheimlich, aber er schien meine Gedanken zu kennen.
„Ich hatte einen furchtbaren Streit mit Delilah. Sie hat mich faktisch vor die Tür gesetzt und da ich nicht gleich wusste, wohin, bin ich eben zu Dir gegangen."
Delilah war seine Frau und es hatte schon länger Spannungen zwischen ihnen gegeben. Aber jetzt schien die Geschichte eskaliert zu sein.
„Warum habt Ihr Euch gestritten?"
„Du weißt ja, dass sie schon vor der Reise nach Peru die Scheidung wollte. Ich bin dann doch wieder zu ihr nach Hause gekommen. Sie hat mich auch erstmal wieder aufgenommen. Und ich wollte um sie kämpfen. Und bis vorhin dachte ich, ich hätte noch eine Chance bei ihr. Wir haben sogar über einen gemeinsamen Urlaub geredet."
„Und was ist dann passiert?"
„Ich habe gesagt, dass ich mein altes Leben zurückhaben möchte."
Das hatte ich jetzt nicht erwartet. Ich war der Meinung, dass er verstanden hatte, dass sein altes Leben vorbei war. Nichts würde mehr so sein, wie es mal war.
„Und was hat Delilah da gesagt?"
„Sie hat mich ausgelacht. Ob ich denn wirklich der Meinung wäre, ich könnte nach allem, was geschehen ist, einfach so weiterleben? Ob ich glaubte, dass ich alles vergessen würde, wenn ich mir als Wachmann wieder irgendwo die Beine in den Bauch stehen würde? Dann gab ein Wort das andere und sie hat mir gesagt, ich solle erwachsen werden und so. Und dann stand ich vor der Tür und wusste nicht wohin."
„Aber warum willst Du Dein altes Leben zurück?"
„Ich will nicht mehr kämpfen müssen. So viel Leid und Verlust wie ich erlebt habe. Ich bin zu müde zum Kämpfen. Ich bin

wund an Körper und Seele.“
„Du musst aber noch mal zurück nach Südamerika,“ platzte es aus mir heraus.
Er schaute mich erschrocken an. Dann sprang er auf. „Das tust Du mir nicht an,“ rief er laut.
Jetzt war ich erschrocken. Er war mir körperlich überlegen, deutlich jünger und durchtrainiert. Wollte er mir was tun?
„Ja, doch, schon,“ stotterte ich ängstlich. „Du bist dort noch nicht fertig.“
„Aber ich werde doch sicherlich immer noch in Peru gesucht.“
„Du musst ja auch nicht nach Peru, sondern nach Bolivien.“
Er schaute mich verdutzt an. In seinem Gesicht arbeitete es. Dann ging ihm offensichtlich ein Licht auf. „Du schickst mich nach Santiago de Okola zurück?“
„Ja, da ist ja doch noch was ungeklärt geblieben.“
„Ach, deshalb der Buchtitel.“ Er hatte sich wieder gesetzt. Jetzt nahm er einen großen Schluck aus seinem Glas. „Na, da bin ich aber gespannt, wie Du mich überzeugen willst, noch einmal dahin zu fahren.“
Es reichte mir: „Jetzt langt es mir aber. Immer dieses Gejammer: mir geht es schlecht, ich bin verwundet. Hast Du mal an die Menschen gedacht, denen Du begegnet bist? Was soll denn aus denen werden? Du hast die Ungleichheit in dem Land gesehen, von den Ungerechtigkeiten gehört. Und nun willst Du Dich einfach zurücklehnen und zuschauen?“
Er ließ sich nicht in die Defensive drängen. „Habe ich nicht meinen Beitrag geleistet? Habe ich nicht Opfer gebracht, Verlust erlitten? Du hast mich sogar zum Mörder gemacht!“
Ich überlegte einen Moment. Dann wurde mir klar, dass ich ihm seine Verantwortung bewusst machen musste. „David, Du bist mein Held. Unsere Zeit braucht Helden, Menschen, die aufstehen, wenn alle anderen aus Trägheit oder Feigheit sich wegdu-

cken. Helden zahlen für das, was sie tun, manchmal einen hohen Preis. Das kann auch der Tod von nahestehenden Menschen sein. Aber sie haben in gewisser Hinsicht auch die Verpflichtung, das zu tun, was sie tun, denn nicht jeder kann, schon aufgrund seiner Fähigkeiten, etwas Heldenhaftes vollbringen. Während viele mit der Bewältigung ihres Lebens alle Hände voll zu tun haben, wachsen Helden in einer Situation, in der sie plötzlich gefordert sind, über sich hinaus."
David hatte mir aufmerksam zugehört: „Du bezeichnest mich als Helden. Ich bin kein Held. Ich habe nur etwas getan, was ich vielleicht schon öfter und früher hätte tun müssen."

Ich musste an Brecht denken: „Unglücklich das Land, das Helden nötig hat."
„Wenn die Zeiten so sind, dass Helden gebraucht werden, dann ist es gut, wenn welche da sind," sagte ich laut.

Meine Frau kam spät nach Hause. Sie sah das Glas und fragte: „Hattest Du Besuch."
Ich sah sie an: „Du wirst nicht glauben, wer heute hier war."